O essencial da década de 1980

O essencial da década de 1980

CAIO FERNANDO ABREU

EDITORA
NOVA
FRONTEIRA

EDITORA NOVA FRONTEIRA PARTICIPAÇÕES S.A.
Rua Nova Jerusalém, 345 – Bonsucesso – 21042-235
Rio de Janeiro – RJ – Brasil
Tel.: (21) 3882-8200 – Fax: (21) 3882-8312/8313

CIP-BRASIL. CATALOGAÇÃO NA PUBLICAÇÃO
SINDICATO NACIONAL DOS EDITORES DE LIVROS, RJ

A145c
2.ed.
Abreu, Caio Fernando, 1948-1996
Caio Fernando Abreu : o essencial da década de 1980 / Caio Fernando Abreu. - 2. ed. - Rio de Janeiro : Nova Fronteira, 2014.

ISBN 978.85.209.3930-7
1. 1. Abreu, Caio Fernando, 1948-1996 – Coletânea. I. Título.

14-15498 CDD: 869.93
CDU: 821.134.3(81)-3

Sumário

Os dragões não conhecem o paraíso

Crônicas

Contos

Dispersos

Correspondência (1980-1987)

Depoimentos

A crucificação encarnada dos anos 80

Caio na ficção

Morto aos 48 anos, de aids, Caio Fernando Abreu é um dos escritores mais originais da geração de 1970/80, inventor de novas linguagens na prosa de ficção e na mídia, um criador de expressões e vocábulos popularizados através de suas crônicas semanais no Caderno 2.

Apaixonado pela obra de Clarice Lispector e Júlio Cortázar, publica em 1988 *Os dragões não conhecem o paraíso* (contos reeditados neste volume), considerado pela crítica — e por mim — seu melhor livro, constituindo a súmula de um estilo aperfeiçoado ao longo dos anteriores. E é a partir dos contos de *Os dragões* que assinalo alguns fenômenos estéticos dominantes na sua obra, ressaltando que esta análise está inclusa em minha pesquisa acadêmica concluída em 2003.

No texto de abertura, Caio diz que são "13 contos girando em torno do mesmo tema: o amor. Amor e sexo, amor e morte, amor e memória, amor e abandono, amor e medo, amor e loucura são alguns de seus desdobramentos, nessas histórias que formam uma espécie de retrato interior — tirado à beira do abismo — do Brasil de hoje".

Aqui Caio não mente, apenas se equivoca absurdamente, uma vez que ele não trata do Amor nem em sentido genérico, nem quanto aos aspectos solares de Eros (geralmente os mais óbvios), mas do Amor tal como é vivido e sentido por ele próprio, ou seja (de acordo com o texto), relacionado a medo, abandono, loucura, morte, sexo, memória. As inúmeras faces de um Eros sinistro e noturno, representado sempre como maldição, nunca como bênção.

Então são contos sobre o que *o amor não é*, sobre sua ausência, sua infinita carência. E no único em que o amor se realiza com final feliz ("Mel

& girassóis"), ele se realiza como paródia do Amor-Mercadoria, crítica que duplica a crítica preexistente no conto parodiado "Ventos alísios", de Júlio Cortázar.

Inversamente à vida, na ficção Caio não mente nunca, porque nela acontece o autoquestionamento, a revelação, o desnudamento, algo que se realiza quase sempre pela via negativa, pela técnica da inversão (claro) — da qual Caio é mestre — de dizer pelo não dito, significar pelo oposto ou pelo implícito, pelo subtexto ou pela elipse — suas ilhas de silêncio.

Através do fluxo de consciência, o autor favorece *o desenrolar da ação no plano imaginário* como índice da impotência e desesperança coletivas quanto às mudanças sociais e existenciais. Em meados dos 80, o Brasil do nacional-desenvolvimentismo descrito por Roberto Schwarz cai na real. Os planos Cruzado (1986) e Collor (1990) são entremeados por uma inflação de trezentos por cento ao ano. Sob tais condições, não existe futuro, mas é nesse contexto que os heróis anônimos de Caio Fernando Abreu fazem todo o sentido. Abstraindo-se a aids, o contexto econômico da época era tão adverso que por si só explicaria a ausência de projeto existencial e prospecção futura dos seus personagens.

Por outro lado, a obsessão de Caio F. pela temática amorosa associada a um Eros socialmente interdito é suficiente para esboçar a dimensão trágica do conflito central, aliás insolúvel, de seus personagens/narradores.

Em "Sem Ana, Blues", ele dedica talvez o mais belo de seus textos — verdadeiro blues melancólico, a quintessência da sua *ars poética* — à celebração do amor ausente. É uma história que funestamente antes canta do que conta a *ausência* da pessoa amada, um texto que constrói o abrangente e minucioso inventário dessa ausência através da proliferação neobarroca de ações, dum desencadear vertiginoso de reações, consequências, pessoas, eventos, fatos, sempre a partir do vazio, da ausência — mais presente *in absentia*.

O conto "À beira do mar aberto" nos oferece uma ideia precisa da obra como *um discurso orientado pelo fluxo de consciência que se converte em poema audiovisual*. Ele nos faz entender o que Cortázar quis dizer com "escrever na vertical, acima e abaixo do espaço literário". Constata-se novamente a presença do personagem/narrador/sem nome, mas aqui este lembra aquela personagem dostoievskiana, segundo Bakhtin, "sem imagem objetiva, mas um discurso pleno, uma voz pura". O resultado de um processo original de elaboração da subjetividade: poesia pura? Talvez. Em todo o caso, o resultado do processo de submeter a prosa a tratamento poético.

Assim, não é no tema, nem no enredo, nem nos personagens, é na linguagem — ambígua e fragmentada, descentrada e esquizofrênica, poética e antiliterária, minimalista e abusiva — que reside a grande arte de Caio Fernando Abreu. Graças a ela, a literatura confessional de Caio F. se realiza como síntese de lirismo pessoal e sentimento coletivo.

Caio nas cartas

Fomos amigos, cúmplices, irmãos, inimigos íntimos, éramos semelhantes em nossas *personas* públicas, nossas máscaras, armaduras & todo arsenal que mobilizávamos para vencer na carreira literária: armados até os dentes.

Para escritores brasileiros rigorosamente da série literária, a aposta é altíssima, o ganho, quase nulo, e o resultado, para lá de incerto. Paralelamente à nossa criação, tínhamos que inventar a nós mesmos e, nesse aspecto, fomos extremamente eficientes.

Mas aprofundando o exame de personalidades, caindo as máscaras, chegando a maturidade, também éramos totalmente diferentes, e é desse Caio absolutamente outro que quero falar, e é impossível tentar apreendê-lo sem associá-lo à sua literatura. Affonso Romano de Sant'Anna observa que em Tom Jobim e Vinicius de Moraes "a biografia e a bibliografia informam o mesmo comportamento estético-existencial". Quanto a Caio F., eu diria que este foi além, pois à sua vida & obra ele acrescentou a morte, encarnando a contragosto o espírito dos anos 80, a década perdida.

Porque Caio não queria morrer, claro, mas basta um exame superficial em quase todos os textos que escreveu a partir de 1980 para captar a onipresença da morte pela aids, metafórica ou metonímica, nos temas, atmosferas, citações... foi como se a invocasse, convidasse, previsse, assumindo seu clima — *o rodenir do embaço* — exercendo uma estética autocondenatória, algo já assinalado por Ítalo Moriconi.

Afinal, sentia-se condenado, *queria-se* condenado. Uma condenação que *fazia sentido* no plano moral e religioso de seus rígidos padrões herdados acabou fazendo sentido também no plano existencial. A primeira autocondenação foi inconsciente, a segunda não, mas o mal já estava feito. De modo que sua morte foi por suicídio.

Por isso não posso perdoá-lo. Quer dizer, posso compreender e perdoar o amigo, não o escritor, esse eu não perdoo mesmo.

As *Cartas* apontam algumas dominantes em Caio F.:

a) A absoluta necessidade que tinha de mentir para si próprio, autoenganar-se, seja nos seus amores, seja na sua morte. Consciente ou inconscientemente, ele os associava;

b) A absoluta necessidade que tinha de mentir para os outros, ocultar sua natureza profunda. Caio era cheio de mistérios, de segredos. Explico: para o grupo de escritores com quem conviveu em São Paulo de 1978 a 1994, composto por Lygia Fagundes Telles, Julieta Godoy Ladeira, Edla Van Steen, Ricardo Ramos, Silvio Fiorani, Marcos Rey, Raduan Nassar, Anna Maria Martins, Ignácio de Loyola, Ivan Ângelo, eu mesma, entre outros, Caio silenciava suas amizades & conexões gaúchas, supondo que o julgássemos provinciano; silenciava suas peças de teatro, seus textos para a televisão que seu lado *Jacira*, frívolo, *queer*, curtia escrever, supondo que isso o diminuiria aos nossos olhos, uma vez que o "núcleo duro" de escritores desconsiderava tal produção enquanto arte. Muito ascendente em Libra, Caio preferia revelar apenas o que supunha ser agradável ao outro;

c) A absoluta necessidade de Caio de expressar sua natureza gay, sua "ânima desocupada" — como eu a chamava poeticamente, meio brincando, meio a sério, ele gostava da expressão — que socialmente ocultava, manifestava-se com força total na linguagem e na escrita frenética, urgente, compulsiva de milhares e milhares de cartas ao longo de sua vida, forma de expressão entre o fuxico e a confissão.

No fundo, as *Cartas* tinham uma função terapêutica no sentido de manter sob controle — "ocupada" no sentido positivo — aquela "ânima desocupada", fútil, atenta a banalidades e coisas de somenos, ridícula, menor, tola, como qualquer mulher inculta e ávida por mexericos, unicamente interessada nos galãs das novelas, no que tocava no rádio, nas roupinhas da estação, e cuja maior qualidade residia no senso de humor *queer*, que tornava mais leve, arejava, a pesada melancolia em Caio F.

Deixada livre teria sido um desastre para o escritor.

A função da ânima do homem, segundo Jung, é estabelecer a ligação do consciente com o inconsciente; ela é a Musa, seu guia no mundo noturno, não é uma função de relação com o mundo exterior, porque no caso se estabelece a "extraversão da ânima". Outro autor que disseca essa problemática magistralmente é Proust, quando escreve sobre a "mulher que existia no interior do barão de Charlus" em certos fragmentos particularmente geniais de *Em busca do tempo perdido*. O exemplo mais recente são as citações de Marcelo Mirisola, o mais talentoso prosador da nova geração: na novela *Acaju*[1] ele se refere algumas vezes ao "jardim gay de Caio F.". Será que as impressões de Caio F. no imaginário posterior se reduzem a estereótipos gays? O que é, simultaneamente, inevitável e lastimável, sobretudo quanto à recepção futura da ficção do autor gaúcho.

E tal ânima — que é um arquétipo, criatura infra-humana, um resumo da experiência da mulher que existe no inconsciente masculino, logo não é (nunca foi) uma mulher real, mas um esquema, um estereótipo feminino — escrevia coisas como: "Sempre que houver mais de duas pessoas reunidas e falar-se no nome de Deus, eu estarei entre eles. Mas sempre com um decote bem profundo. Citando Marlene Dietrich: segura o turbante, meu bem, e sente o ritmo. Estou assim, o turbante dá a impressão de pesar toneladas, mas quando penso em me jogar pela janela, coloco duas gotas de Paloma Picasso. Santo remédio" (Carta a Gerd Hilger em 22/9/1993), ou seja, textos infraliterários, pura cadelice, na expressão do próprio Caio.

Outro dia, conversando com Silvio Fiorani — autor da mesma geração, assim como João Gilberto Noll, Sérgio Sant'Anna, Domingos Pellegrini e eu mesma — observamos que a carreira prematuramente cortada não

1 In: *Notas de arrebentação*. São Paulo, Editora 34, 2005.

permitiu que ele transcendesse a questão do gênero em sua ficção, algo que ocorreria com o tempo, e Caio era talentoso demais para não percebê-lo. A visão, a emoção, a manutenção do ponto de vista dum narrador exclusivamente homossexual (ou qualquer outra obsessão monomaníaca) restringe, limita e aprisiona o grande artista.

Porque a despeito dos aspectos problemáticos do ser humano transitório, da pessoa que *foi*, apesar dos pesares e de si mesmo, graças à sua ficção, Caio Fernando Abreu *é* um grande artista.

Assim, Caio, amigo, irmão, cúmplice, inimigo íntimo, a você deixo esta irredenção, minha irremediável saudade, e ao leitor, a sensibilidade e a fruição desses textos que representam o melhor da sua ficção. Fiquem em paz,

Márcia Denser

Inverno/2005

Os organizadores da edição agradecem a Cláudia Abreu e Jorge Cabral pela contribuição inestimável na concretização deste volume antológico da obra de Caio Fernando Abreu.

"Dedicado a Gilberto Gawronski, Déa Martins e Luciano Alabarse, amigos que se mantiveram presentes."

"Para ler ao som de Adriana Calcanhoto, amiga que continua..."
Cláudia Abreu e Jorge Cabral

OS DRAGÕES NÃO CONHECEM O PARAÍSO

À memória de:

Ana Cristina César,
Carlinhos Hartlieb,
Lygia Averbuck,
Julio Barroso,
Fernando Zimpeck,
Luiz Roberto Galizia,
Carlos Carvalho,
Ana Maria Scaraboto Assaf,
Josué Guimarães,
Alex Vallauri,
Rachel Rosemberg,
Ronaldo Vicentini,
Alexandre Bressan,
Darcy Penteado,
Luiz Antônio Martinez Corrêa,
Cacaso,
Guilherme Leite Costa.

À
Vida,
anyway.

a vida é tão bonita,
basta um beijo
e a delicada engrenagem movimenta-se,
uma necessidade cósmica nos protege.

Adélia Prado: O pelicano

Se o leitor quiser, este pode ser um livro de contos. Um livro com 13 histórias independentes, girando sempre em torno de um mesmo tema: amor. Amor e sexo, amor e morte, amor e abandono, amor e alegria, amor e memória, amor e medo, amor e loucura. Mas se o leitor também quiser, este pode ser uma espécie de *romance-móbile*. Um romance desmontável, onde essas 13 peças talvez possam completar-se, esclarecer-se, ampliar-se ou remeter-se de muitas maneiras umas às outras, para formarem uma espécie de todo. Aparentemente fragmentado, mas de algum modo — suponho — completo.

O *autor*

I
Linda, uma história horrível

Para Sergio Keuchguerian

Você nunca ouviu falar em maldição
nunca viu um milagre
nunca chorou sozinha num banheiro sujo
nem nunca quis ver a face de Deus.

Cazuza: "Só as mães são felizes"

Só depois de apertar muitas vezes a campainha foi que escutou o rumor de passos descendo a escada. E reviu o tapete gasto, antigamente púrpura, depois apenas vermelho, mais tarde rosa cada vez mais claro — agora, que cor? —, e ouviu o latido desafinado de um cão, uma tosse noturna, ruídos secos, então sentiu a luz acesa do interior da casa filtrada pelo vidro cair sobre sua cara de barba por fazer, três dias. Meteu as mãos nos bolsos, procurou um cigarro ou um chaveiro para rodar entre os dedos, antes que se abrisse a janelinha no alto da porta.

Enquadrado pelo retângulo, o rosto dela apertava os olhos para vê-lo melhor. Mediram-se um pouco assim — de fora, de dentro da casa —, até ela afastar o rosto, sem nenhuma surpresa. Estava mais velha, viu ao entrar. E mais amarga, percebeu depois.

— Tu não avisou que vinha — ela resmungou no seu velho jeito azedo, que antigamente ele não compreendia. Mas agora, tantos anos depois, aprendera a traduzir como que-saudade, seja-bem-vindo, que-bom-ver-você ou qualquer coisa assim. Mais carinhosa, embora inábil.

Abraçou-a, desajeitado. Não era um hábito, contatos, afagos. Afundou tonto, rápido, naquele cheiro conhecido — cigarro, cebola, cachorro, sabonete, creme de beleza e carne velha, sozinha há anos. Segurando-o pelas duas orelhas, como de costume, ela o beijou na testa. Depois foi puxando-o pela mão, para dentro.

— A senhora não tem telefone — explicou. — Resolvi fazer uma surpresa.

Acendendo luzes, certa ânsia, ela o puxava cada vez mais para dentro. Mal podia rever a escada, a estante, a cristaleira, os porta-retratos empoeirados. A cadela se enrolou nas pernas dele, ganindo baixinho.

— Sai, Linda — ela gritou, ameaçando um pontapé. A cadela pulou de lado, ela riu. — Só ameaço, ela respeita. Coitada, quase cega. Uma inútil, sarnenta. Só sabe dormir, comer e cagar, esperando a morte.

— Que idade ela tem? — ele perguntou. Que esse era o melhor jeito de chegar ao fundo: pelos caminhos transversos, pelas perguntas banais. Por trás do jeito azedo, das flores roxas do robe.

— Sei lá, uns 15. — A voz tão rouca. — Dizque idade de cachorro a gente multiplica por sete.

Ele forçou um pouco a cabeça, esse era o jeito:

— Uns 95, então.

Ela colocou a mala dele em cima de uma cadeira da sala. Depois apertou novamente os olhos. E espiou em volta, como se acabasse de acordar:

— O quê?

— A Linda. Se fosse gente, estaria com 95 anos.

Ela riu:

— Mais velha que eu, imagina. Velha que dá medo. — Fechou o robe sobre o peito, apertou a gola com as mãos. Cheias de manchas escuras, ele viu, como sardas (*ce-ra-to-se*, repetiu mentalmente), pintura alguma nas unhas rentes dos dedos amarelos de cigarros. — Quer um café?

— Se não der trabalho — ele sabia que esse continuava sendo o jeito exato, enquanto ela adentrava soberana a cozinha, seu reino. Mãos nos bolsos, olhou em volta, encostado na porta.

As costas dela, tão curvas. Parecia mais lenta, embora guardasse o mesmo jeito antigo de abrir e fechar sem parar as portas dos armários, dispor xícaras, colheres, guardanapos, fazendo muito ruído e forçando-o a sentar — enquanto ele via. Manchadas de gordura, as paredes da cozinha. A pequena janela basculante, vidro quebrado. No furo do vidro, ela colocara uma folha de jornal. *País mergulha no caos, na doença e na miséria* — ele leu. E sentou na cadeira de plástico rasgado.

— Tá fresquinho — ela serviu o café. — Agora só consigo dormir depois de tomar café.

— A senhora não devia. Café tira o sono.

Ela sacudiu os ombros:

— Dane-se. Comigo sempre foi tudo ao contrário.

A xícara amarela tinha uma nódoa escura no fundo, bordas lascadas. Ele mexeu o café, sem vontade. De repente, então, enquanto nem ele nem ela diziam nada, quis fugir. Como se volta a fita num videocassete, de costas, apanhar a mala, atravessar a sala, o corredor de entrada, ultrapassar o caminho de pedras do jardim, sair novamente para a ruazinha de casas quase todas brancas. Até algum táxi, o aeroporto, para outra cidade, longe do Passo da Guanxuma, até a outra vida de onde vinha. Anônima, sem laços nem passado. Para sempre, para nunca mais. Até a morte de qualquer um dos dois, teve medo. E desejou. Alívio, vergonha.

— Vá dormir — pediu. — É muito tarde. Eu não devia ter vindo assim, sem avisar. Mas a senhora não tem telefone.

Ela sentou à frente dele, o robe abriu-se. Por entre as flores roxas, ele viu as inúmeras linhas da pele, papel de seda amassado. Ela apertou os olhos, espiando a cara dele enquanto tomava um gole de café.

— Que que foi? — perguntou, lenta. E esse era o tom que indicava a abertura para um novo jeito. Mas ele tossiu, baixou os olhos para a estamparia de losangos da toalha. Vermelho, verde. Plástico frio, velhos morangos.

— Nada, mãe. Não foi nada. Deu saudade, só isso. De repente, me deu tanta saudade. Da senhora, de tudo.

Ela tirou um maço de cigarros do bolso do robe:

— Me dá o fogo.

Estendeu o isqueiro. Ela tocou na mão dele, toque áspero das mãos manchadas de ceratose nas mãos muito brancas dele. Carícia torta:

— Bonito, o isqueiro.

— É francês.

— Que é isso que tem dentro?

— Sei lá, fluido. Essa coisa que os isqueiros têm. Só que este é transparente, nos outros a gente não vê.

Ela ergueu o isqueiro contra a luz. Reflexos de ouro, o líquido verde brilhou. A cadela entrou por baixo da mesa, ganindo baixinho. Ela pareceu não notar, encantada com o por trás do verde, líquido dourado.

— Parece o mar — sorriu. Bateu o cigarro na borda da xícara, estendeu o isqueiro de volta para ele. — Então quer dizer que o senhor veio me visitar? Muito bem.

Ele fechou o isqueiro na palma da mão. Quente da mão manchada dela.

— Vim, mãe. Deu saudade.

Riso rouco:

— Saudade? Sabe que a Elzinha não aparece aqui faz mais de mês? Eu podia morrer aqui dentro. Sozinha. Deus me livre. Ela nem ia ficar sabendo, só se fosse pelo jornal. Se desse no jornal. Quem se importa com um caco velho?

Ele acendeu um cigarro. Tossiu forte na primeira tragada:

— Também moro só, mãe. Se morresse, ninguém ia ficar sabendo. E não ia dar no jornal.

Ela tragou fundo. Soltou a fumaça, círculos. Mas não acompanhou com os olhos. Na ponta da unha, tirava uma lasca da borda da xícara.

— É sina — disse. — Tua avó morreu só. Teu avô morreu só. Teu pai morreu só, lembra? Naquele fim de semana que eu fui pra praia. Ele tinha horror do mar. Uma coisa tão grande que mete medo na gente, ele dizia. — Jogou longe a bolinha com a pintura da xícara. — E nem um neto, morreu sem um neto nem nada. O que mais ele queria.

— Já faz tempo, mãe. Esquece — ele endireitou as costas, doíam. Não, decidiu: naquele poço, não. O cheiro, uma semana, vizinhos telefonando. Passou as pontas dos dedos pelos losangos desbotados da toalha.

— Não sei como a senhora consegue continuar morando aqui sozinha. Esta casa é grande demais pra uma pessoa só. Por que não vai morar com a Elzinha?

Ela fingiu cuspir de lado, meio cínica. Aquele cinismo de telenovela não combinava com o robe desbotado de flores roxas, cabelos quase inteiramente brancos, mãos de manchas marrons segurando o cigarro quase no fim.

— E aguentar o Pedro, com aquela mania de grandeza? Pelo amor de Deus, só se eu fosse, sei lá. Iam ter que me esconder no dia das visitas, Deus me livre. A velha, a louca, a bruxa. A megera socada no quartinho de empregada, feito uma negra. — Bateu o cigarro. — E como se não bastasse, tu acha que iam me deixar levar a Linda junto?

Embaixo da mesa, ao ouvir o próprio nome, a cadela ganiu mais forte.

— Também não é assim, não é, mãe? A Elzinha tem a faculdade. E o Pedro no fundo é boa gente. Só que.

Ela remexeu nos bolsos do robe. Tirou uns óculos de hastes remendadas com esparadrapo, lente rachada.

— Deixa eu te ver melhor — pediu.

Ajeitou os óculos. Ele baixou os olhos. No silêncio, ficou ouvindo o tique-taque do relógio da sala. Uma barata miúda riscou o branco dos azulejos atrás dela.

— Tu está mais magro — ela observou. Parecia preocupada. — Muito mais magro.

— É o cabelo — ele disse. Passou a mão pela cabeça quase raspada. — E a barba, três dias.

— Perdeu cabelo, meu filho.

— É a idade. Quase quarenta anos. — Apagou o cigarro. Tossiu.

— E essa tosse de cachorro?

— Cigarro, mãe. Poluição.

Levantou os olhos, pela primeira vez olhou direto nos olhos dela. Ela também olhava direto nos olhos dele. Verde desmaiado por trás das lentes dos óculos, subitamente muito atentos. Ele pensou: *é agora, nesta contra-*

mão.[1] Quase falou. Mas ela piscou primeiro. Desviou os olhos para baixo da mesa, segurou com cuidado a cadela sarnenta e a trouxe até o colo.

— Mas vai tudo bem?

— Tudo, mãe.

— Trabalho?

Ele fez que sim. Ela acariciou as orelhas sem pelo da cadela. Depois olhou outra vez direto para ele:

— Saúde? Dizque tem umas doenças novas aí, vi na tevê. Umas pestes.

— Graças a Deus — ele cortou. Acendeu outro cigarro, as mãos tremiam um pouco. — E a dona Alzira, firme?

A ponta apagada do cigarro entre os dedos amarelos, ela estava recostada na cadeira. Olhos apertados, como se visse por trás dele. No tempo, não no espaço. A cadela apoiara a cabeça na mesa, os olhos branquicentos fechados. Ela suspirou, sacudiu os ombros:

— Coitada. Mais esclerosada do que eu.

— A senhora não está esclerosada.

— Tu que pensa. Tem vezes que me pego falando sozinha pelos cantos. Outro dia, sabe quem eu chamava o dia inteiro? — Esperou um pouco, ele não disse nada. — A Cândida, lembra dela? Ô negrinha boa, aquela. Até parecia branca. Fiquei chamando, chamando o dia inteiro. Cândida, ô Cândida. Onde é que tu te meteu, criatura? Aí me dei conta.

— A Cândida morreu, mãe.

Ela tornou a passar a mão pela cabeça da cadela. Mais devagar, agora. Fechou os olhos, como se as duas dormissem.

— Pois é, esfaqueada. Que nem um porco, lembra? — Abriu os olhos. — Quer comer alguma coisa, meu filho?

— Comi no avião.

Ela fingiu cuspir de lado, outra vez.

— Cruz-credo. Comida congelada, Deus me livre. Parece plástico. Lembra daquela vez que eu fui? — Ele sacudiu a cabeça, ela não notou. Olhava para cima, para a fumaça do cigarro perdida contra o teto manchado

---

1 Ana Cristina César: A *teus pés.*

de umidade, de mofo, de tempo, de solidão. — Fui toda chique, parecia uma granfa. De avião e tudo, uma madame. Frasqueira, raiban. Contando, ninguém acredita. — Molhou um pedaço de pão no café frio, colocou-o na boca quase sem dentes da cadela. Ela engoliu de um golpe. — Sabe que eu gostei mais do avião do que da cidade? Coisa de louco, aquela barulheira. Nem parece coisa de gente, como é que tu aguenta?

— A gente acostuma, mãe. Acaba gostando.

— E o Beto? — ela perguntou de repente. E foi baixando os olhos até encaixarem, outra vez, direto nos olhos dele.

Se eu me debruçasse? — ele pensou. Se, então, assim. Mas olhou para os azulejos na parede atrás dela. A barata tinha desaparecido.

— Tá lá, mãe. Vivendo a vida dele.

Ela voltou a olhar o teto:

— Tão atencioso, o Beto. Me levou pra jantar, abriu a porta do carro pra mim. Parecia coisa de cinema. Puxou a cadeira do restaurante pra mim sentar. Nunca ninguém tinha feito isso. — Apertou os olhos. — Como era mesmo o nome do restaurante? Um nome de gringo.

— *Casserole*, mãe. *La Casserole*. — Quase sorriu, ele tinha uns olhos de menino, lembrou. — Foi boa aquela noite, não foi?

— Foi — ela concordou. — Tão boa, parecia filme. — Estendeu a mão por sobre a mesa, quase tocou na mão dele. Ele abriu os dedos, certa ânsia. Saudade, saudade. Então ela recuou, afundou os dedos na cabeça pelada da cadela.

— O Beto gostou da senhora. Gostou tanto — ele fechou os dedos. Assim fechados, passou-os pelos pelos do próprio braço. Umas memórias, distância. — Ele disse que a senhora era muito chique.

— Chique, eu? Uma velha grossa, esclerosada. — Ela riu, vaidosa, mão manchada no cabelo branco. Suspirou. — Tão bonito. Um moço tão fino, aquilo é que é moço fino. Eu falei pra Elzinha, bem na cara do Pedro. Pra ele tomar como indireta mesmo, eu disse bem alto, bem assim. Quem não tem berço a gente vê logo na cara. Não adianta ostentar, tá escrito. Que nem o Beto, aquela calça rasgadinha. Quem ia dizer que era um moço assim tão fino, de tênis? — Voltou a olhar dentro dos olhos dele. — Isso é que é amigo, meu filho. Até meio parecido contigo, eu fiquei pensando. Parecem irmãos. Mesma altura, mesmo jeito, mesmo.

— A gente não se vê faz algum tempo, mãe.

Ela debruçou um pouco, apertando a cabeça da cadela contra a mesa. Linda abriu os olhos esbranquiçados. Embora cega, também parecia olhar para ele. Ficaram se olhando assim. Um tempo quase insuportável, entre a fumaça dos cigarros, cinzeiros cheios, xícaras vazias — os três, ele, a mãe e Linda.

— E por quê?

— Mãe — ele começou. A voz tremia. — Mãe, é tão difícil — repetiu. E não disse mais nada.

Foi então que ela levantou. De repente, jogando a cadela ao chão como um pano sujo. Começou a recolher xícaras, colheres, cinzeiros, jogando tudo dentro da pia. Depois de amontoar a louça, derramar o detergente e abrir as torneiras, andando de um lado para outro enquanto ele ficava ali sentado, olhando para ela, tão curva, um pouco mais velha, cabelos quase inteiramente brancos, voz ainda mais rouca, dedos cada vez mais amarelados pelo fumo, guardou os óculos no bolso do robe, fechou a gola, olhou para ele e — como quem quer mudar de assunto, e esse também era um sinal para um outro jeito que, desta vez sim, seria o certo — disse:

— Teu quarto continua igual, lá em cima. Vou dormir que amanhã cedo tem feira. Tem lençol limpo no armário do banheiro.

Então fez uma coisa que não faria, antigamente. Segurou-o pelas duas orelhas para beijá-lo não na testa, mas nas duas faces. Quase demorada. Aquele cheiro — cigarro, cebola, cachorro, sabonete, cansaço, velhice. Mais qualquer coisa úmida que parecia piedade, fadiga de ver. Ou amor. Uma espécie de amor.

— Amanhã a gente fala melhor, mãe. Tem tempo, dorme bem.

Debruçado na mesa, acendeu mais um cigarro enquanto ouvia os passos dela subindo pesados pela escada até o andar superior. Quando ouviu a porta do quarto bater, levantou e saiu da cozinha.

Deu alguns passos tontos pela sala. A mesa enorme, madeira escura. Oito lugares, todos vazios. Parou em frente ao retrato do avô — rosto levemente inclinado, olhos verdes aguados que eram os mesmos da mãe e também os dele, heranças. No meio do campo, pensou, morreu só com um revólver e sua sina. Levou a mão até o bolso interno do casaco, tirou a pequena garrafa estrangeira e bebeu. Quando a afastou, gotas de uísque rolaram pelos cantos da boca, pescoço, camisa, até o chão. A cadela lambeu o tapete gasto, olhos quase cegos, língua tateando para encontrar o líquido.

Ele abriu os olhos. Como depois de uma vertigem, percebeu-se a olhar fixamente para o grande espelho da sala. No fundo do espelho na parede da sala de uma casa antiga, numa cidade provinciana, localizou a sombra de um homem magro demais, cabelos quase raspados, olhos assustados feito os de uma criança. Colocou a garrafa sobre a mesa, tirou o casaco.

Suava muito. Jogou o casaco na guarda de uma cadeira. E começou a desabotoar a camisa manchada de suor e uísque.

Um por um, foi abrindo os botões. Acendeu a luz do abajur, para que a sala ficasse mais clara quando, sem camisa, começou a acariciar as manchas púrpura, da cor antiga do tapete na escada — agora, que cor? —, espalhadas embaixo dos pelos do peito. Na ponta dos dedos, tocou o pescoço. Do lado direito, inclinando a cabeça, como se apalpasse uma semente no escuro. Depois foi dobrando os joelhos até o chão. Deus, pensou, antes de estender a outra mão para tocar no pelo da cadela quase cega, cheio de manchas rosadas. Iguais às do tapete gasto da escada, iguais às da pele do seu peito, embaixo dos pelos. Crespos, escuros, macios.

— Linda — sussurrou. — Linda, você é tão linda, Linda.

II
O destino desfolhou

Em memória de
Tânia Beatriz Pacheco Pinto.
E para
Fanny Abramovich,
que me fez lembrar.

Aqui é dor, aqui é amor, aqui é amor e dor:
onde um homem projeta seu perfil e pergunta atônito:
em que direção se vai?

Adélia Prado: O coração disparado

Vênus

Há seis anos, ele estava apaixonado por ela. Perdidamente. O problema — um dos problemas, porque havia outros, bem mais graves —, o problema inicial, pelo menos, é que era cedo demais. Quando se tem vinte ou trinta anos, seis anos de paixão pode ser muito (ou pouco, vai saber) tempo. Mas acontece que ele só tinha 12 anos. Ela, um a mais. Estavam ambos naquela faixa intermediária em que ficou cedo demais para algumas coisas, e demasiado tarde para a maioria das outras.

Ela chamava-se Beatriz. Ele chamava-se — não vem ao caso. Mas não era Dante, ainda não. Anos mais tarde, tentaria lembrar-se de Como Tudo Começou. E não conseguia. Não conseguiria, claramente. Voltavam sempre cenas confusas na memória. Misturavam-se, sem cronologia, sem que ele conseguisse determinar o que teria vindo antes ou depois daquele momento em que, tão perdidamente, apaixonou-se por Beatriz.

Voltavam principalmente duas cenas. A primeira, num aniversário, não saberia dizer de quem. Dessas festas de verão, janelas da casa todas abertas, deixando entrar uma luz bem clara que depois empalideceria aos poucos, tingindo o céu de vermelho, porque entardecia. Ele lembrava de um copo de guaraná, da saia de veludo da mãe — sempre ficava enroscado na mãe, nas festas, espiando de longe os outros, os da idade dele. Lembrava do copo de guaraná, da saia de veludo (seria verde-musgo?) e do balão de gás que segurava. Então a mãe perguntou, de repente, qual a menina da festa que ele achava mais bonita. Sem precisar pensar, respondeu:

— Beatriz.

A mãe riu, jogou para trás os cabelos — uns cabelos dourados, que nem o guaraná e a luz de verão — e disse assim:

— Credo, aquele estrelete?

Anos mais tarde, não encontraria no dicionário o significado da palavra *estrelete*. Mas naquele momento, ali com o balão numa das mãos, o guaraná na outra, cotovelos fincados no veludo (seria azul-marinho?) da saia da mãe, pensou primeiro em estrela. Talvez por causa do movimento dos cabelos da mãe, quando tudo brilhou, ele pensou em estrela. Uma pequena estrela. Uma estrela magrinha, meio nervosa. Beatriz tinha um pescoço longo de bailarina que a fazia mais alta que as outras meninas, e um jeito lindo de brilhar quando movia as costas muito retas, olhando adulta em volta.

Estrelete estrelete estrelete estrelete — repetiu e repetiu até que a palavra perdesse o sentido e, reduzida a faíscas, saísse voando junto com o balão que ele soltou, escondido atrás do taquareiro. Bem na hora em que o sol sumia e uma primeira estrela apareceu. Estrela-d'alva, Vésper, Vênus, diziam. Diziam muitas coisas que ele ainda não entendia.

Cenas

A outra cena acontecia num dos festivais de fim de ano do Grupo Escolar, no Cine Cruzeiro do Sul.

Ele estava na plateia, porque não sabia cantar nem dançar nem declamar, nem nada que os outros pudessem sentar e aplaudir — como ele sentava e aplaudia agora. Então Beatriz entrava no palco com um vestido branco repolhudo, sentava numa cadeira e a professora-apresentadora colocava um acordeom nos braços dela. Embora alta demais para a idade, Beatriz quase desaparecia no palco do cinema, atrás daquele enorme acordeom. Dava só para ver o rosto pálido, sério, a franja lisa acima do instrumento, as pernas compridas abaixo, tão finas que os carpins de renda desabavam sobre os sapatos de verniz preto e presilha. As duas mãos de unhas roídas, nas teclas.

Então, acontecia. Na memória, anos depois, tinha a impressão de que havia um silêncio pouco antes dela começar. Um silêncio precedendo o brilho. Talvez não, só fantasias.

De repente, logo após esse silêncio incerto, os dedos de unhas roídas de Beatriz começavam a mover-se sobre as teclas. Do acordeom e da voz dela, uma voz fina de vidro, agulha, espinho, brotava aos poucos uma valsinha chamada "O destino desfolhou". O-nosso-amor-traduzia-felicidade-e-afeição, ele lembraria, suprema-glória-que-um-dia-tive-ao-alcance-da-mão. O coração bateu mais forte. Como quando soltara o balão, de tardezinha, atrás do taquaral. E alguma coisa brilhou no ar entre vermelho e roxo do entardecer, no meio das paredes descascadas do Cine Cruzeiro do Sul. Era tudo: cenas.

Depois dessa, havia outras.

Cenas mais comuns, com ele sentado quase sempre atrás ou ao lado dela, na primeira, segunda, terceira, quarta e quinta séries primárias. Colava de Beatriz, em aritmética. Ela colava dele, em linguagem. Tiravam notas boas. Mas em comportamento, todo mês ganhavam o mínimo, porque não paravam de conversar. Todas as manhãs, menos sábado e domingo.

Sábado não tinha Beatriz. Mas domingo, vezenquando, na missa das dez, novamente ela aparecia, ao lado da mãe. Dona Lucy não usava saias de veludo nem tinha cabelos dourados: era viúva, vestia preto, cabelos presos num coque, rosário na mão. Ao lado dela, o brilho de Beatriz desaparecia, ofuscado por uma dor que ela ou ele só seriam capazes de compreender mais tarde, se houvesse tempo. E não havia.

A SEPARAÇÃO

De repente — ou não de repente, mas tão aos pouquinhos, e tão igual todo dia que era como se fosse assim, num piscar de olhos, num virar de página — passou-se muito tempo. E quando começaram o ginásio houve: A Separação. Ele foi para o colégio estadual, ela para o colégio das Freiras. Depois das férias grandes, pelas manhãs, num fim de verão, não havia mais Beatriz.

Aos domingos, sim, tinha Beatriz na matinê das quatro. Sem dona Lucy. Havia agora Betinha, Aureluce, Tanara e outras amigas barulhentas em volta, uma fila inteira delas no Cine Cruzeiro do Sul. Com blusinhas de *banlon* e risadinhas, pipocas e barulho de papel de bala amassado justo na hora em que Johnny Weissmuller ia cair nas mãos dos pigmeus canibais. Areias movediças, caçadores de cabeça, dardos fatais. Odiava todas as gurias: gasguitas gasguitas. Menos ela. Quando retardava ou apressava o passo para cruzá-la na saída, ruborizava um pouco, dizia *ó-h!* cumprimentando — e apressava o passo de novo, para afastar-se logo e levá-la por dentro, perdoando tudo.

Ela crescia. Crescia não como as outras, para os lados, para a frente e para trás. Beatriz crescia principalmente para cima. Pescoço cada vez mais longo, rabo de cavalo preto liso escorrido batendo nas costas, abaixo dos ombros. Ele, não. Ele não crescia para lado nenhum. Só para dentro, parecia. Tinha horror de uma coisa densa, meio suja, entupindo ele por dentro. Descoordenava os movimentos, descontrolava a voz. Umas espinhas, uns pelos apareciam em lugares imprevistos. Sentia-se pesado, lerdo, desconfortável como se não coubesse dentro do próprio corpo, suspenso entre ter perdido um jeito antigo de comandá-lo e ainda não ter encontrado o jeito novo. Que devia haver um.

Nessa época, começaram os boatos. A filha da Lucy, diziam, mas mudavam logo de assunto quando ele se aproximava. Que horror, ainda conseguia ouvir, que tragédia. Primeiro o marido, agora a filha. Coitadinha, nem 15 anos. Aprendeu a maneira de ouvir sem ser visto. Na sombra, atrás da porta.

Até surpreender, um dia, a palavra nova: *leucemia*. No dicionário, encontrou. Mas não conseguiu entender direito. Glóbulos, era bonito, redondo. Parecia pétala, sânscrito, dádiva: gló-bu-los. Brancos, excesso. Mata?, perguntou no colégio. Disseram que sim. Em pouco tempo.

A urgência

Então baixou a pressa.

Não tinha mais um dia a perder, pois embora fosse muito cedo, começou a suspeitar que era também desesperadamente tarde demais. Procurou Betinha, bilhete pronto, escrito com Parker 51 em folha de arquivo. *Quero falar contigo amanhã sem falta, na praça, depois da aula.*

— Tu sabes? — perguntou Betinha, olho no olho.

Ele disse que sim.

De tardezinha, veio a resposta: Beatriz concordava. Amanhã na praça, sem falta.

— Mas tu sabes mesmo? — Betinha perguntou novamente.

Outra vez, disse que sim. Perguntou se era verdade.

Betinha sacudiu a cabeça, que era. Antes de ir embora, ainda falou:

— Olha bem para o pescoço dela. Tem uns caroços aqui, assim, inchados. Aquilo é a doença.

Ele olhou bem, quase meio-dia da manhã seguinte, sentados num banco do centro da praça. Enquanto pedia, trêmulo de amor:

— Beatriz, quero namorar contigo.

Ela apertou contra o peito um livro de história do Brasil:

— Tu é muito criança — disse.

Quase não conseguia olhar para ela. Olhava o chão de pastilhas coloridas no centro da praça. Formavam círculos, quadrados, estrelas grandes e pequenas. Menores ainda, estreletes.

— Mas se eu sou criança — foi dizendo devagar, convincente —, se eu sou criança tu também é, porque só tens 12 anos.

— Treze — ela corrigiu. E ergueu o rosto para o sol no meio do céu. Os gânglios inchados quase desapareciam assim. *Gân-gli-os*, repetiu mentalmente, essa palavra que quase não conhecia.

Espantado, percebeu que Beatriz usava batom. Batom clarinho, mal se notava. Parecia tão divertida e distante que aquela coisa densa, meio suja, dentro dele começou a se contorcer feito quisesse sair para fora. Cobra armando o bote, vômito armado na garganta. Ainda tentava controlá-la, quando insistiu:

— Eu gosto de ti, Beatriz. Eu gosto muito de ti. Eu gosto tanto de ti.

— Pois eu não — ela abaixou os olhos, procurando os dele. Quando encontrou, falou quase sorrindo, como quem dá uma coisa doce, não como quem enfia uma faca afiada: — Gosto só como amigo.

— Como amigo, não me interessa — gemeu.

Devia ser março, porque o sol era tão quente que fazia gotas de suor escorrerem entre as espinhas da cara dele até o lábio superior, onde aqueles pelos escuros começavam a se adensar. Sua cara de macho em preparação devia estar nojenta como a de um bicho. Mais tarde, bem mais tarde, se lhe perguntassem, mas ninguém saberia, poderia explicar que não tinha tido culpa. Foi aquela coisa suja de dentro que subiu descontrolada garganta acima, para atravessar a língua e os dentes até arredondar-se de repente na pergunta cruel que jogou no ar morno de meio-dia (e Sol na X, era o destino):

— Beatriz, tu sabe que vai morrer?

Ela levantou. Nem pálida, nem lágrimas nos olhos. Remota, fatídica. Ele levantou também. Só então percebeu que, além do batom, ela usava sapatos de saltinho que a faziam quase dois palmos mais alta que ele. Por trás dela, podia ver a torre da igreja. Talvez uma ou duas palmeiras. A caixa-d'água ao longe, muito alta. O sino começou a bater. Beatriz virou as costas e saiu caminhando, pescoço erguido, o livro de história apertado contra os seios tão empinados que, num último golpe, percebeu: além do batom e dos saltinhos, Beatriz também usava sutiã.

Beatriz era uma mulher. E ia morrer.

A partida

Volta, quis dizer, parado no meio da praça.

Mas agora, tantos anos depois, não saberia se teve mesmo vontade de chamar ali, ao meio-dia de uma tarde de Peixes, ou se repetiria depois baixinho, à noite, sozinho na cama, no mesmo quarto com o irmão mais velho, nessa noite ou em todas as outras depois dessa, à medida que o verão fosse indo embora e as noites todas se tornassem mais e mais frias, junho, julho, agosto adentro, enrolado em cobertores, vida afora repetindo volta, Beatriz, volta que eu cuido de ti e dou um jeito qualquer de tu ficares boa e então nós podemos ir embora para a África ou Oceania ou Eurásia ou qualquer outro lugar onde tu possas ficar completamente boa do meu lado e para sempre, volta que eu te cuido e não te deixo morrer nunca.

Não disse nada. Pisando lenta, olhando o sol, Beatriz foi embora para sempre dos 12 anos de vida dele.

Ah, Dindi...

O tempo passou, depois disso, mais um pouco. Um, dois anos em que, além de para dentro, ele começou a crescer igual aos outros: em todas as direções. Aqueles pelos finos engrossaram sobre o lábio superior, outros surgiram, escureceram curvas, reentrâncias. As espinhas desapareceram, a voz definiu-se. Aquela coisa densa de dentro transformou-se numa espécie de leite espesso que descobriu o jeito de puxar para fora, com movimentos da mão e estremecimentos do corpo. Na cama ao lado, Toninho repetia:

— Vai criar cabelo na palma da mão. Vai ficar tuberculoso desse jeito. Se quiser, um dia me fala, te levo na zona. Ou vai sozinho, chega na Morocha e diz que é meu irmão, ela já sabe.

Foram esses os anos em que Beatriz foi embora. Para a capital, para se tratar, diziam.

Isso depois de uma fase em que ela trocou aquele batom rosa-clarinho por outro vermelho, muito forte, aqueles saltos baixos por outros altíssimos, e decotes fundos, costas de fora, saias curtas, pernas cruzadas no clube, risadas estridentes na rua, cigarros e rosas de ruge na face cada vez mais branca. De mão em mão, Beatriz passou. Pelas mãos de Cacá, que na aula de educação física abaixava o calção para mostrar o pau, o maior do colégio, a quem quisesse ver. Ou pegar, alguns pegavam. Pelas mãos de Mauro, que tinha cabelo no peito e encestava bola no basquete como ninguém. E Luizão e Pancho e Caramujo e Bira e tantos outros que nem lembrava direito o nome, a cara, divulgando pelas esquinas, pela sinuca, pela praça ou matinê: ela faz de tudo, só chegar e meter a mão, dá pra qualquer um — uma percanha.

Com ele, quase nada aconteceu, além de uma tentativa desastrada de namorar Betinha, depois que Beatriz se foi. Mas só perguntava por ela, até que um dia Betinha encheu, foi namorar Luizão, que tinha uma lambreta. Quase nada além daquele corpo crescendo em direções imprevistas, de um *B* gótico desenhado em segredo e carinho nas folhas finais dos cadernos, principalmente os de Geografia, quando tentava decorar as capitais — Suíça, capital Berna; Polônia, capital Varsóvia; Honduras, capital Te-gu-ci-gal-pa — e a cada nome estranho repetia e repetia, morto de saudade: para lá, então, para lá, Beatriz, quem sabe — vamos?

Aprendeu a dirigir o Simca Chambord branco forrado de vermelho do pai. Mas Passo da Guanxuma acabava logo: só restavam quatro estradas de terra vermelha poeirenta batida, perdidas até o horizonte. Precisou de professor particular de matemática. Ficou para segunda época em latim, não conseguia passar da primeira declinação, *terra, terrae, terram*. Escreveu sonetos de pé quebrado, sem parar ouviu Silvinha Telles num compacto cantando ah-Dindi-se-soubesses-o-bem-que-eu-te-quero-o-mundo-seria-Dindi-lindo-Dindi...

Até aquele dia.

Marte

Era sempre verão quando alguma coisa acontecia. Talvez porque no verão as pessoas tiravam cadeiras para fora de casa e, pelas calçadas, olhando estrelas, falavam de tudo que não costumavam falar durante o dia. Ele tinha aprendido o jeito de se confundir com as sombras, sem que o notassem. Tinha-se tornado uma sombra à espreita do que nunca era dito claramente, à beira do momento em que não haveria mais nenhum segredo a descobrir e a vida, então, se tornasse crua e visível, por tê-la tocado ele mesmo, não por ouvir dizer.

Frase após frase, ficou ouvindo:

— E a filha da Lucy, tu já soube?

— Quem, a Beatriz?

— E a Lucy tinha outra filha, criatura?

— Perguntei por perguntar. Que aconteceu?

— Pois dizque morreu, em Porto Alegre.

— Mas não me conta, criatura. Quando?

— Ontem, tresantontem. Não sei direito. Vão enterrar lá mesmo.

— Que barbaridade. Tão novinha.

— Pois é. Mais uma perdida. Não tinha nem 16 anos.

— Uma guria bonitinha. Meio espevitada, mas jeitosinha.

— Dizque morreu grávida.

— Pelo amor de Deus, não me conta.

— Que sabia que ia morrer. Aí deu um desgosto, emputeceu de repente.

— Mas quem era o pai?

— Deus é que sabe. Só aqui no Paço, retoçou com todos. O Cacá da Zulma, o Luizão da Lia, o Bira do Otaviano. Fora os de lá, que ninguém sabe.

— Que coisa de louco.

— Dizque a cabeça rachou toda antes de morrer.

— Como, rachou?

— Pois rachou, ué. Que nem porongo no sol. A tal da doença.

— Mas a pobre da Lucy. Primeiro o marido, depois a filha.

— Cada vivente com a sua sina.

— A pobre da Beatriz.

— Que Deus a tenha.

— Escuta, teu filho não tinha um rabicho por ela?

Tinha? (Tanto tempo hoje, a garrafa de vinho quase vazia e a voz travada de Marianne Faithfull cantando “As tears goes by”, tantas dores novas, e tão inesperadas, tivesse visto de lá, naquele tempo, com aqueles olhos que nunca mais teria.) Tinha tido mesmo — tão grosseiro, como se diz? — um *rabicho* por Beatriz? Não sabia responder direito.

Deve ter olhado para cima e visto a estrela vermelha (seria Marte?) que naquele verão costumava brilhar justamente sobre a casa da Morocha. Teve um impulso, coice no peito, suor na testa. Mas esperou que o assunto mudasse, virando página após página de *O Cruzeiro*, jogado no sofá-cama da sala. David Nasser, disco voador, Márcia e Maristela, candangos, Odete Lara, coisas assim. Só depois de ter remanchado horas pela casa — outra vez então aquela coisa grossa, aquela coisa porca, aquela coisa furiosa dando voltas dentro dele — resolveu emergir devagarinho das sombras para a luz do poste sobre as pessoas sentadas na calçada.

E visto assim, à luz do poste, dos cigarros, vaga-lumes e estrelas, camisa aberta ao peito, as duas mãos enfiadas fundo nos bolsos, parecia tão seguro e decidido que ninguém teria coragem de negar absolutamente nada quando pediu:

— Pai, me empresta o auto?

Poeira

Deu a partida e enveredou pelos barrancos em direção à casa da Morocha. Alto do chão.

— *El hermano de Tonico?* — ela perguntou, oferecendo a cuia de mate novo, dente de ouro na frente. — *Entonces, eres tu? Bien que él me tenía hablado, muy guapo.*

Os anéis cintilaram quando ela abriu a porta para que ele penetrasse no interior enfumaçado. Já estavam lá, ou chegariam depois, não lembrava, o Caramujo, o Pancho, o Bira e talvez um ou outro daqueles bagaceiras todos que tinham tocado em Beatriz. Não falou com ninguém. Sentou sozinho numa mesa, pediu um maço de Hudson com ponta, uma cerveja. Antes que pedisse a segunda, uma loira meio velha, olhos verdes e falha num dente, pediu licença para sentar com ele. Usava saia justa de veludo de cor viva, de que nunca mais conseguiu lembrar a cor exata, embora tivesse certeza de que não era verde-musgo nem azul-marinho.

Na manhã seguinte, quando Toninho aos berros finalmente conseguiu acordá-lo, lembrava apenas de ter pedido para ouvir "O destino desfolhou", depois de uma vomitada espetacular bem no meio da sala. Mais que tudo, das pernas escancaradas de uma loira meio velha numa cama de lençóis com cheiro estranho. O resto, névoa opaca, gosto de palha na boca.

Hoje — tantos anos depois, neurônios arrebentados de álcool, drogas, insônia, rejeições, e a memória trapaceia, mesmo com a atenção voltada inteira para o centro seco daquilo que era denso e foi-se dispersando aos poucos, como se perdem o tempo e as emoções, poeira varrida, por mais esforços que faça, plena madrugada, sede familiar, telefone mudo — não consegue lembrar de quase mais nada além disto tudo que tentou ser dito sobre Beatriz ou ele mesmo ou aquilo que agora chama, com carinho e amargura, de: *Aquele tempo.*

Tempo, faz tanto tempo, repetem — esquece. Continuam a dizer coisas que ele não entende.

III
À beira do mar aberto

. . . .

. . . .

e de novo me vens e me contas do mar aberto das costas de tua terra, do vento gelado soprando desde o polo, nos invernos, sem nenhuma baía, nenhuma gaivota ou albatroz sobrevoando rasante o cinza das águas para mergulhar, como certa vez, em algum lugar, rápido iscando um peixe no bico agudo, mas essas outras águas que lembro eram claras verdes, havia sol e acho que também um reflexo de prata no bico da ave no momento justo do mergulho, nessas águas de que me falas quando me tomas assim e me levas para histórias ou caminhadas sem fim não há verde nem é claro, o sol não transpõe as nuvens, e te imagino então parado sozinho sobre a faixa interminável de areia, o vento que bate em teu rosto, as mãos com os dedos roxos de frio enfiadas até o fundo dos bolsos, o vento e novamente o vento que bate em teu rosto, esse mesmo que me olha agora, raramente, teu olho bate em mim e logo se desvia, como se em minhas pupilas houvesse uma faca, uma pedra, um gume, teu rosto mais nu que sempre, à beira-mar, com esse vento a bater e a revolver teus cabelos e pensamentos, e eu sem saber o que me revolve agora quando teu olho outra vez escorrega para fora e longe do meu, entre tua testa larga de onde às vezes costumas afastar os cabelos com ambas as mãos, numa mistura de preguiça e sensualidade expostas, e quando teu olho se afasta assim, não sei para onde, talvez para esse mesmo lugar onde te encontravas ontem, à beira do mar aberto, onde não penetro, como não te penetro agora, mas é quando a pedra ou faca no fundo do meu olho afasta o teu é que te olho detalhado, e nunca saberás quanto e como já conheço cada milímetro da tua pele, esses vincos cada vez mais fundos circundando as sobrancelhas que se erguem súbitas para depois diluírem-se em pelos cada vez mais ralos, até a região onde os raspas quase sempre mal, e conheço também esses tocos de pelos duros e secretos, escondidos sob teu lábio inferior, levemente partido ao meio, e tão dissimulado te espio que nunca me percebes assim, te devassando como se através de cada fiapo, de cada poro, pudesse chegar a esse mais de dentro que me escondes sutil, obstinado, através de histórias como essa, do mar, das velhas tias, das iniciações, dos exílios, das prisões, das cicatrizes, e em tudo que me contas pensando, suponho, que é teu jeito de dar-se a mim, percebo farpado que te escondes ainda mais, como se te contando a mim negasses quase deliberado a possibilidade de te descobrir atrás e além de tudo que me dizes, é por isso que me escondo dessas tuas histórias que me enredam cada vez mais no que não és tu, mas o que foste, tento fugir para longe e a cada noite, como uma criança temendo pecados, punições de anjos vingadores com espadas flamejantes, prometo a mim mesmo nunca mais ouvir, nunca mais ter a ti tão mentirosamente próximo, e escapo brusco para que percebas que mal suporto a tua presença, veneno veneno, às vezes digo coisas ácidas e de alguma forma quero te fazer compreender que não é assim, que tenho um medo cada vez maior do que vou sentindo em todos esses meses, e não se soluciona, mas volto e volto sempre, então me invades outra vez com o mesmo jogo e embora supondo conhecer as regras, me deixo tomar inteiro por tuas estranhas liturgias, a compactuar com teus medos que não decifro, a aceitá-los como um cão faminto aceita um osso descarnado, essas migalhas que me vais jogando entre as palavras e os pratos vazios, torno sempre a voltar, talvez penalizado do teu olho que não se debruça sobre nenhum outro assim como sobre o meu, temendo a faca, a pedra, o gume das tuas histórias longas, das tuas memórias tristes, cheias de corredores mofados, donzelas velhas trancadas em seus quartos, balcões abertos sobre ruazinhas onde moças solteiras secam o cabelo, exibindo os peitos, tornarei sempre a voltar porque preciso desse osso, dos farelos que me têm alimentado ao longo deste tempo, e choro sempre quando os dias terminam porque sei que não nos procuraremos pelas noites, quando o meu perigo aumenta e sem me conter te assaltaria feito um vampiro faminto para te sangrar e te deixar mudo, sem nenhuma história a te esconder de mim, enquanto meus dentes penetrando nas veias da tua garganta arrancassem do fundo essa vida que me negas delicadamente, de cada vez que me procuras e me tomas, contudo me enveneno mais quando não vens e ninguém então me sabe parado feito velho num resto de sol de agosto, escurecido pela tua ausência, e me anoiteço ainda mais e me entrevo tanto quando estás presente e novamente me tomas e me arrancas de mim me desguiando por esses caminhos conhecidos onde atrás de cada palavra tento desesperado encontrar um sentido, um código, uma senha qualquer que me permita esperar por um atalho onde não desvies tão súbito os olhos, onde teu dedo não roce tão passageiro no meu braço, onde te detenhas mais demorado sobre isso que sou e penses quem sabe que se aceito tuas tramas, e vomitas sobre mim, depois puxas a descarga e te vais, me deixando repleto dos restos amargos do que não digeriste, mas mesmo assim penses que poderias aceitar também meus jogos, esses que não proponho, ah detritos, mas tudo isso é inútil e bem sei de como tenho tentado me alimentar dessa casca suja que chamamos com fome e pena de pequenas-esperanças, enquanto definho feito um animal alimentado apenas com água, uma água rala e pouca, não essa densa espessa turva do mar de que me falaste no começo da tarde que agora vai-se indo devagar atrás das minhas costas, e parado aqui ao teu lado, sem que me vejas, lentamente afio as pedras e as facas do fundo das minhas pupilas, para que a noite não me encontre outra vez insone, recompondo sozinho um por um dos teus traços, dos teus pelos, para que quando esses teus olhos escuros e parados como as águas do mar de inverno na praia onde talvez caminhes ainda, enquanto me adestro em gumes, resvalarem outra vez pelos meus, que seu fio esteja tão aguçado que possa rasgar-te até o fundo, para que te arrastes nesse chão que juncamos todos os dias de papéis rabiscados e pontas de cigarro, sangrando e gemendo, a implorar de mim aquele mesmo gesto que nunca fizeste, e nem mesmo sei exatamente qual seria, mas que nos arrancasse brusco e definitivo dessa mentira gentil onde não sei se deliberados ou casuais afundamos pouco a pouco, bêbados como moscas sobre açúcar, melados de nossa própria cínica doçura acovardada, contaminados por nossa falsa pureza, encharcados de palavras e literatura, e depois nos jogasse completamente nus, sem nenhuma história, sem nenhuma palavra, nessa mesma beira de mar das costas da tua terra, e de novo então me vens e me chegas e me invades e me tomas e me pedes e me perdes e te derramas sobre mim com teus olhos sempre fugitivos e abres a boca para libertar novas histórias e outra vez me completo assim, sem urgências, e me concentro inteiro nas coisas que me contas, e assim calado, e assim submisso, te mastigo dentro de mim enquanto me apunhalas com lenta delicadeza deixando claro em cada promessa que jamais será cumprida, que nada devo esperar além dessa máscara colorida, que me queres assim porque é assim que és e unicamente assim é que me queres e me utilizas todos os dias, e nos usamos honestamente assim, eu digerindo faminto o que o teu corpo rejeita, bebendo teu mágico veneno porco que me ilumina e anoitece a cada dia, e passo a passo afundo nesse charco que não sei se é o grande conhecimento de nós ou o imenso engano de ti e de mim, nos afastamos depois cautelosos ao entardecer, e na solidão de cada um sei que tecemos lentos nossa próxima mentira, tão bem-urdida que na manhã seguinte será como verdade pura e sorriremos amenos, desviando os olhos, corriqueiros, à medida que o dia avança estruturando milímetro a milímetro uma harmonia que só desabará levemente em cada roçar temeroso de olhos ou de peles, os gelos, os vermes roendo os porões que insistimos em manter indevassáveis, até que o não feito acumulado durante todo esse tempo cresça feito célula cancerosa para quem sabe explodir em feridas visíveis indisfarçáveis, flores de um louco vermelho na superfície da pele que recusamos tocar por nojo ou covardia ou paixão tão endemoninhada que não suportaria a água benta de seu próprio batismo, e enquanto falas e me enredas e me envolves e me fascinas com tua voz monocórdia e sempre baixa, de estranho acento estrangeiro, penso sempre que o mar não é esse denso escuro que me contas, sem palmeiras nem ilhas nem baías nem gaivotas, mas um outro mais claro e verde, num lugar qualquer onde é sempre verão e as emoções limpas como as areias que pisamos, não sabes desse meu mar porque nada digo, e temo que seja outra vez aquela coisa piedosa, faminta, as pequenas-esperanças, mas quando desvio meu olho do teu, dentro de mim guardo sempre teu rosto e sei que por escolha ou fatalidade, não importa, estamos tão enredados que seria impossível recuar para não ir até o fim e o fundo disso que nunca vivi antes e talvez tenha inventado apenas para me distrair nesses dias onde aparentemente nada acontece e tenha inventado quem sabe em ti um brinquedo semelhante ao meu para que não passem tão desertas as manhãs e as tardes buscando motivos para os sustos e as insônias e as inúteis esperas ardentes e loucas invenções noturnas, e lentamente falas, e lentamente calo, e lentamente aceito, e lentamente quebro, e lentamente falho, e lentamente caio cada vez mais fundo e já não consigo voltar à tona porque a mão que me estendes ao invés de me emergir me afunda mais e mais enquanto dizes e contas e repetes essas histórias longas, essas histórias tristes, essas histórias loucas como esta que acabaria aqui, agora, assim, se outra vez não viesses e me cegasses e me afogasses nesse mar aberto que nós sabemos que não acaba nem assim nem agora nem aqui

....

....

IV
Sem Ana, blues

Para Dante Pignatari

Quando Ana me deixou — essa frase ficou na minha cabeça, de dois jeitos — e depois que Ana me deixou. Sei que não é exatamente uma frase, só um começo de frase, mas foi o que ficou na minha cabeça. Eu pensava assim: *quando Ana me deixou* — e essa não continuação era a única espécie de continuação que vinha. Entre aquele *quando* e aquele *depois*, não havia nada mais na minha cabeça nem na minha vida além do espaço em branco deixado pela ausência de Ana, embora eu pudesse preenchê-lo — esse espaço branco sem Ana — de muitas formas, tantas quantas quisesse, com palavras ou ações. Ou não palavras e não ações, porque o silêncio e a imobilidade foram dois dos jeitos menos dolorosos que encontrei, naquele tempo, para ocupar meus dias, meu apartamento, minha cama, meus passeios, meus jantares, meus pensamentos, minhas trepadas e todas essas outras coisas que formam uma vida com ou sem alguém como Ana dentro dela.

Quando Ana me deixou, eu fiquei muito tempo parado na sala do apartamento, cerca de oito horas da noite, com o bilhete dela nas mãos. No horário de verão, pela janela aberta da sala, à luz das oito horas da noite podiam-se ainda ver uns restos de dourado e vermelho deixados pelo sol atrás dos edifícios, nos lados de Pinheiros. Eu fiquei muito tempo parado no meio da sala do apartamento, o último bilhete de Ana nas mãos, olhando pela janela os vermelhos e os dourados do céu. E lembro que pensei agora o telefone vai tocar, e o telefone não tocou, e depois de algum tempo em que o telefone não tocou, e podia ser Lucinha da agência ou Paulo do cineclube ou Nelson de Paris ou minha mãe do Sul, convidando para jantar, para cheirar pó, para ver Nastassia Kinski nua, perguntando que tempo fazia ou qualquer coisa assim, então pensei agora a campainha vai tocar. Podia ser o porteiro entregando alguma correspondência, a vizinha de cima à procura da gata persa que costumava fugir pela escada, ou mesmo alguma dessas criancinhas meio monstros de edifício, que adoram apertar as campainhas alheias, depois sair correndo. Ou simples engano, podia ser. Mas a campainha também não tocou, e eu continuei por muito tempo sem salvação parado ali no centro da sala que começava a ficar azulada pela noite, feito o interior de um aquário, o bilhete de Ana nas mãos, sem fazer absolutamente nada além de respirar.

Depois que Ana me deixou — não naquele momento exato em que estou ali parado, porque aquele momento exato é o momento-quando, não o momento-depois, e no momento-quando não acontece nada dentro dele, somente a ausência de Ana, igual a uma bolha de sabão redonda, luminosa, suspensa no ar, bem no centro da sala do apartamento, e dentro dessa bolha é que estou parado também, suspenso também, mas não luminoso, ao contrário, opaco, fosco, sem brilho e ainda vestido com um dos ternos que uso para trabalhar, apenas o nó da gravata levemente afrouxado, porque é começo de verão e o suor que escorre pelo meu corpo começa a molhar as mãos e a dissolver a tinta das letras no bilhete de Ana — depois que Ana me deixou, como eu ia dizendo, dei para beber, como é de praxe.

De todos aqueles dias seguintes, só guardei três gostos na boca — de vodca, de lágrima e de café. O de vodca, sem água nem limão ou suco de laranja, vodca pura, transparente, meio viscosa, durante as noites em que chegava em casa e, sem Ana, sentava no sofá para beber no último copo de cristal que sobrara de uma briga. O gosto de lágrima chegava nas madrugadas, quando conseguia me arrastar da sala para o quarto e me jogava na cama grande, sem Ana, cujos lençóis não troquei durante muito tempo porque ainda guardavam o cheiro dela, e então me batia e gemia arranhando as paredes com as unhas, abraçava os travesseiros como se fossem o corpo dela, e chorava e chorava e chorava até dormir sonos de pedra sem sonhos. O gosto de café sem açúcar acompanhava manhãs de ressaca e tardes na agência, entre textos de publicidade e sustos a cada vez que o telefone tocava. Porque no meio dos restos dos gostos de vodca, lágrima e café, entre as pontadas na cabeça, o nojo na boca do estômago e os olhos inchados, principalmente às sextas-feiras, pouco antes de desabarem sobre mim aqueles sábados e domingos nunca mais com Ana, vinha a certeza de que, de repente, bem normal, alguém diria telefone-para-você e do outro lado da linha aquela voz conhecida diria sinto-falta-quero-voltar. Isso nunca aconteceu.

O que começou a acontecer, no meio daquele ciclo do gosto de vodca, lágrima e café, foi também o gosto de vômito na minha boca. Porque no meio daquele momento entre a vodca e a lágrima, em que me arrastava da sala para o quarto, acontecia às vezes de o pequeno corredor do apartamento parecer enorme como o de um transatlântico em plena tempestade. Entre a sala e o quarto, em plena tempestade, oscilando no interior do transatlântico, eu não conseguia evitar de parar à porta do banheiro, no pequeno corredor que parecia enorme. Eu me ajoelhava com cuidado no chão, me abraçava na privada de louça amarela com muito cuidado, com tanto cuidado como se abraçasse o corpo ainda presente de Ana, guardava prudente no bolso os óculos redondos de armação vermelhinha, enfiava devagar a ponta do dedo indicador cada vez mais fundo na garganta, até que quase toda a vodca, junto com uns restos dos sanduíches que comera durante o dia, porque não conseguia engolir quase mais nada, naqueles dias, e o gosto dos muitos cigarros se derramassem misturados pela boca dentro do vaso de louça amarela que não era o corpo de Ana. Vomitava e vomitava de madrugada, abandonado no meio do deserto como um santo que Deus largou em plena penitência — e só sabia perguntar por que, por que, por que, meu Deus, me abandonaste? Nunca ouvi a resposta.

Um pouco depois desses dias que não consigo recordar direito — nem como foram, nem quantos foram, porque deles só ficou aquele gosto de vodca, lágrima, café e às vezes também de vômito, misturados, no final daquela fase, ao gosto das pizzas que costumava pedir por telefone, principalmente nos fins de semana, e que amanheciam abandonadas na mesa da sala aos sábados, domingos e segundas, entre cinzeiros cheios e guardanapos onde eu não conseguia decifrar as frases que escrevera na noite anterior, e provavelmente diziam banalidades como volta-para-mim-Ana ou eu-não-consigo-viver-sem-você, palavras meio derretidas pelas manchas do vinho, pela gordura das pizzas —, depois daqueles dias começou o tempo em que eu queria matar Ana dentro de tudo aquilo que era eu, e que incluía aquela cama, aquele quarto, aquela sala, aquela mesa, aquele apartamento, aquela vida que tinha se tornado a minha depois que Ana me deixou.

Mandei para a lavanderia os lençóis verde-clarinhos que ainda guardavam o cheiro de Ana — e seria cruel demais para mim lembrar agora que cheiro era esse, aquele, bem na curva onde o pescoço se transforma em ombro, um lugar onde o cheiro de nenhuma pessoa é igual ao cheiro de outra pessoa —, mudei os móveis de lugar, comprei um Kutka e um Gregório, um forno micro-ondas, fitas virgens de vídeo, duas dúzias de copos de cristal, e comecei a trazer outras mulheres para casa. Mulheres que não eram Ana, mulheres que jamais poderiam ser Ana, mulheres que não tinham nem teriam nada a ver com Ana. Se Ana tinha os seios pequenos e duros, eu as escolhia pelos seios grandes e moles, se Ana tinha os cabelos quase louros, eu as trazia de cabelos pretos, se Ana tinha a voz rouca, eu as selecionava pelas vozes estridentes que gemiam coisas vulgares quando estávamos trepando, bem diversas das que Ana dizia ou não dizia, ela nunca dizia nada além de amor-amor ou meu-menino-querido, passando os dedos da mão direita na minha nuca e os dedos da mão esquerda pelas minhas costas. Vieram Gina, a das calcinhas pretas, e Lilian, a dos olhos verdes frios, e Beth, das coxas grossas e pés gelados, e Marilene, que fumava demais e tinha um filho, e Mariko, a nissei que queria ser loura, e também Marta, Luiza, Creuza, Júlia, Deborah, Vivian, Paula, Teresa, Luciana, Solange, Maristela, Adriana, Vera, Silvia, Neusa, Denise, Karina, Cristina, Márcia, Nadir, Aline e mais de 15 Marias, e uma por uma das garotas ousadas da rua Augusta, com suas botinhas brancas e minissaias de couro, e dessas moças que anunciam especialidades nos jornais. Eu acho que já vim aqui uma vez, alguma dizia, e eu falava não lembro, pode ser, esperando que tirasse a roupa enquanto eu bebia um pouco mais para depois tentar entrar nela, mas meu pau quase nunca obedecia, então eu afundava a cabeça nos seus peitos e choramingava babando, sabe, depois que Ana me deixou eu nunca mais, e mesmo quando meu pau finalmente obedecia, depois que eu conseguia gozar seco ardido dentro dela, me enxugar com alguma toalha e expulsá-la com um cheque cinco estrelas, sem cruzar — então eu me jogava de bruços na cama e pedia perdão a Ana por traí-la assim, com aquelas vagabundas. Trair Ana, que me abandonara, doía mais que ela ter me abandonado, sem se importar que eu naufragasse toda noite no enorme corredor de transatlântico daquele apartamento em plena tempestade, sem salva-vidas.

Depois que Ana me deixou, muitos meses depois, veio o ciclo das anunciações, do *I Ching*, dos búzios, cartas de Tarot, pêndulos, vidências, números e axés — ela volta, garantiam, mas ela não voltava —, e veio então o ciclo das terapias de grupo, dos psicodramas, sonhos junguianos, *workshops* transacionais, e veio ainda o ciclo da humildade, com promessas a santo Antônio, velas de sete dias, novenas de santa Rita, donativos para as pobres criancinhas & velhinhos desamparados, e veio depois o ciclo do novo corte de cabelos, da outra armação para os óculos, guarda-roupa mais jovem, Zoomp, Mr. Wonderful, musculação, alongamento, ioga, natação, *tai-chi*, halteres, *cooper*, e fui ficando tão bonito e renovado e superado e liberado e esquecido dos tempos em que Ana ainda não tinha me deixado que permiti, então, que viesse também o ciclo dos fins de semana em Búzios, Guarujá ou Monte Verde e de repente quem sabe Carla, mulher de Vicente, tão compreensiva & madura, e inesperadamente Mariana, irmã de Vicente, tão disponível & natural em seu fio dental metálico e, por que não, afinal, o próprio Vicente, tão solícito na maneira como colocava pedras de gelo no meu escocês ou batia outra generosa carreira sobre a pedra de ágata, encostando levemente sua musculosa coxa queimada de sol & windsurf na minha musculosa coxa também queimada de sol & windsurf. Passou-se tanto tempo depois que Ana me deixou, e eu sobrevivi, que o mundo foi-se tornando aos poucos um enorme leque escancarado de mil possibilidades além de Ana. Ah esse mundo de agora, assim tão cheio de mulheres e homens lindos e sedutores e interessantes e interessados em mim, que aprendi o jeito de também ser lindo, depois de todos os exercícios para esquecer Ana, e também posso ser sedutor com aquele charme todo especial de homem-quase-maduro-que-já-foi-marcado-por-um-grande-amor-perdido, embora tenha a delicadeza de jamais tocar no assunto. Porque nunca contei a ninguém de Ana. Nunca ninguém soube de Ana em minha vida. Nunca dividi Ana com ninguém. Nunca ninguém jamais soube de tudo isso ou aquilo que aconteceu quando e depois que Ana me deixou.

Por todas essas coisas, talvez, é que nestas noites de hoje, tanto tempo depois, quando chego do trabalho por volta das oito horas da noite e, no horário de verão, pela janela da sala do apartamento ainda é possível ver uns restos de dourado e vermelho por trás dos edifícios de Pinheiros, enquanto recolho os inúmeros recados, convites e propostas da secretária eletrônica, sempre tenho a estranha sensação, embora tudo tenha mudado e eu esteja muito bem agora, de que este dia ainda continua o mesmo, como um relógio enguiçado preso no mesmo momento — aquele. Como se quando Ana me deixou não houvesse depois, e eu permanecesse até hoje aqui parado no meio da sala do apartamento que era o nosso, com o último bilhete dela nas mãos. A gravata levemente afrouxada no pescoço, fazia e faz tanto calor que sinto o suor escorrer pelo corpo todo, descer pelo peito, pelos braços, até chegar aos pulsos e escorregar pela palma das mãos que seguram o último bilhete de Ana, dissolvendo a tinta das letras com que ela compôs palavras que se apagam aos poucos, lavadas pelo suor, mas que não consigo esquecer, por mais que o tempo passe e eu, de qualquer jeito e sem Ana, vá em frente. Palavras que dizem coisas duras, secas, simples, irrevogáveis. Que Ana me deixou, que não vai voltar nunca, que é inútil tentar encontrá-la e finalmente, por mais que eu me debata, que isso é para sempre. E para sempre então, agora, me sinto uma bolha opaca de sabão, suspensa ali no centro da sala do apartamento, à espera de que entre um vento súbito pela janela aberta para levá-la dali, essa bolha estúpida, ou que alguém espete nela um alfinete, para que de repente estoure nesse ar azulado que mais parece o interior de um aquário, e desapareça sem deixar marcas.

V
Saudade de Audrey Hepburn
(Nova história embaçada)

como Billie Holiday
I'm alone in the desolate dark

Ricardo Redisch: Quem se debate é afogado

Perdeu-se dele logo após encontrá-lo, numa véspera de São João. Não sabia que ia perdê-lo, não sabia sequer que iria encontrá-lo. Não sabia também da véspera — junho, São João. Mas foi assim que aconteceu. Não estava um pouco bêbado, nem tinha fumado ou cheirado absolutamente nada — o que talvez justificasse, tantas negações, encontrá-lo assim, de repente e também perdido entre a Pantera Loura Disposta A Tudo Por Um Status Mais Elevado, a Lésbica Publicamente Assumida e o Patriarca Meio Sórdido Fugido Das Páginas De Satyricon. Perdidos, perderam-se, perdeu--se — e foi pelos viadutos que se perdeu. Um livro nas mãos, debatendo--se para não ser afogado, indeciso entre voltar e seguir em frente, porque havia fogueiras pela noite, embora ainda não soubesse delas. Consultando efemérides mais tarde, descobriria que a Lua, às vésperas do minguante, transitava por Peixes — o que explicaria, mas só em parte, nubladas espiritualidades, presságios ilusórios, embaçamentos. Ilusão, Netuno.

Era quarta-feira, usava uma guia de Xangô, vermelha e branca. A mesma que tempos depois arrebentaria num estalo inesperado, ao tirar a última peça de roupa para deitar-se ao lado de um outro qualquer. Sem medo da morte, porque esta quase história pertence àquele tempo em que amor não matava. Sabia do clima de bolero desse Um Outro Qualquer, mas foi assim que foi. Nu, apoiado no cotovelo, o Outro Qualquer esperou sem entender, citando Marx e falando em baixo-espiritismo, até que ele juntasse uma a uma as contas vermelhas e brancas espalhadas pelo chão para colocá-las sobre a mesa, repetindo um dia eu jogo no mar, na água corrente da chuva. Estavam no meio do campo, a lenha da fogueira crepitando como num romance inglês já tinha queimado toda, e precisavam esquentar os corpos com línguas e dedos para fingir que matavam a sede, o frio e o engano.

O indicador de unha suja de tinta de máquina de escrever percorre os trinta dias do mês de junho no *Almanaque do Pensamento*, procurando assim: 20, Sábado — Ciríaco, Florentina; 21, Domingo — Luís Gonzaga, Márcia; 22, Segunda — Tomás, Joana; 23, Terça — José, Agripina; 24, Quarta — São João Batista, Faustino. Pelo viaduto, lembrou do assalto, um ano atrás, navalha sevilhana — clac, a grana, cara. Talvez por isso ele agora se interrompe para ir até o banheiro, onde olha a cara no espelho sem ver precisamente nada, fora os dois vincos cada vez mais fundos ao lado da boca, marcas de Ogum, então lava devagar as mãos com sabonete alma de flores, passa água de alfazema, respira, esperando que o telefone toque para salvá-lo pelo menos momentaneamente desse momento que não decifra nem adjetiva. O telefone não toca e, sem garantias, ele continua a lembrar. Tão perigoso, mesmo passado.

Um halo luminoso, mentiria se dissesse agora qualquer coisa do tipo, a tentação é forte: havia como um halo luminoso sobre o viaduto onde, perdido, caminhava sem poder escolher o lugar para onde ia. Porque os viadutos, você sabe, conduzem a um só lugar, independente de você querer ou não ir para lá. Faz algum tempo, não lembrava de halos nem de luzes. Lembra realmente só que voltou atrás, em busca de um café, um bar, um cigarro, talvez um conhaque para ajudar a compreender o que acontecia. Mas nada acontecia. Só restava tomar um táxi, dar o endereço, um livro nas mãos, comentar o tempo, a crise, espiar putas, michês, travestis pelas esquinas, vontade bandida que mal se esboça, depois a avenida reta, com luminoso de coca-cola, melitta e galaxy, dobrar à esquerda, dobrar à direita, *always in front of*: reclamar, pagar, descer.

(Anotaria mais tarde, na mesma noite, antes de dormir, talvez enganado, e totalmente óbvio: a vida é dinâmica.)

Foi então que viu a fogueira de véspera de São João. Ao lado da fogueira, dois rapazes acendiam um enorme balão vermelho e branco. De Xangô, reconheceu. No carrinho de pipocas, o homem do realejo tocava uma musiquinha de caixinha de música. Mas não havia papagaio nem macaco com caneco na mão nem periquito tirando sortes — encontrarás-teu-amor-numa-tarde-de-domingo-do-signo-de-Libra. Deve ter piscado, porque além de dinâmica, folclórica e levemente frenética, naquele momento a vida lhe pareceu também excessivamente colorida, com tanta gente se mexendo e dizendo coisas como que bom que você pintou o astral tá ótimo bebe alguma coisa, cara. Beijou a Psicanalista Conflituada Com O Elitismo Da Própria Profissão, mas só apertou a mão, sem mais envolvimentos, do Estudante De Pós-Graduação Indeciso Em Assumir Sua Evidente Homossexualidade, trocou duas ou três palavras, bastante amáveis, com o Escritor Que Conseguiu Mais Sucesso Na Itália Que No Brasil. Depois ficou por ali, aceitando tudo que passasse nas bandejas opíparas — pinhões, quentões, curaus, pamonhas. Tudo de junino que você puder imaginar, haja.

Agora ele esvazia lento o cinzeiro no cestinho indígena, enquanto observa a expressão da mulher frente ao cálice de absinto na reprodução ordinária de Degas, e pensa que pensa ou deveria pensar ou é como se pensasse qualquer coisa assim: porque é desse jeito mesmo que as pessoas se comportam quando não decifram nos olhos do outro nenhuma promessa ou convite. Melhor: como nada no olho ou no gesto ou no campo vibratório dele denunciasse/revelasse que estava à procura de alguém para dividir a cama nas próximas horas da noite quase fria, portanto propícia a esses lances, era automaticamente deixado em paz. Pior: de lado. Deixado de lado, junto à fogueira, um livro que leria depois, para encontrar versos como *uma conversa que esquenta até os ossos sem dizer precisamente* nada,[1] não agora,

1 Ricardo Redisch: *Quem se debate é afogado.*

enquanto ele era pouco mais que uma câmera registrando silenciosa, impessoal, todos aqueles urbanos excessos juninos.

Flashback:

Escreviam nomes em pedacinhos de papel umedecido, que colavam nas bordas da bacia de ágata. Então um barquinho de papel acabava por aportar lentamente num dos nomes: Naira, Roselene, Juçara, Ilone, Dulcinha, Valéria, Marília, Vera. Naquele tempo, já sabia? Paulo Antônio tinha uma sobrancelha fora de linha, invadindo a testa em direção ao cabelo. Nelson falava chiado, sardas, bunda arrebitada. Pingaria 21 pingos de vela acesa na água da bacia, até formar-se uma letra, a inicial: M, de Marcos ou Maria; C, de Clara ou Celso; R, de Ricardo ou Regina. Pularia a fogueira num pé só, pisasse nas brasas mijaria na cama. Meia-noite em ponto, debruçaria no poço, uma vela acesa na mão, para ver o futuro. Caixão de defunto: morte certa. Vestido de noiva: casamento breve. Uma rosa: amor novinho. À meia-noite, olhou. Não viu nada. Só o fundo escuro do poço com reflexos vadios, estrelas, fogueiras, o pulo de alguns sapos, tchuáááááá, círculos concêntricos, cheiro de limo. Era assim, o futuro. Depois estradas, bandeiras, prisões, exílios, porradas, viadutos, portas fechadas, revelações, divãs, pântanos, arco-íris. Tantos, muitas — e ninguém. A arraia pariu sete filhinhos com ferrõezinhos aguçados prontos para ferrar na hora que o anzol a arrancou do fundo do rio Uruguai para jogá-la no fundo da chalana. Manchar os panos em degradée *de laranja, então prendê-lo nas oito madeirinhas claras, com pregos miúdos e linha amarela. Do Flipperama ao lado do Jeca à esquina da Praça da República: mil possibilidades, todas furtivas. Agora, talvez mortais. Jogarei seis vezes as moedas do I Ching para encontrar Fogo sobre Fogo, o Esplendor. Tudo confirmará. Mas nada acontecerá. Ah: conheço essas rimas em á. E depois delas, passaram-se anos. Aqueles, em que se perderam, sem terem chegado a se encontrar.*

Apertou o livro entre dedos subitamente frios, depois colocou-o no colo para ajoelhar-se e estender as mãos em direção ao fogo. Eu parado na porta às quatro da manhã. Você indo embora. Eu me perdendo então desamparado entre cinzeiros cheios e garrafas vazias. Você indo embora. Eu indeciso entre beber um pouco mais ou procurar uma beata em plena devastação ou lavar copos bater sofás guardar discos mastigar algum verso adoçando o inevitável amargo despertar para depois deitar partir morrer dormir sonhar quem sabe. Você indo embora. Acordar na manhã seguinte com gosto de corrimão de escada na boca: mais frustração que ressaca, desgosto generalizado que aspirina alguma cura. Tocaria, o telefone? Você indo embora, fotograma repetido. Na montagem, intercalar. Você indo embora você indo embora.

Crepitava, a lenha cre-pi-ta-va como num romance inglês. Um halo luminoso. Na fogueira, quem sabe dentro dela, memórias manchadas de adrenalina, que tudo vinha num excesso de cafés e agostos. Já que não tentaria o suicídio pela quinta vez — nem sequer con-se-cu-ti-va, enumerou —, já que fora dispensado após tantos anos de análise, já que a crise permanente parecia ser a forma mais estável de sobreviver, já que ninguém lembrara de assassiná-lo nem pedi-lo em casamento, já que podia olhar em volta e em menos de um minuto escolher alguém para conversar dizendo coisas como você anda sumido(a), e ai, conta mais, diga lá, toma outra — em nome disso, prosseguia, embora sem saco.

Ai São João, Xangô menino/ na fogueira de São João/ quero ser sempre o menino, Xangô/ na fogueira e na razão[2] — cantarolou em silêncio. E o balão foi subindo, sem garoa caindo, vermelho e branco, enquanto todos aplaudiam com caras de loucos fatigados da própria loucura iluminada pelas chamas da fogueira. Aplaudiu também, axé! Foi então que a moça ao lado falou que precisava ir embora, dois filmes na tevê com Audrey Hepburn. (Flashback: Nara Claudina dizia *Puber*, Carlos Renato corrigia: *Ré-p-bãrnnn*. Numa tarde tão verde de Aquário, quantos anos antes de enforcar-se no banheiro? Certamente muitos, pois se naquele tempo, naquela tarde, até os vestidos, além de plissados, tinham bolinhas e alcinhas.) Maxilares agudos, Audrey, olhos enormes, constantemente arregalados, uma gazela

2 Caetano Veloso e Gilberto Gil: “São João, Xangô menino.”

de pescoço longo, pés muito finos e compridos, delicadamente calçados em sapatinhos Chanel, e *tailleur*, sempre *tailleur* bege-clarinho, verde-água, mãos de dedos sem fim, unhas sem pintura. Anastásia, a princesa esquecida. Nas matinês do cinema Imperial.

Belga, afirmou, tenho certeza: era belga. Bélgica, capital Bruxelas, onde fomos presos — e tão louco agora qualquer coisa lembrar outra coisa, cada vez mais, enquanto o tempo avança — por nossos cabelos compridos, nossas roupas coloridas, uma cidade de ternos cinzentos e sapatos pretos bico fino de verniz, sem lugar para a nossa loucura. Tudo faz muito tempo: agora você me manda cartões do interior da Noruega enquanto enfrento cotidianos demônios tropicais com sal grosso, guias, axés, varinhas de incenso, alecrim, arruda, manjericão, rosas de Oxum: ora-yê-yê-ô! Estou certo de que não foi lá, mas na Holanda, que atravessamos a pé entre tulipas tão reluzentes que pareciam sintéticas. E — céus! — talvez o fossem. Havia uma ponte, depois um trem atrasado, também um sol de agosto sobre nossas cabeças. Não haveria espaço para Audrey lá, entre tantas torres, tantas praças, tantas pontes, eu vi. Mas se te torturas tanto a cada manhã, desligando sem sentir o despertador para que não te jogue bruscamente no centro de mais um dia a ser preenchido unicamente pelo que conseguires inventar, por que não participar então de um curso qualquer de inverno? Algo como "Mandalas Alquímicas e a Arquitetura das Catedrais Góticas", "Prefixos Sânscritos na Obra de Guimarães Rosa", ou ainda "Premonições Pós-Modernas no Cinema de J.B. Tanko". Ah descer a rua Augusta a 120 por hora, altas botas, argola de calipso no convés da caravela, jaqueta de couro negro, madrugadas, temporais nas descargas abertas das motocicletas. Ninguém ouvirá o ruído seco de teus saltos batendo no cimento das calçadas sujas. E nem sequer é Gervaise, a Flor do Lodo, inculta e bela...

Quando a moça levantou para ir embora, ele finalmente tomou coragem, bebeu outro gole de quentão e perguntou:

— Você sabe o que realmente aconteceu quando a rainha da Transilvânia tomou de leve o queixo dela na mão cheia de anéis e disse: "*Charming, very charming*"?

Modesta, a moça baixou os olhos.

as gotas de sereno, cristais de névoa, e por baixo dele acontecem certos pensamentos altos de noite, algum álcool e muita solidão. Ele acende um cigarro molhado, ele ergue a gola do impermeável cinza até as orelhas. Nesse gesto, a mão que segura o cigarro roça áspera na barba de três dias. Ele suspira, então, gelado.

Há muitas outras coisas que se poderia dizer sobre esse homem nesta noite turva, neste bar onde agora entra, na cidade que um dia foi a dele. Mas parado aqui, no fundo do mesmo bar em que ele entra, sem passado, porque não têm passado os homens de quase quarenta anos que caminham sozinhos pelas madrugadas — todas essas coisas um tanto vagas, um tanto tolas, são tudo o que posso dizer sobre ele. Assim magro, molhado, meio curvo de magreza, frio e estranhamento. O estranhamento típico dos homens de quase quarenta anos vagando pelas noites de cidades que, por terem deixado de ser as deles, tornaram-se ainda mais desconhecidas que qualquer outra.

O bar é igual a um longo corredor polonês. As paredes demarcadas — à direita de quem entra, mas à esquerda de onde contemplo — pelo balcão comprido e, do lado oposto, pela fila indiana de mesinhas ordinárias, fórmica imitando mármore. Nessa linha, estendida horizontal da porta de entrada até o *jukebox* do fundo onde estou e espio, ele se movimenta — magro, curvo, molhado — entre as pessoas enoveladas. Vestido de escuro, massa negra, monstro vomitado pelas ondas noturnas na areia suja do bar. Entre essas pessoas, embora vestido de cinza, ele parece todo branco.

O homem pede uma cerveja no balcão, depois se perde outra vez no meio das gentes. Alongando o pescoço, mal consigo acompanhar o topo da sua cabeça de homem alto, meio calvo, até que ele descubra a cadeira vazia na mesa onde está sentado aquele rapaz. E daqui onde estou, ao lado da máquina de música próxima ao corredor que afunda na luz mortiça dos banheiros imundos, posso vê-los e ouvi-los perfeitamente através do bafo de cerveja, desodorante sanitário e mijo que chegam juntos às nossas narinas.

Na máquina de música, para embalar esse encontro que eles ainda não perceberam que estão tendo, para ajudá-los a navegar melhor nisso que por enquanto não tem nome e poderiam sequer ver, se eu não ajudasse —

escolherei lentos blues, solos sofridos de sax, pianos lentíssimos, à beira do êxtase, clarinetas ofegantes e vozes graves, negras vozes roucas ásperas de cigarros, mas aveludadas por goles de *bourbon* ou conhaque, para que tudo escorra dourado como a bebida de outras águas, não estas, tão turvas, de onde emergiram dois pobres peixes cegos da noite, para sempre ignorantes da minha presença aqui, junto à máquina de música, ao lado do corredor que leva aos banheiros imundos, a criar claridades impossíveis e a ninar com canções malditas esse encontro inesperado, tanto por eles, que navegam cegos, quanto por mim, pescador sem anzol debruçado sobre a água do espaço que me separa deles.

Aquele, aquele mesmo para onde meu olhar se dirige agora, aquele rapaz em frente ao qual o homem de impermeável cinza senta com sua cerveja. Exatamente esse: um rapaz de quase vinte anos, bebendo um pouco demais, não muito, como costumam beber esses rapazes de quase vinte anos que ainda desconhecem os limites e os perigos do jogo, com algumas espinhas, não muitas, sobras de adolescência espalhadas pelo rosto muito branco, entre fios dispersos da barba que ainda não encontrou aquela justa forma definitiva já arquitetada na cara dos homens de quase quarenta anos, como esse que está à frente dele. Por trás das espinhas, entre os fios da barba informe, acontecem certos pensamentos — densos de névoa, algum álcool e muita solidão. Aquele rapaz acende um cigarro molhado, aquele rapaz desce a gola do casaco preto, aquele rapaz afasta da lapela puída umas cinzas, uns fios de cabelo, poeiras, gotas, grilos. Depois suspira, gelado. Olha em volta como se não visse nada, ninguém. Nem sequer esse homem sentado à sua frente, que aparentemente também não o vê.

Há muitas outras coisas que se poderia dizer sobre aquele rapaz nesta noite sombria, na cidade que sempre foi a dele, neste bar onde agora está sentado à frente de um homem inteiramente desconhecido. Mas parado aqui no fundo do mesmo bar onde ele agora está sentado, com seu pequeno passado provavelmente melancólico e nenhum futuro, porque é sempre obscuro, quase invisível, o futuro dos rapazes de menos de vinte anos — todas essas coisas um tanto vagas, um tanto tolas, são tudo o que posso dizer sobre ele. Assim magro, molhado, meio curvo de magreza e frio. Com esse estranhamento típico dos rapazes que ainda não aprenderam nem os perigos nem os prazeres do jogo. Se é que se trata de um jogo.

Pudesse eu ser o grande Zeus Olimpo e destruiria a cidade com raios flamejantes só para viver o momento da luz elétrica do raio[1] — ele dirá, aquele rapaz, correspondendo à previsível arrogância de sua idade. Não agora. Por enquanto, não diz nada. Nem ele nem o homem de quase quarenta anos, sentados frente a frente na mesa à esquerda de onde estrategicamente espiono, junto à máquina de música, à direita de quem entra, surgidos do fundo do aquário de águas sujas da noite e da névoa na noite lá fora em que navegavam cegos e tontos, antes de entrarem neste bar. Antes que eu os sugasse com meus olhos ávidos dos encontros alheios, para dar-lhes vida, mesmo esta precária, de papel, onde Zeus Olimpo Oxalá Tupã também exercem seu poder sobre predestinados simulacros.

Não, não dizem nada. Há ruído suficiente em volta para poupar-lhes as palavras, quem sabe amargas. Talvez também, pelo avesso, leite intolerável para a garganta ardida de quem ronda as noites feito eles, feito eu, feito nós. Adiáveis as palavras deles. Não as minhas.

Por enquanto, olham em volta. Deliberadamente, não se encaram. Embora sejam os dois magros, meio curvos de tanta magreza, molhados da névoa lá de fora, embora um vista cinza e outro, preto, como mandam os tempos, para não serem rejeitados, embora ambos bebam cervejas um tanto mornas, mas pouco importa neste bar o que se bebe, desde que se beba, e fumem cigarros igualmente amassados, viciosos cigarros tristes desses que só homens solitários e noturnos rebuscam nas madrugadas pelo fundo dos bolsos dos casacos, tenham eles vinte ou quarenta anos. Ou mais, ou menos — homens solitários não têm idade. Embora gelados, tontos de álcool, hirtos de frio, lúcidos dessa solidão que persegue feito sina os homens sem passado nem futuro, nem mulher ou amigo, família nem bens — eles não se olham.

Eles se ignoram. Porque pressentem que — eu invento, sou Senhor de meu invento absurdo e estupidamente real, porque o vou vivendo nas veias agora, enquanto invento — se cederem à solidão um do outro, não sobrará

1 Um verso inédito de Antonio Augusto Caldasso Couto.

mais espaço algum para fugas como alguma trepada bêbada com alguém de quem não se lembrará o rosto dois dias depois, o pó cheirado na curva da esquina, a mijada sacana ao lado do garçom ausente de conflitos, mas compreensivo com qualquer tipo de porre alheio, um baseado sôfrego na lama do parque. Coisas assim, você sabe? Eu, sim: amar o mesmo de si no outro às vezes acorrenta, mas quando os corpos se tocam as mentes conseguem voar para bem mais longe que o horizonte, que não se vê nunca daqui. No entanto, é claro lá: quando os corpos se tocam depois de amar o mesmo de si no outro.

Portanto, não se olham. E não sou eu quem decide, são eles. Não se deve olhar quando olhar significaria debruçar-se sobre um espelho talvez rachado. Que pode ferir, com seus cacos deformantes. Por isso mesmo hesito, então, entre jogar minha ficha em Bessie Smith ou Louis Armstrong (tudo é imaginário nesta noite, neste bar, nesta máquina de música repleta de outras facilidades mais em voga), para facilitar o fluxo, desimpedir o trânsito, para adoçar ou amargar as coisas, mesmo temendo que rapazes de menos de vinte anos não sejam ainda capazes de compreender tais abismos colonizados, negros requintes noturnos de vozes roucas contra o veludo azul a recobrir paredes de outro lugar que não este corredor polonês numa cidade provinciana cujo nome esqueci, esquecemos. Sofisticação, pose: fadiga e luvas de cano longo.

Minha, deles. Porque somos três e um. O que vê de fora, o que vê de longe, o que vê muito cedo. Este, antevisão. Os três, o mesmo susto. Vendo de dentro, emaranhados. Agora quatro?

Porque então começa. Mas começa tão banal — como é seu nome, qual o seu signo, quer outra cerveja, me dá um cigarro, não tenho grana, eu pago, pode deixar, fazendo o quê, por aí, vendo o que pinta, vem sempre aqui, faz tanto frio — que quase aperto o botão de outros sons que não aqueles que imagino, tão roucos, para que no grito tenso de um baixo elétrico possam chafurdar na estridência de cada noite. Mas subitamente os dois se compõem — esse homem de impermeável cinza, aquele rapaz de casaco preto, juntos na mesma mesa — e sem que eu esteja prevenido, embora estivesse, porque fui quem armou esta cilada, de repente eles se olham bem dentro e fundo dos olhos um do outro. Ao lado da massa negra, monstro marinho, no meio do cheiro de mijo e cerveja, por entre os azulejos brancos das paredes do bar, como um enorme banheiro cravado no centro da noite onde estão perdidos — eles se encontram e se olham.

Eles se reconhecem, finalmente eles aceitam se reconhecer. Eles acendem os cigarros amarrotados um do outro com segurança e certa ternura, ainda tímida. Eles dividem delicadamente uma cerveja em comum. Eles se contemplam com distância, precisão, método, ordem, disciplina. Sem surpresa nem desejo, porque esse rapaz de casaco preto, barba irregular e algumas espinhas não seria o homem que aquele homem de espaço vazio no alto da cabeça desejaria, se desejasse outros homens, e talvez deseje. Nem o oposto: aquele rapaz, mesmo sendo quem sabe capaz de tais ousadias, não desejaria esse homem através da palma da mão inventando loucuras no silêncio de seu quarto, certamente cheio de flâmulas, super-heróis, adesivos e todos esses vestígios do tempo que mal acabou de passar, quando é cedo demais para saber se se deseja, fatalmente, outro igual. Quem sabe sim. Mas este homem, aquele rapaz — não. É de outra forma que tudo acontece.

Eles se contemplam sem desejo. Eles se contemplam doces, desarmados, cúmplices, abandonados, pungentes, severos, companheiros. Apiedados. Eles armam palavras que chegam até mim em fragmentos partidos pelo ar que nos separa, em forma de interrogações mansas, hesitantes, perguntas que cercam com cautela e encantamento um reconhecimento que deixou de ser noturno para transformar-se em qualquer outra coisa a que ainda não dei nome, e não sei se darei, tão luminosa que ameaça cegar a mim também. Contenho o verbo, enquanto eles agora veem o que mal começa a se desenhar, e eu acho belo.

O rapaz olha os próprios braços e diz: eu sou tão magro, vê? Quando abraço uma *mina* — ele fala assim mesmo, *mina*, e o homem pisca ligeiramente, discreto, para não sublinhar o abismo de quase vinte anos — fico olhando para os meus braços frágeis incapazes de abraçar com força uma mulher, e fico então imaginando músculos que não tenho, fico inventando forças, porque eu sou tão fraco, porque eu sou tão magro, porque eu sou tão novo. O rapaz olha em volta seco, nenhuma sombra de paixão em seu rosto muito branco, e diz ainda: eu quero me matar, eu não entendo estar vivo, eu não tenho pai, minha mãe me sacode todo dia e grita acorda, levanta, vadio, vai trabalhar. Eu quero ler poesia, eu nunca tive um amigo, eu nunca recebi uma carta. Fico caminhando à noite pelos bares, eu tenho medo de dormir, eu tenho medo de acordar, acabo jogando sinuca a madrugada toda e indo dormir quando o sol já está acordando e eu completamente bêbado. Eu nasci neste tempo em que tudo acabou, eu não tenho futuro, eu não acredito em nada — isso ele não diz, mas eu escuto, e o homem em frente dele também, e o bar inteiro também. Então o homem responde, com essa sabedoria meio composta que os homens de quase quarenta anos inevitavelmente conseguiram.

Ele, o homem, passa a palma da mão pelos cabelos ralos, como se acariciasse o tempo passado, e diz, o homem diz: não tenha medo, vai passar. Não tenha medo, menino. Você vai encontrar um jeito certo, embora não exista o jeito certo. Mas você vai encontrar o seu jeito, e é ele que importa. Se você souber segurar, pode até ser bonito. O homem tira a carteira do bolso, pede outra cerveja e um maço de cigarros novinhos, depois olha com olhos molhados para o rapaz e diz assim. Não, ele não diz nada. Ele olha com olhos molhados para o rapaz. Durante muito tempo, um homem de quase quarenta anos olha com olhos molhados para um rapaz de quase vinte anos, que ele nunca tinha visto antes, no meio de um bar no meio desta cidade que já não é mais a dele. Enquanto esse olhar acontece, e é demorado, o homem descobre o que eu também descubro, no mesmo momento.

Aquele rapaz de casaco preto, algumas espinhas, barba irregular e pele branca demais — este é o rapaz mais triste do mundo.

E para tornar todas essas coisas ainda mais ridículas, ou pelo menos improváveis, o amanhã que já é hoje será Dia dos Pais. Atordoado por datas que nada significam para os que nada têm, sem nenhum filho, mais para reforçar o lado da solidão, o homem de quase quarenta anos começa a contar que veio de outra cidade para ver seu pai. E vai revelando então, naquele mesmo tom desolado do rapaz que agora e para sempre tornou-se o rapaz mais triste do mundo, igual ao que ele foi, mas não voltará a ser, embora jamais deixará de sê-lo, ele diz assim: eles não olham para mim, eles ficam lá naquela segurança armada de família que não admite nada nem ninguém capaz de perturbar o seu sossego falso, e não me olham, não me veem, não me sabem. Me diluem, me invisibilizam, me limitam àquele limite insuportável do que eles escolheram suportar, e eu não suporto — você me entende?

O rapaz de menos de vinte anos quase não entende. Mas estende a mão por cima da mesa para tocar a mão do homem de quase quarenta anos. Os dedos da mão desse homem se fecham dentro e entre os dedos da mão daquele rapaz. Há tanta sede entre eles, entre nós.

Passou-se muito tempo. Vai amanhecer. O frio aumentou. O bar está meio vazio, quase fechando. Debruçado na caixa, o dono dorme. Gastei quase todas as minhas fichas: tudo é *blues*, azul e dor mansinha. Só me resta uma, que vou jogar certeiro em Tom Waits. Me preparo. Então — enquanto os garçons amontoam cadeiras em cima das mesas vazias, um pouco irritados comigo, que a tudo invento e alimento, e com esses dois caras estranhos, parecem dois veados de mãos dadas, perdidamente apaixonados por alguém que não é o outro, mas poderia ser, se ousassem tanto e não tivessem que partir — o homem segura com mais força nas duas mãos do rapaz mais triste do mundo. As quatro mãos se apertam, se aquecem, se misturam, se confortam. Não negro monstro marinho viscoso, vômito na manhã. Mas sim branca estrela-do-mar. Pentáculo, madrepérola. Ostra entreaberta exibindo a negra pérola arrancada da noite e da doença, puro *blues*. E diz, o homem diz:

— Você não existe. Eu não existo. Mas estou tão poderoso na minha sede que inventei você para matar a minha sede imensa. Você está tão forte na sua fragilidade que inventou a mim para matar a sua sede exata. Nós nos inventamos um ao outro porque éramos tudo o que precisávamos para continuar vivendo. E porque nos inventamos, eu te confiro poder sobre o meu destino e você me confere poder sobre o teu destino. Você me dá seu futuro, eu te ofereço meu passado. Então e assim, somos presente, passado e futuro. Tempo infinito num só, esse é o eterno.

No bar de cadeiras amontoadas, resta apenas aquela mesa onde os dois permanecem sentados, alheios às ruínas do cenário. Do meu canto, espio. Deve haver alguma puta caída num canto, alguma bichinha masturbando um negro no banheiro. Eu não os vejo. Por enquanto e agora, não. Do meu canto, vejo somente esses homens diversos e iguais, as quatro mãos dadas sobre a mesinha ordinária, fórmica imitando mármore.

E é então que o rapaz conta que entregou flores o dia inteiro, que juntou algum dinheiro, batalhou cem paus, qualquer mixaria assim, essas coisas de rapazes com menos de vinte anos — e faz questão, magnífico, de pagar a última cerveja. Tudo é último agora. Não há mais bares abertos na cidade. Uma luz vítrea começa a varar a névoa da noite onde eles ainda estão mergulhados junto comigo, com você, peixes míopes apertando os olhos para se verem de perto, em *close*, e conseguem. Lindos, assustadores: as guelras fremem. O homem puxa outra vez sua carteira cheia de notas e cheques e cartões, dessas carteiras recheadas que só os homens de quase quarenta anos conseguiram conquistar, mas não significam nada em momentos assim. O rapaz insiste, o homem cede, guarda a carteira. O último garçom traz a última cerveja. Eu jogo minha última ficha na máquina de música, no último *blues*. Ninguém vê, ninguém ouve mais nada na manhã que chega para adormecer loucuras. Amanhã, você lembrará?

Ternos, pálidos, reais: eles se olham. Eles se acariciam mutuamente as mãos, depois os braços, os ombros, o pescoço, o rosto, os traços do rosto, os cabelos. Com essa doçura nascida entre dois homens sozinhos no meio de uma noite gelada, meio bêbados e sem nenhum outro recurso a não ser se amarem assim, mais apaixonadamente do que se amariam se estivessem à caça de outro corpo, igual ou diverso do deles — pouco importa, tudo é sede. De onde estou, vejo a alma dos dois brilhar. Amarelinho, violeta-claro: dança sobre o lixo. Eles choram enquanto se acariciam. Um homem de quase quarenta anos e um rapaz de menos de vinte, sem idade os dois.

Eu sou os dois, eu sou os três, eu sou nós quatro. Esses dois que se encontram, esse três que espia e conta, esse quarto que escuta. Nós somos um — esse que procura sem encontrar e, quando encontra, não costuma suportar o encontro que desmente sua suposta sina. É preciso que não exista o que procura, caso contrário o roteiro teria que ser refeito para introduzir Tui, a Alegria. E a alegria é o lago, não o aquário turvo, névoa, palavras baças: Netuno, sinastrias. E talvez exista, sim, pelo menos para suprir a sede do tempo que se foi, do tempo que não veio, do tempo que se imagina, se inventa ou se calcula. Do tempo, enfim.

Esse estranho poder demiúrgico me deixa ainda mais tonto que eles, quando levantam e se abraçam demoradamente à porta do bar, depois de pagarem a conta. Amantes, parentes, iguais: estranhos.

Então o rapaz se vai, porque tem outros caminhos. O homem fica, porque tem outros caminhos. Ele acompanha o vulto do rapaz que se vai, exatamente com o mesmo olhar com que acompanho o vulto desse homem parado por um instante à porta do bar. E não ficará, porque esta cidade não é mais a dele. O rapaz sim, ficará, porque é nesta mesma cidade que deve escolher essa coisa vaga — um caminho, um destino, uma história com agá —, se é que se escolhe alguma coisa, para depois matá-la, essa coisa vaga futura, quando for passado, se é que se mata alguma coisa. A voz rouca de Tom Waits repete e repete e repete que este é o tempo, e que haverá tempo, como num poema de T.S. Eliot, e sim, deve haver, certamente, enquanto o último garçom toca suave no ombro desse homem de impermeável cinza, cabelos rareando no alto da cabeça, quase quarenta anos, parado à porta do bar. Delicado, amigável, apontando o vulto do rapaz mais triste do mundo que se afasta para tomar o primeiro ônibus, o garçom pergunta:

— Ele é seu filho?

De onde estou, ao lado da máquina de música que emudece, sinto um inexplicável perfume de rosas frescas. Como se tivesse amanhecido e uma súbita primavera se instaurasse no parque em frente — nada contra as facilidades dos finais. Antes que o homem se vá, consigo vê-lo sorrir de manso e então mentir ao garçom dizendo sim, dizendo não, quem sabe. E o que disser, como eu, será verdade. Aqui de onde resto, sei que continuamos sendo três e quatro. Eu pai deles, eu filho deles, eu eles próprios, mais você: nós quatro, um único homem perdido na noite, afundado nesse aquário de águas sujas refletindo o brilho de neon. Peixe cego ignorante de meu caminho inevitável em direção ao outro que contemplo de longe, olhos molhados, sem coragem de tocá-lo. Alto de noite, certa loucura, algum álcool e muita solidão.

Quero mais um uísque, outra carreira. Tudo aos poucos vira dia e a vida — ah, a vida — pode ser medo e mel quando você se entrega e vê, mesmo de longe.

Não, não quero nem preciso de nada se você me tocar. Estendo a mão.

Depois suspiro, gelado. E te abandono.

VII
Os sapatinhos vermelhos

Para Silvia Simas

— Dançarás — disse o anjo. — Dançarás com teus sapatos vermelhos... Dançarás de porta em porta... Dançarás, dançarás sempre.

Andersen: "Os sapatinhos vermelhos"

1

Tinha terminado, então. Porque a gente, alguma coisa dentro da gente, sempre sabe exatamente quando termina — ela repetiu olhando-se bem nos olhos, em frente ao espelho. Ou quando começa: certo susto na boca do estômago. Como o carrinho da montanha-russa, naquele momento lá no alto, justo antes de despencar em direção. Em direção a quê? Depois de subidas e descidas, em direção àquele insuportável ponto seco de agora.

Restava acender outro cigarro, e foi o que fez. No momento de dar a primeira tragada, apoiou a face nas mãos e, sem querer, esticou a pele sob o olho direito. Melhor assim, muito melhor. Sem aquele ar desabado de cansaço indisfarçável de mulher sozinha com quase quarenta anos, mastigou sem pausa nem piedade. Com os dedos da mão esquerda, esticou também a pele debaixo do outro olho. Não, nem tanto, que assim parecia uma japonesa. Uma japa, uma gueixa, isso é que fui. A putinha submissa a coreografar jantares à luz de velas — Glenn Miller ou Charles Aznavour? —, vertendo trêfega os sais — camomila ou alfazema? — na água da banheira, preparando uísques — uma ou duas pedras hoje, meu bem?

Nenhuma pedra, decidiu. E virou a garrafa outra vez no copo. Aprendera com ele, nem gostava antes. Tempo perdido, pura perda de tempo. E não me venha dizer mas teve bons momentos, não teve não? A cabeça dele abandonada em seus joelhos, você deslizando devagar os dedos entre os cabelos daquele homem. Pudesse ver seu próprio rosto: nesses momentos você ganhava luz e sorria sem sorrir, olhos fechados, toda plena. Isso não valeu, Adelina?

Bebeu outro gole, um pouco sôfrega. Precisava apressar-se, antes que a quinta virasse Sexta-Feira Santa e os pecados começassem a pulular na memória feito macacos engaiolados: não beba, não cante, não fale nome feio, não use vermelho, o diabo está solto, leva sua alma para o inferno. Ela já está lá, no meio das chamas, pobre alminha, nem dez da noite, só filmes sacros na tevê, mantos sagrados, aquelas coisas, Sexta-Feira da Paixão e nem sexo, nem ao menos sexo, isso de meter, morder, gemer, gozar, dormir. Aquela coisa frouxa, aquela coisa gorda, aquela coisa sob lençóis, aquela coisa no escuro, roçar molhado de pelos, baba e gemidos depois de — quantos mesmo? — cinco, cinco anos. Cinco anos são alguma coisa quando se tem quase quarenta, e nem apartamento próprio, nem marido, filhos, herança: nada. Ponto seco, ponto morto.

Ué, você não *escolheu*? Ele ficou então parado à frente dela, muito digno e tão comportadamente um-senhor-de-família-da-Vila-Mariana dentro do terno suavemente cinza, gravata pouco mais clara, no tom exato das meias, sapatos ligeiramente mais escuros. Absolutamente controlado. Nem um fio de cabelo fora do lugar enquanto repetia pausado, didático, convincente — mas Adelina, você sabe tão bem quanto eu, talvez até melhor, a que ponto de desgaste nosso relacionamento chegou. Devia falar desse jeito mesmo com os alunos, impossível que você não perceba como é doloroso para mim mesmo encarar este rompimento. Afinal, a afeição que nutro por você é um fato.

Teria mesmo chegado ao ponto de dizer *nutro*? Teria, teria sim, teria dito nutro & relacionamento & rompimento & afeto, teria dito também estima & consideração & mais alto apreço e toda essa merda educada que as pessoas costumam dizer para colorir a indiferença quando o coração ficou inteiramente gelado. Uma estalactite — estalactite ou estalagmite? merda, umas caíam de cima, outras subiam de baixo, mas que importa: aquela lança fininha de gelo afiado — cravada com extrema cordialidade no fundo do peito dela. Vampira, envelheceria séculos lentamente até desfazer-se em pó aos pés impassíveis dele. Mas ao contrário, tão desamparada e descalça, quase nua, sem maquilagem nem anjo de guarda, dentro de uma camisola velha de pelúcia, às vésperas da Sexta-Feira Santa, sozinha no apartamento e no planeta Terra.

Esmagou o cigarro, baixou a cabeça como quem vai chorar. Mas não choraria mais uma gota sequer, decidiu brava, e contemplou os próprios pés nus. Uns pés pequenos, quase de criança, unhas sem pintura, afundados no tapetinho amarelo em frente à penteadeira. Foi então que lembrou dos sapatos. Na segunda-feira, tentando reunir os fragmentos, não saberia dizer se teria mesmo precisado acender outro cigarro ou beber mais um gole de uísque para ajudar a ideia vaga a tomar forma. Talvez sim, pouco antes de começar a escancarar portas e gavetas de todos os armários e cômodas, à procura dos sapatos. Que tinham sido presente dele, meio embriagado e mais ardente depois de um daqueles fins de semana idiotas no Guarujá ou Campos do Jordão, tanto tempo atrás. Viu-se no espelho de má qualidade, meio deformada a distância, uma mulher descabelada jogando caixas e roupas para os lados até encontrar, na terceira gaveta do armário, o embrulho em papel de seda azul-clarinho.

Desembrulhou, cuidadosa. Uma súbita calma. Quase bailarina em gestos precisos, medidos, elegantes. O silêncio completo do apartamento vazio quebrado apenas pelo leve farfalhar do papel de seda desdobrado sem pressa alguma. E eram lindos, mais lindos do que podia lembrar. Mais lindos do que tinha tentado expressar quando protestou, comedida e comovida — mas são tão... tão ousados, meu bem, não têm nada a ver comigo. Que evitava cores, saltos, pinturas, decotes, dourados ou qualquer outro detalhe capaz sequer de sugerir sua secreta identidade de mulher-solteira-e-independente-que-tem-um-amante-casado.

Vermelhos — mais que vermelhos: rubros, escarlates, sanguíneos —, com finos saltos altíssimos, uma pulseira estreita na altura do tornozelo. Resplandeciam nas suas mãos. Quase cedeu ao impulso de calçá-los imediatamente, mas sabia instintiva que teria primeiro de cumprir o ritual. De alguma forma, tinha decorado aquele texto há tanto tempo que apenas o supunha esquecido. Como uma estreia adiada, anos. Bastavam as primeiras palavras, os primeiros movimentos, para que todas as marcas e inflexões se recompusessem em requintes de detalhes na memória. O que faria a seguir seria perfeito, como se encenado e aplaudido milhares de vezes.

Perfeitamente: Adelina colocou um disco — nem Charles Aznavour, nem Glenn Miller, mas uma úmida Billie Holiday, *I'm glad, you're bad*, tomando o cuidado de acionar o botão para que a agulha voltasse e tornasse a voltar sempre, *don't explain*, depois deixou a banheira encher aos poucos de suave água morna, salpicou os sais antes de mergulhar, com Billie gemendo rouca ao fundo, *lover man*, e lavou todos os orifícios, e também os cabelos, todos os cabelos, enfrentou o chuveiro frio, secou o corpo e cabelos enquanto esmaltava as unhas dos pés, das mãos, no mesmo tom de vermelho dos sapatos, mais tarde desenhou melhor a boca, já dentro do vestido preto justo, drapeado de crepe, preso ao ombro por um pequeno broche de brilhantes, escorregando pelo colo para revelar o início dos seios, acentuou com o lápis o sinal na face direita, igualzinho ao de Liz Taylor, todos diziam, sublinhou os olhos de negro, escureceu os cílios, espalhou perfume no rego dos seios, nos pulsos, na jugular, atrás das orelhas, para exalar quando você arfar, minha filha, então as meias de seda negra transparente, costura atrás, tigresa *noir*, Lauren Bacall, e só depois de guardar na carteira talão de cheques, documentos, chave do carro, cigarros e o isqueiro de prata que tirou da caixinha de veludo grená, presente dos 37, só mesmo quando estava pronta dos pés à cabeça e desligara o toca-discos, porque eles exigiam silêncio — foi que sentou outra vez na penteadeira para calçar os sapatinhos vermelhos.

Apagou a luz do quarto, olhou-se no espelho de corpo inteiro do corredor. Gostou do que viu. Bebeu o último gole de uísque e, antes de sair, jogou na gota dourada do fundo do copo o filtro branco manchado de batom.

2

Eram três, estavam juntos, mas o negro foi o primeiro a pedir licença para sentar. A única mulher sozinha na boate. Tinha traços finos, o negro, afilados como os de um branco, embora os lábios mais polpudos, meio molhados. Músculos que estalavam dentro da camiseta justa, dos jeans apertados. Leve cheiro de bicho limpo, bicho lavado, mas indisfarçavelmente bicho atrás do sabonete.

— E aí, passeando? — ele perguntou, ajeitando-se na cadeira à frente dela.

Curvou-se para que ele acendesse seu cigarro. A mão grande, quadrada, preta e forte não se moveu sobre a mesa. Ela mesma acendeu, com o isqueiro de prata. Depois jogou a cabeça para trás — a marcação era perfeita —, tragou fundo e, entre a fumaça, soltou as palavras sobre os patéticos pratinhos de plástico com amendoim e pipocas:

— Você sabe, feriado. A cidade fica deserta, essas coisas. Precisa aproveitar, não?

Por baixo da mesa, o negro avançou o joelho entre as coxas dela. Cedeu um pouco, pelo menos até sentir o calor aumentando. Mas preferiu cruzar as pernas, estudada. Que não assim, tão fácil, só porque sozinha. E quase quarentona, carne de segunda, coroa. Sorriu para o outro, encostado no balcão, o moço dourado com jeito de tenista. Não que fosse louro, mas tinha aquele dourado do pêssego quando mal começa a amadurecer espalhado na pele, nos cabelos, provavelmente nos olhos que ela não conseguia ver sem óculos, a distância. O negro acompanhou seu olhar, virando a cabeça sobre o próprio ombro. De perfil — ela notou —, o queixo era brusco, feito a machado. Mesmo recém-feita, a barba rascaria quando se passasse a mão. Antes que dissesse qualquer coisa, ela avançou, voz muito rouca:

— Por que não convida seus amigos para sentar com a gente? — Ele rodou um amendoim entre os dedos. Ela tomou o amendoim dos dedos dele. O crepe escorregou do ombro para revelar o vinco entre os dois seios: — Acho que você não precisa disso.

O negro franziu a testa. Depois riu. Passou o indicador nas costas da mão dela, pressionando:

— Pode crer que não.

Soprou a fumaça na cara dele:

— Será?

— Garanto a você.

Descruzou as pernas. O joelho dele tornou a apertar o interior de suas coxas. Quero te jogar no solo, a música dizia.

— Então chame seus amigos.

— Você não prefere que a gente fique só nós dois?

Tão escuro ali dentro que mal podia ver o outro, ao lado do tenista dourado. Um pouco mais baixo, talvez. Mas os ombros largos. Qualquer coisa no porte, embora virado de costas para ela, de frente para o balcão, curvado sobre o copo de bebida, qualquer coisa na bunda firme desenhada pelo pano da calça — qualquer coisa ali prometia. Remexeu as pedras de gelo do uísque na ponta das unhas vermelhas.

— Uns rapazes simpáticos. Assim, sozinhos. Não são seus amigos?

— Do peito — ele confirmou. E apertou mais o joelho. A calcinha dela ficou úmida. — Tudo gente boa.

— Gente boa é sempre bem-vinda — falava como a dublagem de um filme. Uma mulher movia o corpo e a boca: ela falava. Um filme em preto e branco, bem-contrastado, um filme que não tinha visto, embora conhecesse bem a história. Porque alguém contara, em hora de cafezinho, porque vira os cartazes ou lera qualquer coisa numa daquelas revistas femininas que tinha aos montes em casa. As mais recentes, na parte de baixo da mesinha de vidro da sala. As outras, acumuladas no banheiro de empregada, emboloradas por um eterno vazamento no chuveiro, que a diarista depois levava. Para vender, dizia. E ela odiava contida a ideia das páginas coloridas das revistas dela embrulhando peixe na feira ou expostas naquelas bancas vagabundas do centro da cidade.

— Se você quer mesmo — o negro disse. E esperou que ela dissesse alguma coisa, antes de erguer a mão chamando os outros dois.

— Não quero outra coisa — sussurrou.

E meio de repente — porque depois do quarto ou quinto uísque tudo acontece sempre assim, sem que se possa determinar o ponto exato de transição, quando uma situação passa a ser outra situação —, quase de repente, o tenista-dourado estava ao lado direito dela, e o rapaz mais baixo à sua esquerda. Na cadeira em frente, o negro olhava tudo com atentos olhos suspeitosos. Perguntou o que bebiam, eles disseram juntos e previsíveis: cerveja. Ela falou nossa, bebam algum drinque mais estimulante, vocês vão precisar, rapazes, um ar de Mae West. Todos três explicaram que estavam duros, a crise, você sabe, mas de jeitos diferentes. O tenista-dourado chegou a puxar o forro do bolso para fora e mostrou, pegando a mão dela, veja, veja só, pegue aqui, mas ela retirou a mão pouco antes de tocar. Tão próximo, calor latejante na beira dos dedos. Problema nenhum, ofereceu pródiga: eu pago. A fita da garrafa pela metade, serviu do uísque dela ao negro e ao tenista-dourado. Não ao mais baixo, que preferia vodca, natasha mesmo serve. Ela então atentou nele pela primeira vez. Todo pequeno e forte, cabelos muito crespos contrastando com a pele branca, lábios vermelhos, barba de dois, três dias, quase emendada nos cabelos do peito fugidos da gola da camisa, mãos cruzadas um tanto tensas, unhas roídas, sobre o xadrez da toalha. Cabeça baixa, concentrado em sua pequenez repleta da vitalidade que, certeira, ela adivinhava mesmo antes de provar.

Pacientes, divertidos, excitados: cumpriram os rituais necessários até chegar no ponto. Que o negro era Áries, jogador de futebol, mês que vem passo ao primeiro escalão, ganhando uma grana. Sérgio ou Sílvio, qualquer coisa assim. O tenista-dourado, Ricardo, Roberto, ou seria Rogério? um bancário sagitariano, fazia musculação e os peitos que pediu que tocasse eram salientes e pétreos como os de um halterofilista, sonhava ser modelo, fiz até umas fotos, quiser um dia te mostro, peladinho, e ela pensou: vai acabar michê de veado rico. Do mais baixo só conseguiu arrancar o signo, Leão, isso mesmo porque adivinhou, não revelou nome nem disse o que fazia, estava por aí, vendo qual era, e não tinha saco de fazer social.

Eu? Gilda, ela mentiu retocando o batom. Mas mentia só em parte, contou para o espelhinho, porque de certa forma sempre fui inteiramente Gilda, Escorpião, e nisso dizia a verdade, atriz, e novamente mentia, só de certa forma, porque toda a minha vida.

Então dançaram, um de cada vez. O negro apoiou a mão pesada na cintura dela e, puxando-a para si, encaixou o ventre dos dois, quase como se a penetrasse assim, ao som de um Roberto Carlos daqueles de motel, o côncavo, o convexo, tão apertado e rijo que ela temeu que molhasse a calça. Mas de volta à mesa, ao acariciar disfarçada o volume, tranquilizou-se antes de sair puxada pela mão dourada do tenista-dourado. Que a fez encostar a cabeça entre os dois peitos dele, cheiro de colônia, desodorante, suor limpo de homem embaixo da camisa polo amarelinha, lambeu a orelha dela, mordiscou a curva do pescoço ao som duma dessas trilhas românticas em inglês de telenovela, até que ela gemesse, toda molhada, implorando que parasse. O mais baixo não quis dançar. Quero foder você, rosnou: pra que essa frescura toda?

Foi quando ela levantou a perna, apoiando o pé na borda da cadeira, que todos viram o sapato vermelho. Depois dos comentários exaltados, as meticulosas preparações estavam encerradas, a boate quase vazia, sexta-feira instalada, e era da Paixão, cinza cru de amanhecer urbano entrando pelas frestas, o único garçom impaciente, cadeiras sobre as mesas. Tinham chegado ao ponto. O ponto vivo, o ponto quente.

— Pra onde? — perguntou o tenista-dourado.

— Meu apartamento, onde mais? — ela disse, terminando de assinar o cheque, três estrelas, caneta importada.

— Mas afinal, com quem você quer ir? — o negro quis saber.

Ela acariciou o rosto do mais baixo:

— Com os três, ora.

Apesar do uísque, saiu pisando firme nos sapatos vermelhos, os três atrás. Lá fora, na luz da manhã, antes de entrarem no carro que o manobrista trouxe e o tenista-dourado fez questão de dirigir, os sapatos vermelhos eram a única coisa colorida daquela rua.

3

Que tirasse tudo, menos os sapatos — os três imploraram no quarto em desordem. Garrafa de uísque na penteadeira, Fafá de Belém antiga no toca-discos (escolha do tenista-dourado, o negro queria Alcione), cinzeiro transbordante na mesinha de cabeceira. Tirou tudo, jogando para os lados. Menos as meias de seda negra, com costura atrás, e os sapatos vermelhos. Nua, jogou-se na colcha de chenile rosa, as pernas abertas. Eles a cercaram lentos, jogando as zorbas sobre o crepe negro.

O negro veio por trás, que gostava assim, tão apertadinho. Ela nunca tinha feito, mas ele jurou no ouvido que seria cuidadoso, depois mordeu-a nos ombros, enquanto a virava de perfil, muito suavemente, molhando-a de saliva com o dedo, para que o mais baixo pudesse continuar a lambê-la entre as coxas, enquanto o tenista-dourado, de joelhos, esfregava o pau pelo rosto dela, até encontrar a boca. Tinha certo gosto também de pêssego, mas verde demais, quase amargo, e passando as mãos pelas costas dele confirmou aquela suspeita anterior de uma penugem macia num triângulo pouco acima da bunda, igual ao do peito, acinzentado pelo amanhecer varando persianas, mas certamente dourado à luz do sol. Foi quando o negro penetrou mais fundo que ela desvencilhou-se do tenista-dourado para puxar o mais baixo sobre si. Ele a preencheu toda, enquanto ela tinha a sensação estranha de que, ponto remoto dentro dela, dos dois lados de uma película roxa de plástico transparente, como num livro que lera, os membros dos dois se tocavam, cabeça contra cabeça. E ela primeiro gemeu, depois debateu-se, procurou a boca dourada do tenista-dourado e quase, quase chegou lá. Mas preferia servir mais uísque, fumar outro cigarro, sem pressa alguma, porque pedia mais, e eles davam, generosos, e absolutamente não se espantar quando então invertiam-se as posições, e o tenista-dourado vinha por trás ao mesmo tempo que o mais baixo introduzia-se em sua boca, e o negro metido dentro dela conseguia transformar os gemidos em gritos cada vez mais altos, fodam-se os vizinhos, depois cada vez mais baixos novamente, rosnados, grunhidos, até não passarem de soluços miudinhos, sete galáxias atravessadas, o sol de Vega no décimo quarto grau de Capricórnio e a cara afundada nos cabelos pretos encaracolados do negro peito largo dele. De outros jeitos, de todos os jeitos: quatro, cinco vezes. Em pé, no banheiro, tentando aplacar-se embaixo da água fria do chuveiro. Na sala, de quatro nas almofadas de cetim, sobre o sofá, depois no chão. Na cozinha, procurando engov e passando café, debruçada na pia. Em frente ao espelho de corpo inteiro do corredor, sem se chocar que o mais baixo de repente viesse também por trás do tenista-dourado dentro dela, que acariciava o pau do negro até que espirrasse em jatos sobre os sapatos vermelhos dela, que abraçava os três, e não era mais Gilda, nem Adelina nem nada. Era um corpo sem nome, varado de prazer, coberto de marcas de dentes e unhas, lanhado dos tocos das barbas amanhecidas, lambuzada do leite sem dono dos machos das ruas. Completamente satisfeita. E vingada.

Quando finalmente se foram, bem depois do meio-dia, antes de jogar-se na cama limpou devagar os sapatos com uma toalha de rosto que jogou no cesto de roupa suja. Foi o neon, repetiu andando pelo quarto, aquelas luzes verdes, violeta e vermelhas piscando em frente à boate, foi o neon maligno da Sexta-Feira Santa, quando o diabo se solta porque Cristo está morto, pregado na cruz. Quando apagou a luz, teve tempo de ver-se no espelho da penteadeira, maquilagem escorrida pelo rosto todo, mas um ar de triunfo escapando do meio dos cabelos soltos.

Acordou no Sábado de Aleluia, manhã cedo, campainha furando a cabeça dolorida. Ele estava parado no corredor, dúzia de rosas vermelhas e um ovo de Páscoa nas mãos, sorriso nos lábios pálidos. Não era preciso dizer nada. Só sorrir também. Mas ela não sorria quando disse:

— Vai embora. Acabou.

Ele ainda tentou dizer alguma coisa, aquele ridículo terno cinza. Chegou mesmo a entrar um pouco na sala antes que ela o empurrasse aos gritos para fora, quase inteiramente nua, a não ser pelas meias de seda e os sapatos vermelhos de saltos altíssimos. Havia um cheiro de cigarro e bebida e gozo entranhado pelos cantos do apartamento, a cara de ressaca dela, manchas-roxas de chupões no colo. Pela primeira, única e última vez ele a chamou muitas vezes de puta, puta vadia, puta escrota depravada pervertida. Jogou o ovo e as rosas vermelhas na cara dela e foi embora para sempre.

Só então ela sentou para tirar os sapatos. Na carne dos tornozelos inchados, as pulseiras tinham deixado lanhos fundos. Havia ferimentos espalhados sobre os dedos. Tomou banho muito quente, arrumou a casa toda antes de deitar-se outra vez — o broche de brilhantes tinha desaparecido, mas que importava: era falso —, tomar dois comprimidos para dormir o resto do sábado e o domingo de Páscoa inteiros, acordando para comer pedaços de chocolate de ovo espatifado na sala.

Segunda-feira no escritório, quando a viram caminhando com dificuldade, cabelos presos, vestida de marrom, gola fechada, e quiseram saber o que era — um sapato novo, ela explicou muito simples, apertado demais, não é nada. Voltavam a doer, os ferimentos, quando ameaçava chuva. E ao abrir a terceira gaveta do armário para ver o papel de seda azul-clarinho guardando os sapatos, sentia um leve estremecimento. Tentava — tentava mesmo? — não ceder. Mas quase sempre o impulso de calçá-los era mais forte. Porque afinal, dizia-se, como num conto de Sonia Coutinho, há tantas sextas-feiras, tantos luminosos de neon, tantos rapazes solitários e gostosos perdidos nesta cidade suja... Só pensou em jogá-los fora quando as varizes começaram a engrossar, escalando as coxas, e o médico então apalpou-a nas virilhas e depois avisou quê.

VIII
Uma praiazinha de areia bem clara, ali, na beira da sanga

Para Antonio Maschio e Wladimir Soares

Each man kills the things he loves.

Oscar Wilde, citado por Fassbinder em Querelle

1

Hoje faz exatamente sete anos que fugi para sempre do Passo da Guanxuma, Dudu. É setembro, mês do teu aniversário, mas não lembro o dia certo.

Lembrei disso agora há pouco, olhando minha cara no espelho enquanto decidia se faço ou não a barba. Continua dura e cerrada, a barba, você conhece. Se faço todos os dias, a cara vai ficando meio lanhada, uns fios encravados, uns vermelhões. Se não faço, fica parecendo suja, a cara. Não decidi nada. Mas foi quando olhei para o espelho que vi o calendário ao lado e aí me veio esse peso no coração, essa lembrança do Passo, de setembro e de você. Quando pensei setembro, *pensei também numas coisas meio babacas, tipo borboletinhas esvoaçando, florzinhas arrebentando a terra, ventanias, céu azul como se fosse pintado a mão. Tanta besteirada tinha naquela cidade, meu Deus. Ainda terá?*

Agora olhei pela janela. A janela do meu quarto dá para os fundos de outro edifício, fica sempre um ar cinzento preso naquele espaço. Um ar grosso, engordurado. Se você estivesse aqui e olhasse para a frente, veria uma porção de janelinhas de banheiro, tão pequenas que nem dá para espiar o monte de sacanagens que devem acontecer por trás delas. Se você olhasse para baixo, veria aquelas latas de lixo todas amontoadas no térreo. Só quando olhasse para cima, poderia ver um pedacinho do céu — e quando escrevi pedacinho de céu *lembrei daquela música antiga que você gostava tanto, era mesmo um chorinho? Sempre olho para cima, para ver o ar cinzento entre a minha janela e o paredão do outro edifício que se encomprida até misturar com o céu. Feito uma capa grossa de fuligem jogada sobre esta cidade tão longe aí do Passo e de tudo que é claro, mesmo meio babaca.*

Quando penso desse jeito, nesta cidade daqui, Dudu, você nem sabe como me dá uma vontade doida, doida de voltar. Mas não vou voltar. Mais do que ninguém, você sabe perfeitamente que eu nunca mais posso voltar. Pensei isso com tanta certeza que cheguei a ficar meio tonto, a mão escorregou e fez esse borrão aí do lado, desculpe. Eu apertei as duas mãos contra a folha de papel, como se quisesse me segurar nela. Como se não houvesse nada embaixo dos meus pés.

Você não sabe, mas acontece assim quando você sai de uma cidadezinha que já deixou de ser sua e vai morar noutra cidade, que ainda não começou a ser sua. Você sempre fica meio tonto quando pensa que não quer ficar, e que também não quer — ou não pode — voltar. Você fica igualzinho a um daqueles caras de circo que andam no arame e de repente o arame plac! ó, arrebenta, daí você fica lá, suspenso no ar, o vazio embaixo dos pés. Sem nenhum lugar no mundo, dá para entender?

Ando tão só, Dudu. Ando tão triste que às vezes me jogo na cama, meto a cara fundo no travesseiro e tento chorar. Claro que não consigo. Solto uns arquejos, roncos, soluços, barulhos de bicho, uns grunhidos de porco ferido de faca no coração. Sempre lembro de você nessas horas. Hoje, preferi te escrever. Também, os lençóis estão imundos. A dona que me aluga este quarto só troca de duas em duas semanas, e já deve andar pelo fim da segunda. Peguei ainda a mania de comprar comida na rua, naqueles pratinhos de papel metálico, fico comendo entre os lençóis, volta e meia acaba caindo algum pedaço no meio deles. Arroz, omelete, maionese, pizza — essas comidas de plástico que a gente come aqui, nada de costela gorda com farinha, como aí no Passo.

Fora isso, que é bastante porco, continuo um cara bem limpinho, Dudu. E se você ainda consegue lembrar daqueles banhos que a gente tomava pelados na sanga Caraguatatá — porque eu, eu não esqueço um segundo nestes sete anos —, mais do que ninguém, você sabe como isso é verdade.

2

Tenho 33 anos e sou um cara muito limpo. Tomo no mínimo um banho por dia, escarafuncho bem as orelhas com cotonetes, desses que, dizem, têm um dourado no meio, daí você ganha um prêmio se encontrar, mas eu nunca encontrei. As unhas não corto, não é preciso, desde criança roo até o sabugo.

Não sou um cara feio, acho que não. Verdade que podia ser mais alto um pouco, embora não seja nenhum pônei. E um pouco menos peludo, também podia. De vez em quando tiro toda a roupa e fico me olhando nu na porta de espelho do guarda-roupa. Tem pelo por todo lado, quando faço a barba tenho que começar a raspar ali onde termina o peito e começa o pescoço. Fica parecendo uma blusa dessas sem gola, uma camiseta escura. Se não raspasse, emendava tudo. Tem pelos também nos ombros, um pouco nas costas, depois rareia, só começa de novo pouco abaixo da cintura, antes da bunda.

Pelos pretos, crespos. Nos lugares onde não tem pelos a pele é muito branca.

Não era assim, lá no Passo. Quero dizer, não que eu não fosse peludo — isso começou com uns 13, 14 anos, e não parou até hoje. Pelo é o tipo de coisa que não para nunca de crescer no corpo de um cara. Mas a pele, isso que eu quero dizer, a pele não era branca. No Passo tinha sol quase todo dia, e uma praiazinha de areia bem clara, na beira da sanga. Eu ficava ali deitado na areia, completamente nu, quase sempre sozinho. Eu nadava e nadava e nadava naquela água limpa. Deve ser por isso que, embaixo desses pelos todos, os músculos são muito duros.

Ou eram. Tenho ficado tanto tempo deitado que eles estão amolecendo. Esse é só um dos sintomas, ficar muito tempo deitado. Tem outros, físicos.

Uma fraqueza por dentro, assim feito dor nos ossos, principalmente nas pernas, na altura dos joelhos. Outro sintoma é uma coisa que chamo de *pálpebras ardentes*: fecho os olhos e é como se houvesse duas brasas no lugar das pálpebras. Há também essa dor que sobe do olho esquerdo pela fronte, pega um pedaço da testa, em cima da sobrancelha, depois se estende pela cabeça toda e vai se desfazendo aos poucos enquanto caminha em direção ao pescoço. E um nojo constante na boca do estômago, isso eu também tenho. Não tomo nada, nenhum remédio. Não adianta, sei que essa doença não é do corpo.

Quando apalpo meu corpo e sinto ele ficando mole, levanto de um salto e saio a caminhar pelo quarto. Faço cinquenta flexões, até meus peitos e braços ficarem duros de novo. Isso durante o dia, porque não suporto o barulho das buzinas na rua. À noite saio, dou umas voltas. Gosto de ver as putas, os travestis, os michês pelas esquinas. Gosto tanto que às vezes até pago um, ou uma, para dormir comigo. Foi assim que acabei conhecendo o Bar. Mas não quero falar disso agora.

Para não falar disso agora, levanto a cabeça, desvio os olhos do espelho para não ver a cara barbada que parece suja e, devagarinho, começo a soltar as mãos das bordas da pia enquanto olho fixo dentro do meu olho no espelho. Imagino aquele cara, o do arame no circo, mas o contato do arame com a pele da sola dos pés deve ser gelado e cortante tipo fio de faca. O da pia também é frio, mas redondo, redondo feito peito ou bunda de mulher. Embaixo dos meus pés descalços continua a não ter nada. Então contraio bem os dedos, que nem macaco querendo segurar alguma coisa. Depois solto os dedos dos pés do assoalho de tábuas lixadas. Solto os dedos das mãos da pia e caminho até a porta para ver se chegou carta.

Assim todos os dias, várias vezes por dia, depois das duas da tarde. A dona que me aluga este quarto costuma colocar as cartas em cima da mesinha no corredor. Abro muitas vezes a porta, espio, nunca tem nada. Nem podia, claro, depois de tudo. Não tenho ninguém mais lá no Passo. Só o Dudu. Que agora, depois de sete anos, já nem sei direito se tenho para sempre ou, ao contrário, não terei nunca mais.

Não queria pensar no Dudu agora, mas quando abri a porta e vi a mesinha do corredor vazia — vazia de cartas, quero dizer, porque tem sempre aquele elefante rosa com flor de plástico do lado — sem querer, fiquei pensando bem assim: como seria bom se tivesse uma carta do Dudu agora. Aí eu pegava a carta, me sentava, lia devagar, devia ter notícia do Passo, devia falar naquela praiazinha, em setembro, numas tardes quase quentes outra vez, já dava para começar a tomar sol de novo, eu e ele, porque além de mim ele era o único cara que conhecia aquele lugar. Mas então eu acendia um cigarro e lia, depois pegava papel e caneta, pensava um pouco e começava a responder. Depois da data, tinha que escrever alguma coisa, aí embatucava, em dúvida se seria melhor *meu-prezado-Dudu* ou *caro-Dudu*, *amigo Dudu* ou só *Dudu*, ou quem sabe *meu-amigo*. Ficaria um monte de tempo assim pensando, roendo a tampa da caneta, até começar a escurecer. Talvez resolvesse começar a escrever sem data nem nada, para não contar tudo. Talvez deixasse a carta assim mesmo, só uma data num papel em branco, e tomaria um banho, faria de vez a barba, depois me vestiria lento até chegar a hora de sair para o Bar, decidindo que não era preciso carta alguma, porque desta vez.

Só que essas eram o tipo de coisa que eu não queria de jeito nenhum pensar no meio daquela tarde, quase noite. No Passo, no Bar, no Dudu. Tudo isso me faz tanto mal.

Fechei a porta, encostei a parte de cima da cabeça contra ela. Só nos filmes as pessoas fazem isso, nunca vi ninguém fazer de verdade. Comecei a fazer para ver se sentia o que as pessoas sentem nos filmes — pessoas sempre sentem coisas nos filmes, nos bares, nas esquinas, nas músicas, nas histórias. Nas vidas acho que também, só que não se dão conta. Depois percebi que aquela dor que sobe ali do olho esquerdo pela testa diminuía um pouco assim, então fui me virando até apertar o lado esquerdo da cabeça, justamente onde doía, contra a porta fechada. A dor doía menos assim, embora não fosse exatamente uma dor. Mais um peso, um calafrio. Uma memória, uma vergonha, uma culpa, um arrependimento em que não se pode dar jeito.

Eu estava de costas contra a porta quando olhei pela janela aberta do outro lado do quarto. Então pensei que bastaria uma corrida rápida da porta até a janela, depois um impulso mínimo para jogar meu corpo por ela e plac! ó, pronto, acabou: moro no décimo andar. Não foi a primeira vez que isso me passou pela cabeça. O que me segurou desta vez, como me segurava em todas as outras, foi pensar naquele monte de latas de lixo lá no térreo. Meu pequeno corpo, cheio de pelos e músculos duros, cairia exatamente sobre elas. Imaginei uns restos de macarrão enrolados nos anéis do meu cabelo crespo, uma garrafa vazia de pinga vagabunda no meio das minhas pernas, um modess usado na ponta do meu nariz. E continuei parado. Tenho horror à ideia de ficar sujo, mesmo depois de morto.

3

Só que desta vez, Dudu, por mais nojeiras que imaginasse sobre meu corpo caído lá embaixo, não sei por quê, a vontade de saltar continua. Mas eu resisto. Não que alguém fosse sentir muita falta minha ou se achar, sei lá, sacaneado com a minha morte. Nem Teresângela, aquela putinha que veio me chupar o pau umas quatro ou cinco vezes, acho que te contei, nem Marilene, mulher do Índio, aí do Passo (um beijo nela), que gostava de mim, faz tanto tempo, nem os donos do Bar, o gordinho que sorri e às vezes abana de longe, ou o de bigode e chapeuzinho preto redondo de Carlitos. Nem você, que nunca me escreveu. Ninguém, Dudu. Eu comecei a enumerar nos dedos quem poderia sentir a minha falta: sobraram dedos. Todos estes que estou olhando agora.

Eu ando muito infeliz, Dudu, este é um segredo que conto só para você: eu tenho achado, devagarinho, cá dentro de mim, em silêncio, escondido, que nem gosto mais muito de viver, sabia?

Não é falta de grana, não. Aqui a gente se vira. Um dia vendo livros, no outro faço pesquisa. Sei lá, sempre pinta. Nunca precisei de muito, você sabe. Meu único luxo têm sido os discos de Dulce Veiga que fico catando nas lojas, já tenho quase todos, você ia gostar de ouvir, outro dia encontrei até o Dulce também diz não, *autografado e tudo. Nem falta de amor, que te falei da Teresângela, e tem também o Carlão ali da praça Roosevelt, quando bebo demais, fumo maconha, tomo bola, mesqueço de mim e fico meio mulher, mais a Noélia, uma gatona repórter da revista* Bonita, *que conheci no Bar uma noite que ela perguntou o meu signo no horóscopo chinês, e eu sou Tigre e você, lembrei, Dragão.*

Amor picadinho, claro, amor bêbado, amor de fim de noite, amor de esquina, amor com grana, amor com fissura, chato nos pentelhos e doença, nas madrugadas de sábado desta cidade que você não conhece nem vai conhecer. De qualquer jeito, amor, Dudu, embora não mate a sede da gente. Amor aos montes, por todos os cantos, banheiros e esquinas. Não é isso, nem a falta disso. Me roendo por dentro, é outra coisa que só você poderia saber o que é, mas nem você mesmo soube naquele tempo, e agora nem eu sei se saberia explicar a você ou a qualquer outro.

Mas o que quero te contar, e só sei meio vagamente porque justo hoje, é um negócio tão louco que nem sei como começar. Quem sabe assim — sabia que uma noite eu vi você? Não ria, não duvide de mim, não pense que foi assim como quando você sente saudade demais de uma pessoa, então começa a vê-la nas outras, em todos os lugares, de costas, por um jeito de andar, de sorrir ou virar a cabeça de lado. Foi outra coisa. E não era apenas uma vontade de ver você que te trazia de volta, era você mesmo, Dudu. Você exato, como você é ou foi, sete anos atrás. Como uma pessoa, mesmo por engano, nunca pode ser outra pessoa.

Foi no Bar, a primeira vez que fui ao Bar, e foi por sua causa que fui lá, faz uns três, quatro anos. Eu vinha descendo a rua Augusta quando vi você dobrar aquela esquina da banca de frutas, sorrir para mim, acenar com a mão, mascando chiclete (de hortelã, eu sabia) como sempre, depois entrar num portão de ferro desses altos, antigos. Eu fui atrás, eu nem sabia que aquilo era um bar. Me perdi numas salas cheias de fumaça e gente estranha, gente falando muito e muito alto, atravessei umas portas, uns arcos, desci escadas, tornei a subir, fui parar numa janela grande aberta para a rua. Então olhei para o outro lado e lá estava você, na calçada oposta, embaixo de um outdoor de carro, calcinha ou dentes, não lembro ao certo.

Você não era uma visão do outro lado da rua, Dudu. Você nem sequer estava de branco, você vestia aquele jeans todo desbotado, meio rasgadinho na bunda e no joelho direito, com uma camiseta branca, como as que você usava, mascando aquele chiclete que de longe eu sabia que era hortelã. Era você exato,

Dudu. Eu atravessei as salas, a fumaça dos cigarros, os sons estridentes de todas as palavras que aquelas pessoas jogavam feito bolas no ar, passei pelo balcão, atravessei aquele corredorzinho de entrada, afastei umas gentes amontoadas no portão enquanto você esperava por mim do outro lado. Então precisei parar e dar passagem a um desses ônibus elétricos que o tempo todo sobem e descem a Augusta. Quando o ônibus passou, você tinha desaparecido outra vez.

Loucura, não é, Dudu?

Fiquei dando umas voltas por ali, sem acreditar, até ir parar na praça Roosevelt. Foi nessa noite que encontrei o Carlão pela primeira vez, parado na frente do cinema Bijou, onde passava, lembro tão bem, A história de Adèle H, o tipo de filme que você gostava. De longe, as mãos nos bolsos, cigarro na boca, mascando chiclete ao mesmo tempo, parecia você. Essa foi só a primeira vez que te vi.

Desde aquela noite, peguei a mania de ir ao Bar, pensando assim que era um lugar onde você costumava ir, feito íamos no Agenor da Boca, lá no Passo, encontrar a Marilene fugida do Índio, com dois poemas na bolsa. Te vi outras noites, Dudu, sempre no Bar. Acontece de repente, tão rápido que nunca consigo dizer nada. Às vezes estou numa mesa, quase sempre com a Noélia, e você desce as escadas, como se fosse em direção à sala grande da frente. Você sempre sorri, me abana. Depois desaparece.

Nunca falei sobre você a ninguém. Nem vou falar. Não falaria de você nem a você mesmo, se hoje não tivesse percebido que, além de fazer sete anos que saí para sempre do Passo da Guanxuma, é um dia próximo do teu aniversário. Por isso estou te escrevendo, depois de tanto tempo. Também para deter aquela vontade de saltar pela janela e acabar de vez com esta saudade do Passo, onde não vou voltar, com essa mania louca de procurar você no Bar quase todas as noites, sem te encontrar. Eu sinto tanta falta, Dudu.

Penso às vezes que, quando eu estiver pronto, embora não tenha a menor ideia de como possa ser estar-pronto, um dia, um dia comum, um dia qualquer, um dia igual hoje, vou encontrar você claro e calmo sentado no Bar, à minha espera. Na mesa à sua frente, um copo de vinho que você vai erguer no ar feito uma saudação, até que eu me aproxime sem que você desapareça, para que eu possa então te abraçar dando um soco leve no ombro, sem te *machucar, como antigamente, e sentar junto para contar todas as coisas que aconteceram comigo nestes sete anos.*

Desde aquela tarde quase quente de setembro, quando nos estendemos nus sobre a areia clara das margens da sanga Caraguatatá, um dia perto do teu aniversário, o céu azul feito alguém tivesse pintado ele, essas ventanias de primavera secando rápido nossos cabelos molhados, enquanto uma borboletinha amarela esvoaçava entre nós para escapar depressa no momento exato em que, ali do meu lado, você se debruçou na areia para olhar bem fundo dentro dos meus olhos, depois estendeu o braço lentamente, como se quisesse me tocar num lugar tão escondido e perigoso que eu não podia permitir o seu olho nos pelos crespos do meu corpo, a sua mão na minha pele que naquele tempo não era branca assim, o seu hálito de hortelã quase dentro da minha boca. Foi então que peguei uma daquelas pedras frias da beira d'água e plac! ó, bati de uma só vez na tua cabeça, com toda a força dos meus músculos duros — para que você morresse enfim, e só depois de te matar, Dudu, eu pudesse fugir para sempre de você, de mim, daquele maldito Passo da Guanxuma que eu não consigo esquecer, por mais histórias que invente.

IX
Dama da noite

Para Márcia Denser

E sonho esse sonho
que se estende
em rua, em rua
em rua
em vão.

Lucia Villares: Papos de anjo

Como se eu estivesse por fora do movimento da vida. A vida rolando por aí feito roda-gigante, com todo mundo dentro, e eu aqui parada, pateta, sentada no bar. Sem fazer nada, como se tivesse desaprendido a linguagem dos outros. A linguagem que eles usam para se comunicar quando rodam assim e assim por diante nessa roda-gigante. Você tem um passe para a roda-gigante, uma senha, um código, sei lá. Você fala qualquer coisa tipo *bá*, por exemplo, então o cara deixa você entrar, sentar e rodar junto com os outros. Mas eu fico sempre do lado de fora. Aqui parada, sem saber a palavra certa, sem conseguir adivinhar. Olhando de fora, a cara cheia, louca de vontade de estar lá, rodando junto com eles nessa roda idiota — tá me entendendo, garotão?

Nada, você não entende nada. Dama da noite, todos me chamam e nem sabem que durmo o dia inteiro. Não suporto luz, também nunca tenho nada pra fazer — o quê? Umas rendas aí. É, macetes. Não dou detalhe, adianta insistir. Mutreta, trambique, muamba. Já falei: não adianta insistir, *boy*. Aprendi que, se eu der detalhe, você vai sacar que tenho grana, e se eu tenho grana você vai querer foder comigo só porque eu tenho grana. E acontece que eu ainda sou babaca, pateta e ridícula o suficiente para estar procurando O Verdadeiro Amor. Para de rir, senão te jogo já este copo na cara. Pago o copo, a bebida. Pago o estrago e até o bar, se ficar a fim de quebrar tudo. Se eu tô tesuda e você anda duro e eu precisar de cacete, compro o teu, pago o teu. Quanto custa? Me diz que eu pago. Pago bebida, comida, dormida. E pago foda também, se for preciso.

Pego, claro que eu pego. Pego sim, pego depois. É grande? Gosto de grande, bem grosso. Agora não. Agora quero falar na roda. Essa roda, você não vê, garotão? Está por aí, rodando aqui mesmo. Olha em volta, cara. Bem do teu lado. Naquela mina ali, de preto, a de cabelo arrepiadinho. Tá bom, eu sei: pelo menos dois terços do bar vestem preto e têm cabelo arrepiadinho, inclusive nós. Sabe que, se há uns dez anos eu pensasse em mim agora aqui sentada com você, eu não ia acreditar? Preto absorve vibração negativa, eu pensava. O contrário de branco, branco reflete. Mas acho que essa moçada tá mais a fim mesmo é de absorver, chupar até o fundo do mal — hein? Depois, até posso. Tem problema, não. Mas não é disso que estou falando agora, meu bem.

Você não gosta? Ah, não me diga, garotinho. Mas se eu pago a bebida, eu digo o que eu quiser, entendeu? Eu digo *meu-bem* assim desse jeito, do jeito que eu bem entender. Digo e repito: meu-bem-meu-bem-meu-bem. Pego no seu queixo a hora que eu quiser também, enquanto digo e repito e redigo meu-bem-meu-bem. Queixo furadinho, hein? Já observei que homem de queixo furadinho gosta mesmo é de dar o rabo. Você já deu o seu? Pelo amor de Deus, não me venha com aquela história tipo sabe, uma noite, na casa de um pessoal em Boiçucanga, tive que dormir na mesma cama com um carinha que. Todo machinho da sua idade tem loucura por dar o rabo, *meu bem*. Ascendente Câncer, eu sei: cara de lua, bunda gordinha e cu aceso. Não é vergonha nenhuma: tá nos astros, boy. Ou então é veado mesmo, e tudo bem.

Levanta não, te pago outra vodca, quer? Só pra deixar eu falar mais na roda. Você é muito garoto, não entende dessas coisas. Deixa a vida te lavrar a cara, antes, então a gente. Bicho, esquisito: eu ia dizer *alma*, sabia? Quer que eu diga? Tá bom, se você faz tanta questão, posso dizer. Será que ainda consigo, como é que era mesmo? Assim: deixa a vida te lavrar a alma, antes, então a gente conversa. Deixa você passar dos trinta, trinta e cinco, ir chegando nos quarenta e não casar e nem ter esses monstros que eles chamam de *filhos*, casa própria nem porra nenhuma. Acordar no meio da tarde, de ressaca, olhar sua cara arrebentada no espelho. Sozinho em casa, sozinho na cidade, sozinho no mundo. Vai doer tanto, menino. Ai como eu queria tanto agora ter uma alma portuguesa para te aconchegar ao meu seio e te poupar essas futuras dores dilaceradas. Como queria tanto saber poder te avisar: vai pelo caminho da esquerda, boy, que pelo da direita tem lobo mau e solidão medonha.

A roda? Não sei se é você que escolhe, não. Olha bem pra mim — tenho cara de quem escolheu alguma coisa na vida? Quando dei por mim, todo mundo já tinha decorado a tal palavrinha-chave e tava a mil, seu lugarzinho seguro, rodando na roda. Menos eu, menos eu. Quem roda na roda fica contente. Quem não roda se fode. Que nem eu, você acha que eu pareço muito fodida? Um pouco eu sei que sim, mas fala a verdade: *muito*? Falso, eu tenho uns amigos, sim. Fodidos que nem eu. Prefiro não andar com eles, me fazem mal. Gente da minha idade, mesmo tipo de. Ia dizer *problema*, puro hábito: não tem problema. Você sabe, um saco. Que nem espelho: eu olho pra cara fodida deles e tá lá escrita escarrada a minha própria cara fodida também, igualzinha à cara deles. Alguns rodam na roda, mas rodam fodidamente. Não rodam que nem você. Você é tão inocente, tão idiotinha com essa camisinha Mr. Wonderful. Inocente porque nem sabe que é inocente. Nem eles, meus amigos fodidos, sabem que não são mais. Tem umas coisas que a gente vai deixando, vai deixando, vai deixando de ser e nem percebe. Quando viu, babau, já não é mais. Mocidade é isso aí, sabia? Sabe nada: você roda na roda também, quer uma prova? Todo esse pessoal de preto e cabelo arrepiadinho sorri pra você porque você é igual a eles. Se pintar uma festa, te dão um toque, mesmo sem te conhecer. Isso é rodar na roda, meu bem.

Pra mim, não. Nenhum sorriso. Cumplicidade zero. Eu não sou igual a eles, eles sabem disso. Dama da noite, eles falam, eu sei. Quando não falam coisa mais escrota, porque dama da noite é até bonito, eu acho. Aquela flor de cheiro enjoativo que só cheira de noite, sabe qual? Sabe porra: você nasceu dentro de um apartamento, vendo tevê. Não sabe nada, fora essas coisas de vídeo, performance, high-tech, punk, dark, computador, heavy metal e o caralho. Sabia que eu até vezenquando tenho mais pena de você e desses arrepiadinhos de preto do que de mim e daqueles meus amigos fodidos? A gente teve uma hora que parecia que ia dar certo. Ia dar, ia dar, sabe quando vai dar? Pra vocês, nem isso. A gente teve a ilusão, mas vocês chegaram depois que mataram a ilusão da gente. Tava tudo morto quando você nasceu, boy, e eu já era puta velha. Então eu tenho pena. Acho que sou melhor, só porque peguei a coisa viva. Tá bom, desculpa, gatinho. Melhor, melhor não. Eu tive mais sorte, foi isso? Eu cheguei antes. E até me pergunto se não é sorte também estar do lado de fora dessa roda besta que roda sem fim, sem mim. No fundo, tenho nojo dela — você?

Você não viu nada, você nem viu o amor. Que idade você tem, vinte? Tem cara de 12. Já nasceu de camisinha em punho, morrendo de medo de pegar aids. Vírus que mata, neguinho, vírus do amor. Deu a bundinha, comeu cuzinho, pronto: paranoia total. Semana seguinte, nasce uma espinha na cara e salve-se quem puder: baixou Emílio Ribas. Caganeira, tosse seca, gânglios generalizados. Ô boy, que grande merda fizeram com a tua cabecinha, hein? Você nem beija na boca sem morrer de cagaço. Transmite pela saliva, você leu em algum lugar. Você nem passa a mão em peito molhado sem ficar de cu na mão. Transmite pelo suor, você leu em algum lugar. Supondo que você lê, claro. Conta pra tia: você lê, meu bem? Nada, você não lê nada. Você vê pela tevê, eu sei. Mas na tevê também dá, o tempo todo: amor mata amor mata amor mata. Pega até de ficar do lado, beber do mesmo copo. Já pensou se eu tivesse? Eu, que já dei pra meia cidade e ainda por cima adoro veado.

Eu sou a dama da noite que vai te contaminar com seu perfume venenoso e mortal. Eu sou a flor carnívora e noturna que vai te entontecer e te arrastar para o fundo de seu jardim pestilento. Eu sou a dama maldita que, sem nenhuma piedade, vai te poluir com todos os líquidos, contaminar teu sangue com todos os vírus. Cuidado comigo: eu sou a dama que mata, boy. Já chupou buceta de mulher? Claro que não, eu sei: pode matar. Nem caralho de homem: pode matar. Já sentiu aquele cheiro molhado que as pessoas têm nas virilhas quando tiram a roupa? Está escrito na sua cara, tudo que você não viu nem fez está escrito nessa sua cara que já nasceu de máscara pregada. Você já nasceu proibido de tocar no corpo do outro. Punheta pode, eu sei, mas essa sede de outro corpo é que nos deixa loucos e vai matando a gente aos pouquinhos. Você não conhece esse gosto que é o gosto que faz com que a gente fique fora da roda que roda e roda e que se foda rodando sem parar, porque o rodar dela é o rodar de quem consegue fingir que não viu o que viu. Ô boy, esse mundo sujo todo pesando em cima de você, muito mais do que de mim — e eu ainda nem comecei a falar na morte...

Já viu gente morta, boy? É feio, boy. A morte é muito feia, muito suja, muito triste. Queria eu tanto ser assim delicada e poderosa, para te conceder a vida eterna. Queria ser uma dama nobre e rica para te encerrar na torre do meu castelo e poupar você desse encontro inevitável com a morte. Cara a cara com ela, você já esteve? Eu, sim, tantas vezes. Eu sou curtida, meu bem. A gente lê na sua cara que nunca. Esse furinho de veado no queixo, esse olhinho verde me olhando assim que nem eu fosse a Isabella Rossellini levando porrada e gostando e pedindo *eat me eat me*, escrota e deslumbrante. Essa tontura que você está sentindo não é porre, não. É vertigem do pecado, meu bem, tontura do veneno. O que que você vai contar amanhã na escola, hein? Sim, porque você ainda deve ir à escola, de lancheira e tudo. Já sei: conheci uma mina meio coroa, porra-louca demais. Cretino, cretino, pobre anjo cretino do fim de todas as coisas. Esse caralhinho gostoso aí, escondido no meio das asas, é só isso que você tem por enquanto. Um caralhinho gostoso, sem marca nenhuma. Todo rosadinho. E burro. Porque nem brochar você deve ter brochado ainda. Acorda de pau duro, uma tábua, tem tesão por tudo, até por fechadura. Quantas por dia? Muito bem, parabéns: você tá na idade. Mas anota aí pro teu futuro cair na real: essa sede, ninguém mata. Sexo é na cabeça: você não consegue nunca. Sexo é só na imaginação. Você goza com aquilo que imagina que te dá o gozo, não com uma pessoa real, entendeu? Você goza sempre com o que tá na sua cabeça, não com quem tá na cama. Sexo é mentira, sexo é loucura, sexo é sozinho, boy.

Eu, cansei. Já não estou mais na idade. Quantos? Ah, você não vai acreditar, esquece. O que importa é que você entra por um ouvido meu e sai pelo outro, sabia? Você não fica, você não marca. Eu sei que fico em você, eu sei que marco você. Marco fundo. Eu sei que, daqui a um tempo, quando você estiver rodando na roda, vai lembrar que, uma noite, sentou ao lado de uma mina louca que te disse coisas, que te falou no sexo, na solidão, na morte. Feia, tão feia a morte, boy. A pessoa fica meio verde, sabe? Da cor quase assim desse molho de espinafre frio. Mais clarinho um pouco, mas isso nem é o pior. Tem uma coisa que já não está mais ali, isso é o mais triste. Você olha, olha e olha e o corpo fica assim que nem uma cadeira. Uma mesa, um cinzeiro, um prato vazio. Uma coisa sem nada dentro. Que nem casca de amendoim jogada na areia, é assim que a gente fica quando morre, viu, boy? E você, já descobriu que um dia também vai morrer?

Dou, claro. Ficou nervosinho, quer cigarro? Mas nem fumar você fuma, o quê? Compreendo, compreendo sim, eu compreendo sempre, sou uma mulher muito compreensiva. Sou tão maravilhosamente compreensiva e tudo que, se levar você pra minha cama agora e amanhã de manhã você tiver me roubado toda a grana, não pense que vou achar você um filho da puta. Não é o máximo da compreensão? Eu vou achar que você tá na sua, um garotinho roubando uma mulher meio pirada, meio coroa, que mexeu com sua cabecinha de anjo cretino desse nojento fim de todas as coisas. Tá tudo bem, é assim que as coisas são: ca-pi-ta-lis-tas, em letras góticas de neon. Mulher pirada e meio coroa que nem eu tem mais é que ser roubada por um garotinho imbecil e tesudinho como você. Só pra deixar de ser burra caindo outra vez nessa armadilha de sexo.

Fissura, estou ficando tonta. Essa roda girando girando sem parar. Olha bem: quem roda nela? As mocinhas que querem casar, os mocinhos a fim de grana pra comprar um carro, os executivozinhos a fim de poder e dólares, os casais de saco cheio um do outro, mas segurando umas. Estar fora da roda é não segurar nenhuma, não querer nada. Feito eu: não seguro picas, não quero ninguém. Nem você. Quero não, boy. Se eu quiser, posso ter. Afinal, trata-se apenas de um cheque a menos no talão, mais barato que um par de sapatos. Mas eu quero mais é aquilo que não posso comprar. Nem é você que eu espero, já te falei. Aquele um vai entrar um dia talvez por essa mesma porta, sem avisar. Diferente dessa gente toda vestida de preto, com cabelo arrepiadinho. Se quiser eu piro, e imagino ele de capa de gabardine, chapéu molhado, barba de dois dias, cigarro no canto da boca, bem *noir*. Mas isso é filme, ele não. Ele é de um jeito que ainda não sei, porque nem vi. Vai olhar direto para mim. Ele vai sentar na minha mesa, me olhar no olho, pegar na minha mão, encostar seu joelho quente na minha coxa fria e dizer: vem comigo. É por ele que eu venho aqui, boy, quase toda noite. Não por você, por outros como você. Pra ele, me guardo. Ria de mim, mas estou aqui parada, bêbada, pateta e ridícula, só porque no meio desse lixo todo procuro O Verdadeiro Amor. Cuidado comigo: um dia encontro.

Só por ele, por esse que ainda não veio, te deixo essa grana agora, precisa troco não, pego a minha bolsa e dou o fora já. Está quase amanhecendo, boy. As damas da noite recolhem seu perfume com a luz do dia. Na sombra, sozinhas, envenenam a si próprias com loucas fantasias. Divida essa sua juventude estúpida com a gatinha ali do lado, meu bem. Eu vou embora sozinha. Eu tenho um sonho, eu tenho um destino, e se bater o carro e arrebentar a cara toda saindo daqui, continua tudo certo. Fora da roda, montada na minha loucura. Parada pateta ridícula porra-louca solitária venenosa. Pós-tudo, sabe como? Darkérrima, modernésima, puro simulacro. Dá minha jaqueta, boy, que faz um puta frio lá fora e quando chega essa hora da noite eu me desencanto. Viro outra vez aquilo que sou todo dia, fechada sozinha perdida no meu quarto, longe da roda e de tudo: uma criança assustada.

X
Mel & girassóis (ao som de Nara Leão)

Para Nelson Brissac Peixoto

1

Como naquele conto de Cortázar — encontraram-se no sétimo ou oitavo dia de bronzeado. Sétimo ou oitavo porque era mágico e justo encontrarem-se, Libra, Escorpião, exatamente nesse ponto, quando o eu vê o outro. Encontraram-se, enfim, naquele dia em que o branco da pele urbana começa a ceder território ao dourado, o vermelho diluiu-se aos poucos no ouro, então dentes e olhos, verdes de tanto olharem o sem-fim do mar, cintilam feito os de felinos espiando entre moitas. Entre moitas, olharam-se. Naquele momento em que a pele entranhada de sal começa a desejar sedas claras, algodões crus, linhos brancos, e a contemplação do próprio corpo nu revela espaços sombrios de pelos onde o sol não penetrou. Brilham no escuro esses espaços, fosforescentes, desejando outros espaços iguais em outras peles no mesmo ponto de mutação. E lá pelo sétimo, oitavo dia de bronzeado, passar as mãos nessas superfícies de ouro moreno provoca certo prazer solitário, até perverso, não fosse tão manso, de achar a própria carne esplêndida.

Olharam-se entre palmeiras — carnívoros, mas saciados, portanto serenos — pela primeira vez. Quase animais no meio das moitas sombrias em que de repente tornou-se o céu azul redondo, de cetim, o mar verde, pedra semipreciosa, quando se olharam. Ela boiava além da arrebentação, onde a espuma das ondas não atrapalha mais quem tem vontade de contemplar os próprios pés confundidos com a areia branca do fundo do mar. Olhos fechados, deitada de costas na água, maiô preto, cabelos espalhados em volta, mãos abertas, pernas abertas, como se trepasse com o sol. Apenas a boca cerrada revelava alguma dureza, mas essa boca se abriu assustada quando ele veio nadando desde a praia, cabeça afundada na água — e sem querer esbarrou nela.

Foi assim: ela boiava toda aberta, viajando mais longe que aqueles navios cruzando de tardezinha o horizonte, ninguém sabia em direção a onde. Então ele veio, braço após braço, meio tosco, meio selvagem, e de repente num braço estendido à frente do outro a mão desse braço tocou sem querer, por isso mesmo meio bruscamente, a coxa dela. A moça contraiu-se, esponja ferida, projetou o busto e abriu uns olhos meio injetados de sal, de mar, de luz. A mão dele também contraiu-se, e ficaram os dois se olhando, completamente molhados, direto nos olhos, quase meio-dia de sol abrasador, verão a mil. Você sabe, susto de onça, leopardo, nesse olhar que, além dele ou dela, só abarcava um mar imenso. Até que ele falou:

— Desculpe.

Ela disse:

— Não foi nada.

Como se não tivessem levado um susto. Hipócritas, sociais, duas pessoas passando 15 dias de férias numa praia qualquer do Havaí ou Itaparica, sorriram amavelmente um para o outro, embaixo dos cabelos encharcados, fingiram que estava tudo bem. E estava, sério. Ele nadou para longe. Ela continuou boiando. Indiferentes. Nadando para longe, em direção àqueles veleiros que não eram reais, mas uma paisagem desenhada e até meio cafona, exatamente do gênero desta que traço agora — ele olhou para trás e a viu assim como ela estava antes, só que artificialmente agora, depois que ele a vira: olhos fechados, braços e pernas abertos, entregue como se trepasse com o sol. Enquanto ele nadava para longe, meio tosco, meio selvagem, braço após braço, cara afundada na água, ela também abriu um dos olhos. E espiou. Ele nadava para longe dela, uma pedra no meio do caminho, ela pensou, que tinha algumas leituras, sim. Mas uma pedra, supôs, que afastaria com a ponta do sapato, não estivesse de pés nus, afundados na água. Ela agitou os pés nus dentro da água morna afundados. Lugar-comum, sonho tropical: não é excitante viver?

2

Encontraram-se novamente na mesma noite. Desta vez foi diferente. Ele demorou-se um pouco mais na frente do espelho, tramando sobre o corpo de banho tomado a camisa branca, a calça azul-clarinha, bem largas as duas. Mas de maneira alguma pensou nela nem em ninguém mais, enquanto se olhava, garanto. Então foi jantar no restaurante do hotel, aquela coisa de bananas & abacaxis decorando saladas, araras & tucanos empoleirados sobre suflês, como um filme meio B, até mesmo meio C, e de repente houvesse um número rápido com Carmen Miranda nas escadarias, não espantaria. Ela não se demorou. Urbana fiel ao preto, jogou a seda de uma blusa sobre o velho jeans meio arrebentado, e só entregou certa expectativa — naquele momento, honestamente, nem ela saberia de quê — quando acrescentou um pequeno fio de pérolas, quase invisível. E jogou o cabelo comprido para o lado, num gesto rápido de mulher, tão de mulher que é desses preferidos pelos travestis.

Então desceram. Só uma forma de dizer, porque não, não havia escadarias. Também, não cheguemos a tanto. Eram como bangalôs dispostos lado a lado, e para chegar ao restaurante você vinha por uma espécie de corredor-varanda coberto de tralhas artesanais, redes penduradas entre colunas em arco. Se você quer saber, havia sim cestos de palha, peixes empalhados pendurados nas paredes caiadas de branco, além de grandes vasos de cerâmica — que, inevitável, faziam lembrar de Morgiana e Ali Babá — estrategicamente espalhados no percurso. Morenos de calças brancas e peito nu tocando violão jogados em redes, também havia. E moças morenas de cabelos soltos, vestidos estampados de flores miudinhas, caminhando tão naturais entre as cerâmicas que tudo aquilo parecia de verdade. Aquela coisa rústica: todos morenos, ardentes, arfantes, ecológicos, contratados pelo hotel. Vieram caminhando por esse corredor, ele de branco, ela de preto, até entrarem no que chamavam, certa pompa só medianamente convincente, de O Grande Salão.

Não se encontraram de imediato. Ela ficou numa mesa do lado esquerdo, com a Professora Secundária Recuperando-Se Do Amargo Desquite, a Secretária Executiva Louca Por Uma Transa Com Aqueles Garotões Gostosos e a Velha Tia Solteirona Cansada De Cuidar Dos Sobrinhos. Ele sentou numa mesa à extrema direita — nada ideológico — junto do Casal Em Plena Segunda Lua De Mel Arduamente Conquistada e o Jogador De Basquete Em Busca De Uma Vida Mais Natural. Conversando, durante o suflê de camarão e o ponche de champanha, que era um hotel cinco estrelas, com certo sucesso ela citou Ruth Escobar, Regina Duarte, uma matéria da revista *Nova* e arriscou Susan Sontag, mas ninguém entendeu. Enquanto ele amassava o segundo maço de Marlboro e tinha um pouco de preguiça de defender Paulo Francis, mas concordou que os ministérios, tanto para a cultura quanto para o esporte ou a educação, não eram lá essas coisas. Além do mais, tinha saudade, sim, dos Aero Willys.

Encararam-se mesmo foi na hora do doce de coco em lascas com banana amassada. Desta vez, foi ela quem esbarrou nele. Então ele olhou-a com aqueles olhos meio fatigados de quem está suportando uma noite extremamente chata, para ver uma moça que já tinha visto antes. Cabelos presos na nuca, blusa de seda preta, jeans arrebentados, uma moça com olhos de quem está suportando, na boa, uma noite extremamente chata, e só lembrou vagamente que a conhecia de algum lugar. Mas ela localizou naquele homem moreno, nariz descascando um pouco na ponta, exatamente o cara que tinha esbarrado nela na praia, só que de cabelos secos, vestido. Ela sorriu, porque tinha esses lances assim, meio provocantes, e disse:

— Agora estamos quites.

Meio pateta, como costumam ser os homens, em férias ou não, ele rosnou:

— Hã?

E quando ela pediu com-licença e ele se afastou um pouco foi que, vendo-a pelas costas, eretas demais, um tanto tensas, reconheceu a-moça-da-boia e falou:

— Tudo bem?

Ela disse:

— Joia.

Depois serviram-se, comeram, entediaram-se pelo resto da noite, que não era muito longa — a não ser que você quisesse chafurdar em pântanos de daiquiri para depois chamar, também podia, por telefone, um daqueles rapazes de calças brancas, sem o violão, naturalmente, ou uma daquelas moças de vestido estampado. Então inventar qualquer história que resultaria num cheque a menos no talão e, quem sabe, alguma espécie de prazer suarento e, esperava-se, totalmente — ou pelo menos um pouco — selvagem. Eles não queriam isso. Nessa noite, nessa altura, nesta história decididamente: não. De longe, olharam-se distraídos, tomaram seus cafés, fumaram seus cigarros, pediram licença, debruçaram-se um pouco pelas varandas ao som de é-doce-morrer-no-mar ou minha-jangada-vai-sair-pro-mar. Depois, delicadamente foram dormir. Sozinhos.

3

Antes de dormir, ele fumou três Marlboro. Ela tomou meio Dienpax. Ele folheou uma biografia de Dashiell Hammett, tão fodido, coitado, pensou, e Lilian Hellman seria mesmo uma naja? e apagou a luz, virou pro outro lado, tentou ficar de pau duro entre os lençóis cheirando pensou que a algas, mas alga não tem cheiro, qualquer coisa verde, enfim, então dormiu no meio de uma punheta sem objeto, mera mania. Ela abriu Margaret Atwood, mas que coisa mais lenta toda aquela história de mulheres vestidas de vermelho, depois Doris Lessing, mas era meio porco aquele negócio da velha morando num *basement*, então apagou a luz e sem querer pensou em Carlos, mas não vinha mais nem um sinal de emoção, aí dormiu aconchegada na própria pele queimada de sol. Tão maravilhoso & repousante, os dois pensaram pouco antes de dormir.

Manhã seguinte, estendendo a toalha, nota gigante felpuda de um dólar, ela espiou por baixo dos raibans gatinho em todas as direções, não que procurasse alguém, até localizá-lo, sem planejar, a poucos metros. Um homem, verdade, com certa barriga, nada de grave, mas ombros largos, pernas fortes, mãos na cintura, atrevidamente solitário. Ele olhava para ela, pura coincidência. Ela sorriu, pavloviana. Ele levantou a mão. Ela também levantou a mão. Paradas assim no ar, por um momento as mãos dele e dela diziam qualquer coisa como oi, você aí. Qualquer coisa assim, nada a ver. Meticulosa, pós-naturalista, ela passou o urucum na pele, depois deitou-se de costas ao sol. Enquanto ele, sem creme nem óleo, deitava-se de bruços na areia pura (e tantos parasitas, micoses, meu Deus), que os homens são assim, ela pensou, tão rudes. E teve um arrepio. Foi nesse arrepio que soube.

Ele soube quando, deitado de bruços, por baixo do fio sintético do calção preto, o pau ficou mais duro. Ele mexeu devagar a bunda, sem ninguém perceber, num movimento de entra e sai, você sabe, de alguma coisa úmida. Enquanto isso, olhavam-se. Ela, por trás dos raibans gatinho; ele, das sobrancelhas franzidas, das pálpebras apertadas por causa do sol cada vez mais forte. Oblíquos, cada um à sua maneira, começavam a saber.

Passou um negrão vendendo coisas. Ele tomou uma latinha de cerveja, ela achou brega. Ela tomou um suco de limão, ele achou chique, mesmo em copo de plástico. Então ela quase começou a dormir no sol mais e mais quente, umas memórias misturavam-se às fantasias, e ia até resistir ao sono quando viu a Secretária Executiva aproximando-se com uma Estonteante Tanga Tigrada, e preferiu afundar de vez naquela bobeira suada que lhe trazia de volta um nome de homem, certas amarguras, espantos, flashbacks, ela de saia pregueada azul-marinho, uma professora de nariz enorme dizendo você vai longe, menina. Ela ia longe, sim — para Madagascar ou Bali, onde escreveria um livro definitivo sobre A Sabedoria Que As Mulheres Ocidentais Conquistaram Depois Da Grande Desilusão De Tudo Inclusive Dos Homens.

De repente, porque algo acontecera no seu campo de visão, abriu os olhos. Coberta de suor, atordoada como uma menina de saia pregueada azul-marinho, livros apertados contra os pequenos seios. Por entre duas coxas masculinas, peludas, musculosas, ela viu primeiro a crista do mar e um surfista cavalgando ondas, mas como se estivesse enquadrado por aquele limite que, só depois de algum tempo, passando a mão na testa, percebeu que eram duas coxas masculinas. Ela olhou para ele: hein?

Ele estava parado ao lado dela. Mão esquerda na cintura, direita sobre os olhos para proteger-se do sol, ele olhava para ela. Aquela mulher não muito jovem, estendida de costas sobre uma toalha branca, encarando de frente o sol. Era a segunda vez que ele a via assim, encarando de frente o sol. Quando ele percebeu que ela olhava para ele, flexionou as coxas e foi-se apoiando aos poucos nos próprios pés dobrados, até ficar quase ao nível dela, deitada na areia. Meio sem jeito, meio óbvio demais, mas tudo era verão, meio sem assunto e sem saber direito por quê, ele perguntou assim:

— Como vai?

Ela disse:

— Legal. E você?

4

Conversaram, no oitavo ou nono dia. Nadaram juntos na praia, primeiro. Depois ela sentiu sede, ele pagou outro suco de limão, tomou outra cerveja. Deitados na areia, lado a lado, falaram. Se você quer que eu conte, repito, mas não é nada original, garanto. Ela era qualquer coisa como uma Psicóloga Que Sonhava Escrever Um Livro; ele, qualquer coisa como um Alto Executivo Bancário A Fim de Largar Tudo Para Morar Num Barco Como O Amyr Klink. Ela, que quase não fumava, aceitou um cigarro. E disse que gostava de Fellini. Ele concordou: demais. Para surpresa dela, ele falou em Fassbinder. Ela foi mais além, rebateu com Wim Wenders. Ele então teve um pouco de medo, recuou e contemporaneizou em Bergman. Ela disse ah, mas avançou ainda mais e radicalizou em Philip Glass. Ele disse não vi o show, e começou a discorrer sobre minimalismo: um a zero para ele. Ela aproveitou para fazer uma extensa, um tanto tensa, digressão sobre qualquer coisa como Identidades Da Estética Minimalista Com O Feeling Da Bossa Nova. Ele ouviu, espantado: um a zero para ela.

Empatados, encontraram-se em João Gilberto, que ouviam sozinhos em seus pequenos mas bem-decorados apartamentos urbanos, quando queriam abrir o gás, jogar-se pela janela ou cortar os pulsos, e não tinham ninguém na madrugada. Encontraram-se tanto que, mais de meio-dia, ela aceitou também uma cerveja. Meio idiotas, mas tão felizes, ficaram cantando "O pato", enquanto todos aqueles Atletas Dispostos A Tudo Por Um Corpo Mais Perfeito, Gays Fugindo Da Paranoia Urbana Da Aids, Senhoras Idosas Porém Com Tudo Em Cima, e por aí vai, retiravam-se em busca do almoço. O sol queimava queimava. Então ele viu um barquinho a deslizar, no macio azul do mar, mostrou para ela, que viu também, e apontaram, e riram, e o sol não parecia tão ardente — era o oitavo ou nono dia de bronzeado. Aquele, quando o moreno já dominou a pele e você pode, sem susto, tirar os raibans, como ela tirou, para encarar a ele ou a qualquer um outro, direto nos olhos. Que sorriam. Tudo era tão tropical, estavam de férias, morreram de rir, falaram a gente se vê, sem pressa, ao se despedirem na porta dos bangalôs, o dela era o número 19, ele marcou na cabeça. E foram cada um tomar seu banho de água doce.

Descobriram à noite, dançando "Love is a many splendored thing". No começo afastados, depois cada vez mais próximos, à medida que o maestro do conjuntinho enveredava por ciladas como Beatles, Caetano ou Roberto Carlos. Cantaram juntos "Eleanor Rigby", tinham os dois mais de trinta, e ela de repente ficou toda arrepiada com vou-cavalgar-por-toda-a-noite, encostou a cabeça no ombro dele. Ele apertou mais forte a cintura dela. E foram assim, rodando meio tontos, às vezes sentando para falar de Pessoa, Maísa ou Clarice. Aos poucos descobrindo, localizando, sitiando.

Ele tentava esquecer uma mulher chamada Rita. Conforme o uísque diminuía na garrafa, Rita misturava-se aos poucos com outra chamada Helena, ele repetia como-amei-aquela-mulher-nunca-mais-nunca-mais, enquanto ela sentia algum ódio, mas não dizia nada, toda madura repetindo isso-passa-questão-de-tempo-tudo-bem. Para espanto dele, ela falou o nome daquele homem de antes, de outros também, Alexandre, Lauro, Marcos, Ricardo — ah os Ricardos: nenhum presta —, e ele também sentiu certo ódio, nada de grave, normal, tempos modernos, mero confronto de descornos. Falaram então sobre as paixões, os enganos, as carências e todas essas coisas que acontecem no coração da gente e tudo, e nada. Dançaram de novo. Ele achava tão bom debruçar o rosto naquela curva do pescoço dela. Ela achava um pouco *forte* estar-se exibindo assim com um homem afinal desconhecido debruçado desse jeito no pescoço dela, mas encostava mais e mais a bacia na bacia dele — a pelve, a pelve, repetia, mentalmente ensaiando passos de dança e-um-e-dois-e-três —, um homem tão abandonado e limpinho cheirando não sabia ainda se a Paco Rabanne ou Eau Sauvage, seria Phebo? cheiro de homem direito decente e porra caralho: afinal, estavam de férias. E livres, mas esse maldito vírus impõe prudência. Ela deixou que a mão dele descesse até abaixo da cintura dela. E numa batida mais forte da percussão, num rodopio, girando juntos, ela pediu:

— Deixa eu cuidar de você.

Ele disse:

— Deixo.

5

Assim foram pelos dias, que não eram muitos mais. Quatro, cinco, nem uma semana. Caminhavam descalços na areia, à noite, à beira-mar — juro. Devagar, as mãos se tocavam: a tua é tão longa, a tua tão quadrada. Ele não queria entrar noutra história, porque doía. Ela não queria entrar noutra história, porque doía. Ela tinha assumido seu destino de Mulher Totalmente Liberada Porém Profundamente Incompreendida E Aceitava A Solidão Inevitável. Ele estava absolutamente seguro de sua escolha de Homem Independente Que Não Necessita Mais Dessas Bobagens De Amor. Caminhavam assim, lembrando juntos letras de bossa nova. Ela imitava Nara Leão: se-alguém-perguntar-por-mim. Ele, Dick Farney: pelas-manhãs-tu-és-a-vida-a-cantar. Nada sabiam de punks, darks, neons, cults, *noirs*. Eram tão antigos caminhando de mãos dadas naquela areia luminosa, macia de pisar quando os pés afundam nela lentamente. Carne de lagosta, creme, neve. Tão bom encontrar você, um cantinho, um violão.

Beijavam-se depois com certa ardência excessiva na porta do bangalô dela. Ou dele, quando ele bebia demais e não segurava, mas isso era tolerável, embora frequente. Na boca, só umas três vezes. A lua era tão cheia, eles tão tímidos. De língua, uma única. Meio contraídos — ele tinha uma ponte fixa do lado esquerdo superior; ela, um pino segurando um pré-molar do lado direito inferior. Ele a achava tão digna & superior, ela o achava tão elegante & respeitador. E pensavam: isto é uma historinha de férias, não leva a nada, passatempo. Se ele tivesse amigos por ali, diriam come essa mina logo, cê tá marcando, cara. Se ela tivesse amigas ali, brincariam de bruxas de Eastwick, discutiriam cheiros, volumes, investigariam saldos no talão de cheques. Sem ninguém, na real: ele a deixava ou ela o deixava. Era só, depois iam dormir. Então sonhavam um com o outro no escuro cinco estrelas de seus bangalôs com antena parabólica.

Ela deita de costas na cama, ele pensava, só de calcinhas. Ela tem seios pequenos que ele fecharia dentro das duas mãos, como quem segura duas maçãs daquelas verdinhas. Eu deito por cima dela, afundo a cabeça no seu ombro. Ela passa a mão direita por trás das minhas costas, me lambe na orelha, passa a mão nas minhas costas, vai descendo, arranha sem machucar, ela tem as unhas curtas, até em cima da minha bunda, então começa a descer a minha cueca, eu fico sentindo meu peito apertado contra os seios miúdos dela, enquanto ela continua a descer devagarinho a minha cueca e eu começo a sentir também a pressão de meu pau contra seu umbigo, até a cueca chegar aos joelhos e eu comprimo meu pau contra sua barriga, então ela diz gracinha-gracinha, e quando a cueca chega nos meus tornozelos eu a expulso para o meio do quarto com um pontapé e fico inteiro nu contra ela que está quase inteiramente nua também, porque vou descendo sua calcinha devagar enquanto digo: minha mãe, irmã, esposa, amiga, puta, namorada — te quero.

Ele vem por cima de mim, ela pensava, enquanto o espero deitada na cama. Ele afunda em cima de mim como um bebê que quisesse mamar no meu seio que então empino, oferecendo o bico duro a ele. Ele passa a mão por trás das minhas costas que arqueio um pouco, para que ele possa me apertar pela cintura, enquanto me afundo mais no corpo dele, e desço suas cuecas devagar até que ele as jogue com um pontapé no meio do quarto ao mesmo tempo em que sua mão na minha cintura desceu minhas calcinhas até jogá-las no meio do quarto. Então nos apertamos inteiramente nus um contra o outro, enquanto ele entra em mim, tão macio, e ele me diz você é a mulher que eu sempre procurei na minha vida, e eu digo você é o homem que eu sempre procurei na minha vida, e nos afogamos um no outro, e nos babamos e lambuzamos da baba da boca e dos líquidos dos sexos um do outro enquanto digo: meu pai, irmão, marido, amigo, macho, príncipe encantado — te quero.

6

No final dos 15 dias, estavam inteiramente dourados. Nadaram: ela falou, entre braçadas, que estava com saudade da avenida Paulista, pique, buzina, relógio digital. Comeram camarão: ele falou que estava com saudade do Rodeio, picanha fatiada, salada de agrião, dry martini. Correram juntos pela praia sem falar nada. Mas tudo em qualquer movimento dizia que pena, baby, o verão acabou, postal colorido, click: já era. Fumaram cigarros meio secos sobre a areia, olhando o horizonte, falando forçados do Livro Que Ela Ia Escrever e do Barco Onde Ele Ia Morar, porque afinal não eram animais, respeitavam o in-te-lec-to um do outro. Mais de trinta anos, quase dez de análise, nenhum laço, alguma segurança, pura liberdade. Todo aquele simulacro de Havaí em volta: maduros, prontos. À espera.

Ele ofereceu outro Marlboro, ela aceitou. Ela passou Coppertone nas costas dele, ele deixou. Ela falou que bom encontrar você no meio de gente tão medíocre, ele sorriu envaidecido. Ele disse nunca pensei encontrar uma mulher como você num lugar como este (mas não é nenhum puteiro, ela desconfiou), ela sorriu lisonjeada. Ele esticou a perna, o pé dele ficou bem ao lado do pé dela. O pé dela era branco, arqueado pelos muitos anos de dança. O pé dele era moreno, joanete saliente, unhas machucadas, pé de executivo. Como por acaso, o pé dele debruçou sobre o pé dela. Ela deixou — último dia, não havia mais tempo. Manhã seguinte, acabou: *the end* — sem *happy*? Ela sentiu-se um pouco tonta naquele sol todo, ele perguntou se queria uma água. Ela suspeitou que ele a achava uma coroa meio chata porque afinal, nesses dias todos, nem tinha tentado qualquer coisa mais. Ele suspeitou que ela o achava um cara inteiramente careta porque, nesses dias todos, nem tinha tentado qualquer coisa mais.

Eles se olharam com tanta suspeita e compreensão, mais de meio-dia na praia escaldante. Os olhos dele lacrimejavam de tanta luz. Ela emprestou a ele os raibans gatinho, depois riu enquanto ele colocava e fazia uma pose meio de bicha. Será, ela suspeitou. E olhou para as garotas que jogavam vôlei de uma maneira tão decidida que será, ele suspeitou. Tempos modernos, vai saber. O sol continuava a descer, tomaram três latinhas de cerveja cada um, lembraram da letra inteira de tá-fazendo-um-ano-e-meio-amor-que-o-nosso-lar-desmoronou, ela pensou com desgosto no Fiat verde avançando pelo Minhocão, oito da manhã, ele pensou com desgosto nos três telefones à sua mesa, e os dois pensaram com tanto desgosto nessas coisas todas que tomaram mais uma cerveja, o sol continuava descendo. Não tinha mais ninguém na praia quando viram o sol, bola vermelha, mergulhar no mar em direção ao Japão. Enquanto amanhece lá, anoitece aqui, ele disse. Combinaram vagamente um sushi na Liberdade. Mas era o último dia, puro verão, e não estavam nem um pouco a fim um do outro, que pena.

7

Comeram lagosta, à noite. Ela toda de branco, cabelos soltos, dourados de sol, meio queimados de sal. Ele todo de preto, camisa aberta ao peito, pele novinha em folha na ponta do nariz comprido. Depois dançaram, sempre dançavam. Quase não disseram nada. Soprava uma brisa morna do mar, bem assim, agitando a copa das palmeiras. Eu sou uma mulher tão sozinha, ela disse de repente. Eu sou um homem tão sozinho, ele disse de repente. Foi quando o conjuntinho começou a tocar "Lygia", de Tom Jobim, que eles falaram juntos: o João um dia devia gravar essa, já gravou? não me lembro: e-quando-eu-me-apaixonei-não-passou-de-ilusão. Apertaram-se tanto um contra o outro, sem nenhuma intenção, só enlevo mesmo, que não perceberam a pista esvaziando, e de repente eram três, quase quatro da madrugada. O ônibus até o aeroporto saía às oito, o dela, às nove, o dele, e continuavam os dois no meio da pista, sem conseguir parar de dançar coisas como "Moonlight serenade", ou "As time goes by", músicos cúmplices. Eles eram tão colonizados, tão caretas e carentes, eles estavam tão perdidos no meio daquela fantasia sub-havaiana que já ia acabar. Ela era só uma moça querendo escrever um livro e ele era só um moço querendo morar num barco, mas se realimentando um do outro para. Para quê? Eles pareciam não ter a menor ideia.

O cheiro dele era tão bom nas mãos dela quando ela ia deitar, sem ele. O cheiro dela era tão bom nas mãos dele quando ele ia deitar, sem ela. O corpo dela se amoldava tão bem ao dele, quando dançavam. Ele gostava quando ela passava óleo nas suas costas. Ela gostava quando, depois de muito tempo calada, ele pegava no seu queixo perguntando — o que foi, guria? Ele gostava quando ela dizia sabe, nunca tive um papo com outro cara assim que nem tenho com você. Ela gostava quando ele dizia gozado, você parece uma pessoa que eu conheço há muito tempo. E de quando ele falava calma, você tá tensa, vem cá, e a abraçava e a fazia deitar a cabeça no ombro dele para olhar longe, no horizonte do mar, até que tudo passasse, e tudo passava assim desse jeito. Ele gostava tanto quando ela passava as mãos nos cabelos da nuca dele, aqueles meio crespos, e dizia bobo, você não passa de um menino bobo.

Como nas outras noites, ele a deixou na porta do bangalô 19, quase cinco da manhã, pela última vez. Mas diferente das outras noites, ela o convidou para entrar. Ele entrou. Tão áspero lá dentro, embora cinco estrelas, igual ao dele. Ele não sabia o que fazer, então ficou parado perto da porta enquanto ela abria a janela para que entrasse aquela brisa morna do mar. Ela parecia de repente muito segura. Ela apertou um botão e, de um gravador, começou a sair a voz de Nara Leão cantando "These foolishing things": coisas-assim-me-lembram-você. Ela veio meio balançando ao som do violão e convidou-o para dançar, um pouco mais. Ele aceitou, só um pouquinho. Ele fechou os olhos, ela fechou os olhos. Ficaram rodando, olhos fechados. Muito tempo, rodando ali sem parar.

Ele disse:

— Eu não vou me esquecer de você.

Ela disse:

— Nem eu.

Ele afastou-a um pouco, para vê-la melhor. Ela sacudiu os cabelos, olhou bem nos olhos dele. Uma espécie de embriaguez. Não só espécie, tanta vodca com abacaxi. Eles pararam de dançar. Nara Leão continuava cantando. A luz da lua entrava pela janela. Aquela brisa morna, que não teriam mais no dia seguinte. Ele a viu melhor, então: uma mulher um pouco magra demais, um tanto tensa, cheia de ideias, não muito nova — mas tão doce. As duas mãos apoiadas nos ombros dele, assim afastando os cabelos, no mesmo momento ela o viu melhor: um homem não muito alto, ar confuso, certa barriga, não muito novo — mas tão doce. Que grande cilada, pensaram. Ficaram se olhando assim, quase de manhã.

Ela não suportou olhar tanto tempo. Virou de costas, debruçou-se na janela, feito filme: Doris Day, casta porém ousada. Então ele veio por trás: Cary Grant, grandalhão porém mansinho. Tocou-a devagar no ombro nu moreno-dourado sob o vestido decotado, e disse:

— Sabe, eu pensei tanto. Eu acho que.

Ela se voltou de repente. E disse:

— Eu também. Eu acho que.

Ficaram se olhando. Completamente dourados, olhos úmidos. Seria a brisa? Verão pleno solto lá fora.

Bem perto dela, ele perguntou:

— O quê?

Ela disse:

— Sim.

Puxou-o pela cintura, ainda mais perto. Ele disse:

— Você parece mel.

Ela disse:

— E você, um girassol.

Estenderam as mãos um para o outro. No gesto exato de quem vai colher um fruto completamente maduro.

XI
A outra voz

Para Ivan Mattos

Eram cinco e quinze da tarde. Sabia mesmo sem olhar o relógio, mesmo que nesse dia nem houvesse sol, para poder acompanhar a mancha clara de luz reduzindo-se cada vez mais na parede em frente à janela aberta, enquanto a noite chegava. E eles viessem, com a noite. Mas tinha medo de pensar nisso, então supunha que sabia por uma espécie de vibração no ar, assim como se as coisas, aquelas coisas de fora, tivessem um movimento especial, feito um leve arfar, todos os dias, passados quinze minutos das cinco horas, à tarde. Só que as coisas não se moviam. Talvez quem sabe na superfície ou dentro de seu corpo, contrair de vísceras, dilatação da pupila, um palpitar mais acelerado no coração, miúdas gotas de suor na palma das mãos — breve susto na alma.

De qualquer forma, sabia — de onde quer que viesse o aviso. Sabia tanto que, igual às outras vezes, colocou a mão sobre o telefone um pouco antes que tocasse. E antes ainda sequer de começar a esperar, porque eram cinco e quinze, ele estremeceu ao ouvir o toque, quase sorrindo para dentro, para si, porque de alguma forma era como se o toque fosse produzido apenas pela vibração de seus dedos suspensos sobre o aparelho. Tivesse o poder de, a distância, magnetizar a mão de outra pessoa, induzindo o dedo indicador naquela mão daquela outra pessoa a discar seus seis ou sete números para chamá-lo. Mas já não tinha poder algum, se é que tivera um dia. E achava que não, além desse de agora: manter as pontes pelo tempo necessário e impreciso.

Só atendeu depois do telefone tocar três vezes.

Luminosa e viva, a outra voz, cheia de cristais agudos. Pedrinhas moídas de gelo batendo nas bordas de vidro de um copo. Tão reluzentes que piscou os olhos sem querer, ofuscado. Olhava pela janela, a sombra na parede oposta. Precisava de tempo, nessa transição entre as trevas do interior da caverna e o campo eletrizado de luz. Zona de penumbra, embora soubesse, acostumando retinas viciadas, perguntou lento:

— Quem está falando? — e repetiu duas, três vezes, até que a voz parasse de falar sobre qualquer coisa que ele não entendia direito, qualquer coisa daquelas lá de fora, inteligíveis somente para quem estava lá, no meio do vivo, sem começo nem fim, nem dirigida especialmente a ele, interferência numa linha cruzada.

— Não está me reconhecendo? Sou sempre eu.

Afastou um pouco o fone do ouvido — tão alta, a outra voz. Não que fosse desagradável, nem estridente demais. Ao contrário: fugindo assim pelos furinhos do fone, o som parecia espalhar-se por todos os cantos do quarto estreito. Batia nas paredes, eco refletido, derramada sobre todos os objetos, envolvendo-os em finos tecidos sonoros, dissolvia o mofo, coloria a sombra, ensolarada. Asa de cigarra, manhã de janeiro. O quarto escuro brilhou, esmaltado pela voz de ouro. Por favor, quis pedir, me leva daqui, preciso de ajuda antes que seja tarde demais. Mas não era permitido. Rígidos rituais solenes, escondidos atrás das fórmulas de cortesia, às cinco e quinze da tarde. E a dor feito buraco de traça disfarçado sob castiçais. Tornou a aproximar o fone do ouvido, com carinho e cuidado.

— O que é que houve? Você não está bem?

— Estou — disse devagar. Impossível dizer "tenho medo" ou alguma coisa dessas — pessoal, assustadora. Levou a mão livre ao coração. Suspirou, entre duas batidas. — Não houve nada. Estou bem.

— Tive a impressão que você não estava ouvindo.

A voz de rio, água deslizando entre pedras lisas, clarinhas, alguma flor amarela, respingos na corola, repetiu, o tronco áspero que arranhava a garganta dele mesmo, pedindo passagem — e o fio do telefone ligando as duas vozes sobre a cidade, às cinco e quinze de cada tarde.

— É preciso tempo.

— O quê?

— Tempo. Preciso sempre de um certo tempo, desde o momento em que você começa a falar até.

A voz riu. Levemente cúmplice, quase terna, visitante habitual e complacente das escadarias dentro dele, poeiras, sótãos, teias de aranha visguentas dificultando o caminho, e de repente a queda brusca no meio de um corredor conhecido, embora ele não tivesse terminado de falar.

— Até poder falar. É a minha voz. Fica assim como se eu não tivesse controle nenhum sobre ela. Eu me desacostumo de falar. Parece depois que vem de longe, que não é minha. Nunca aconteceu isso com você?

— Sempre se pode cantar. Ou ler um livro em voz alta. Você não tem nenhum livro aí?

— Você sabe que não — começou a dizer. Mas um ruído de avião ou automóvel do outro lado do fio interrompeu por um momento o som. Uma nuvem cobria o sol. Havia ruídos lá, e movimentos, trepidâncias, pulsações: podia senti-los a atravessar a linha, irrequietos, quase vivos, para saírem do fone, junto com a voz, retorcendo-se pelos cantos do quarto. Nenhum interesse além das grades da janela, das quais se afastariam com nojo. Esse nojo curioso, apiedado, por um bicho numa jaula.

— Quero que você fique bom logo — a outra voz disse. E parecia verdade. Só de ouvi-la, tinha vontade de debruçar-se à janela para cumprimentar alguém que estendesse roupas lá embaixo, sem medo dos dentes arreganhados. Não havia varais. Do outro lado da janela, apenas o muro de cimento, alto como uma parede, a aridez do pátio coberto de lajes, sem plantas. E as grades, antes, para barrar previamente o salto que ainda não dera. *(Do lado de lá, a moça sorriu mais com os olhos azuis atrás de óculos redondos do que com a boca pequena, lábios polpudos, bem-desenhados. Como costumava sorrir. Esboçou no ar um movimento para ampará-la — vacilava tanto nos últimos tempos, desde que desaprendera a ficar em pé, ou desinteressara-se disso, concentrada na aprendizagem de outros equilíbrios mais delicados. Ela esquivou-se suave, mas firme, como a dizer que agora já não importava, qualquer ajuda é inútil depois da travessia decidida:* te estreito, te estreito e me precipito.)[1] Quis repetir isso ao telefone, para avisar à voz, mansa chantagem. Só conseguiu dizer:

— Obrigado.

Por trás da palma da mão contra o peito, por trás do pano da camisa, entre massas de carne entremeadas de músculos, nervos, gorduras, veias, ossos, o coração batia disparado. *Você vai me abandonar* — repetiu sem som, a boca movendo-se muito perto do fone — *e eu nada posso fazer para impedir. Você é meu único laço, cordão umbilical, ponte entre o aqui de dentro e o lá de fora. Te vejo perdendo-se todos os dias entre essas coisas vivas onde não estou. Tenho medo de, dia após dia, cada vez mais não estar no que você vê. E tanto tempo terá passado, depois, que tudo se tornará cotidiano e a minha ausência não terá nenhuma importância. Serei apenas memória, alívio, enquanto agora sou uma planta carnívora exigindo a cada dia uma gota de sangue para manter-se viva. Você rasga devagar seu pulso com as unhas para que eu possa beber. Mas um dia será demasiado esforço, excessiva dor, e você esquecerá como se esquece um compromisso sem muita importância. Uma fruta mordida apodrecendo em silêncio no prato.*

— Hein?

— Nada. Não disse nada.

— Tive a impressão de ter ouvido você falar. Muito baixo. Pensei que fosse com eles.

— Quem?

— Você sabe. Como é que você os chama?

— Ana, Carlos. Eles não estão aqui, agora.

— Eles têm voltado?

— Todas as noites.

(Paciente, determinado, o rapaz esperava a festa acabar. Tão determinado que, se alguém o olhasse mais atento, certamente perceberia algu-

1 Ana Cristina César: *Inéditos e dispersos.*

ma forma mais precisa nos movimentos, agora sem hesitação nenhuma, talvez na voz mais dura, um brilho estranho nos olhos. As contas, afinal, estavam feitas: não restara saldo. Um por um, esperava que todos se fossem. Limparia cinzeiros, depois, na casa vazia, recolheria migalhas da festa pelos cantos da sala para jogá-las no lixo. Talvez espiasse a noite de verão, parado à porta, sozinho com sua escolha, e respirasse muito fundo, ainda uma vez, deixando o cheiro denso do mar entontecer um pouco mais a cabeça cansada de tantos cansaços de tantos anos. Tão miúdos que nem percebera o peso. Era pequenino e manso de movimento e fala, como se temesse de alguma forma perturbar o campo vibratório das outras pessoas. Olharia as coisas uma última vez, coisas comuns: sofá, cadeira, mesa. Talvez não: estaria completamente cego no momento de tirar uma por uma as peças de roupa. Teria os olhos voltados para o outro lado, como quem sobe uma colina e, quase no topo, já consegue divisar algumas formas, uma moita, cumes de formigueiros, umas roxuras de flores rasteiras espalhadas no caminho de descida. Lento, lento. A lenta nudez, depois os dedos preparando o nó. Então o gesto de enfiá-lo pela cabeça, feito uma coroa — a coroa de louros que não teve ou desistiu de esperar — um tanto ridícula, excessivamente larga, que a corda descesse arranhando leve a ponta do nariz, o queixo. Ajustaria delicadamente o laço no pescoço, preparando a gravata para a festa — seria uma festa? — do outro lado. Não diria nada, embora na noite, às vezes, quando vinha, revelasse certas palavras fragmentadas, incompletas, no código baço dos que se foram, que se perdiam para sempre no mundo dos sonhos esquecidos, enquanto ele tentava inutilmente recompô-las na manhã seguinte. Mas não, não diria nada. Não se diz mais uma palavra quando, de muitas formas nunca claras o suficiente para que os outros entendam, tudo já foi dito. Então um impulso com o corpo, como quem vai voar, suspenso na força. Depois, os dias quentes demais, o vento do mar espalhando o cheiro de podridão, misturado ao próprio cheiro, uma forte maresia soprava seu fedor de morte e fuga entre as curvas das areias nas dunas da praia remota.)

— Hein?

— As árvores, eu disse. Os cinamomos, você sabe. Já começaram a soltar aquele cheiro adocicado?

— Não reparei.

— Repara, então. Repara por mim. Depois me conta.

— Mas não se conta um cheiro.

— Explica, então. Você explica?

— Explico, conto. Mas livre-se deles.

Livrar-se, você me ensina o jeito?

(Chegava com a noite, ela também, a moça loura e magra, cabelos finos como os de uma inglesa. À medida que o escuro se insinuava para dentro do quarto, o branco da roupa dela tornava-se mais nítido, quase fosforescente, sempre no canto esquerdo, rondando janelas. Nunca vinham juntos. E não sabia se o espantava mais a lentidão dele ou a pressa dela. Em qualquer dos dois, o ato já estava pronto. Executá-lo não seria mais do que colocar em prática marcações longamente ensaiadas na cabeça. Com ela, havia três momentos bem destacados, mas tão rápidos que poderiam parecer um só, se a cada noite ela não os repetisse, câmara lenta, um por um. Primeiro, a porta fechada. Em seguida, a gilete no pulso. Quando o sangue começava a escorrer, e percebia-se um fio longo esticando-se vermelho pela roupa branca — parecia uma menina assim, de relance, assustada com a primeira menstruação. Entre esse momento e o outro havia aquele, muito pequeno, em que ela parava à janela, olhando fixo. E como nele, o outro que também vinha, não saberia nunca se contemplava as coisas pela última vez — os automóveis, o cimento das ruas com suas cintilações de calor, algumas poças de luz, miragens, as cabeças escuras das pessoas sobre roupas coloridas e pares de pernas embaixo delas, indo e vindo de lugares aos quais ela nunca mais iria — ou se voltava os olhos para o lado de lá de todas as coisas, onde talvez pudesse distinguir vagamente, difuso como um rosto atrás de vidraças em dia de chuva, um par de olhos conhecidos, algum sorriso. Não: nenhum sorriso. Lábios e olhos duros. O ato de colocar-se em pé no parapeito, um segundo antes sempre pareciam à beira do voo. Te estreito — *ela repetia* —, te estreito e me precipito. *Em seguida, o salto, a queda, barulho de ossos partidos, os gritos, a sirene e a correria das gentes pelas calçadas sujas de Copacabana.)* Pediu:

— Venha me ver qualquer dia.

— Você sabe que é proibido. — De água, de sol, a voz parecia agora nublada por qualquer sombra como um cansaço. Pensou primeiro, e depois, mais duramente: uma impaciência, uma distância, uma fadiga de repetir sempre as mesmas coisas, às cinco e quinze da tarde. Prometeu:

— Eu vou ficar bem.

— Claro que vai.

— Um dia eu volto.

— Claro que volta. Venha ver os cinamomos.

— Eu não tenho culpa.

— Claro que não.

— Eles estão ficando cada vez mais vagos. Como uma dessas neblinas na serra. Numa manhã de inverno, quando o sol começa a furar as nuvens. — Tinha começado a mentir, tão intensamente que talvez falasse a verdade. Quase conseguia vê-los, os corpos mais e mais esgarçados enquanto falava. — Estão ficando ralos, meio transparentes. As vozes cada vez mais fracas. Quase nem consigo entender o que dizem. Mal completam os movimentos, são como desenhos a tinta num papel molhado. Se apagando, mas tão lentos: não sei até quando resisto.

— Até quando for preciso. Estarei aqui.

— Talvez dependa de mim.

— Tudo tem seu tempo. Há o tempo deles, também. Eu sou a ponte para você, você é a ponte para eles.

— Tenho medo que você falhe. Porque, se você falhar, eu falho também. E eu não posso.

— Eu não vou falhar. Não porque não posso, mas porque não quero.

— É como um pacto?

— Se você quiser.

Precisava acreditar na outra voz: era só o que tinha. Mas não conseguia impedir-se de ver alguém lá de fora puxando-a apressado pelo braço — bares, cinemas, encontros, esquinas — para mergulharem juntos naquela vertigem de caras vivas, palavras dispersas, talvez meio vadias, mas sempre envolventes, sorrateiras, a afastá-lo — a ele, a ela, à outra voz — cada vez mais de si mesmo. Um dia seria para sempre: e eu só tenho esse centro talvez escuro de mim, onde me agarro. Nesse outro dia, não haveria nada ao redor, exceto as grades. Quis alertá-lo para a necessidade de resistirem juntos nessa ponte frágil. Até um dia qualquer de sol, se você me esperar lá fora.

De repente, agora, como antes, pressentindo o toque do telefone, alguma coisa começava a contorcer-se por dentro dele, no aviso da partida. Quis retê-la ainda, à outra voz, com alguma história. Os chineses, lembrou, os chineses mentiam aos gritos sobre a qualidade da colheita, para enganar e afugentar os deuses maus. Mas nunca achava que tivesse o direito de atraí-la, à outra voz, para o escuro onde estava. Percebeu mais claro que se afastava quando tentou recompor o rosto a quem pertencia a outra voz, sem conseguir. Debatia-se no lago, afundando cada vez que tentava voltar à tona. O rosto aproximava-se e afastava-se, cortado pelo movimento sinuoso dos peixes que faziam seus contornos oscilarem junto com as ondas, por um momento feito de água também. Guiava-se pela voz, um cego. Quis gritar por socorro, mas a água entrava-lhe boca adentro. Engolia as palavras proibidas, com gosto de algas secas.

Antes que desligasse, a outra voz teve tempo de dizer:

— Amanhã eu volto a ligar.

Passou os dedos devagar sobre o telefone mudo. Estava frio. Já não havia sonoridades vivas fugindo pelos furinhos do fone para aquecer e colorir o quarto. Todo o resto ia-se embora com a outra voz, o mundo inteiro que habitava dentro dele. Esse era o momento mais difícil: entre o abandono da voz e a espera deles. Ana, Carlos. Era breve. Anoitecia cedo naqueles dias de começo de inverno. Podia ver o escuro espalhando-se lento na parede oposta à janela aberta, tão lentamente que talvez pudesse, as mãos nas grades, espantá-lo com um grito.

Mas sabia que o escuro, ao contrário dos deuses chineses, não tem medo de gritos. Nem se deixa enganar.

Ao invés de deixar as costas escorregarem pela parede, igual a todos os dias, até sentar-se ao chão, os braços em torno dos joelhos, para depois balançar-se suavemente, muitas vezes, preferiu caminhar até a janela. Um sino tocou longe, quase às seis da tarde. Cerrou os dentes, voltou-se para dentro, disposto a enfrentá-los quando viessem novamente, trazidos pela noite. Fechou os olhos. Enquanto esperava, contra o fundo infinito das pálpebras, com muito esforço, entre formas e fantasmas, conseguiu divisar, cada vez mais nítido, qualquer coisa como os dedos abertos de uma mão estendida em direção a ele.

Não me abandone, pediu para dentro, para o fundo, para longe, para cima, para fora, para todas as direções. E curvou a cabeça como quem reza. Para que a mão pudesse tocá-lo, inaugurando finalmente a luz. Mesmo dentro do escuro, alguma espécie de luz. Talvez como aquela que habitava a outra voz, tão viva e cada vez mais remota. Todos os dias, por volta das cinco e quinze da tarde. Porque queria — e queria porque queria — a luz da outra voz, não a escuridão deles: escolheu.

XII
Pequeno monstro

Para Grace Giannoukas e Marcos Breda

1

Naquele verão, quando a Mãe avisou que o primo Alex vinha passar o fim de semana conosco na casa da praia alugada, eu não gostei nem um pouco. Não por causa dele, que eu mal lembrava a cara direito, podia até ser qualquer outro primo, tio, avô. Mais por minha causa mesmo, que tinha começado a crescer para todos os lados, de um jeito assim meio louco. Pernas e braços demais, pelos nos lugares errados, uma voz que desafinava igual de pato, eu queria me esconder de todos. Só tardezinha saía de casa, na hora que as empregadas domésticas — as *dosas*, o Pai dizia — estavam voltando da praia. Então caminhava quilômetros na beira do mar, me rolava na areia, vezenquando chorava e repetia: pequeno monstro, pequeno monstro, ninguém te quer. Não suportava ninguém por perto. Uma Mãe insistindo o tempo inteiro pra tu ires à praia na mesma hora que todo mundo *normal* vai e um Pai que te olha como se tu fosses a criatura mais nojenta do mundo e só pensa em te botar no quartel pra aprender o que é bom — isso já é dose suficiente para um verão. Como se não bastasse a minha desgraça, agora ia ter que dividir *meu* quarto com o tal de primo Alex. E não queria que ninguém ouvisse minha voz de pato grasnando, visse meus braços compridos demais, minhas pernas de avestruz, meus pelos todos errados.

Fiz cara feia, a Mãe nem ligou. Falou que ele vinha e pronto, que tinha estudado muito o ano todo, passado no vestibular não sei de quê e precisava descansar e tal e tudo e que ela devia aquela obrigação à tia Dulcinha coitada tão só e que além do mais o Alex era um bom rapaz tão esforçado o pobre. Isso eu odiava mais que tudo: aqueles bons rapazes tão esforçados e de óculos sempre saindo com sacolas de lona na hora do almoço para comprar cervejas e coca-colas e cigarros pra todo mundo, ajudando a lavar pratos e jogando aquelas chatíssimas canastras sobre o cobertor verde na ponta da mesa. Empurrei a compota de pêssego argentino, a calda virou na toalha, armei a tromba. Esse era meu jeito de dizer: não careço nem ver a cara dele para ter certeza que é um coió.

Quase dormindo, mais tarde, naquela mesma noite que a Mãe avisou que o primo Alex vinha, eu tentava lembrar a cara dele e não conseguia. Na verdade, não conseguia lembrar a cara de ninguém desde uns dois anos atrás, desde que eu tinha começado a ficar meio monstro e os parentes se cutucavam quando eu passava, davam risadinhas, falavam coisas baixinho, olhando disfarçado pra mim. Eu tinha horror deles, que achavam que sabiam tudo sobre mim. Sabiam nada, sabiam bosta do meu ódio enorme por um por um de cada um deles, aquelas barrigonas, aqueles peitos suados, pés cheios de calos. Eu nunca ia ser igual a eles — pequeno monstro, seria sempre diferente de todos. Era assim mesmo que ia me comportar com o primo Alex, decidi: pequeno monstro cada vez mais monstro, até ele não aguentar mais um minuto e dar o fora pra sempre. Fiquei olhando com força pro colchão sem lençol da cama ao lado onde ele ia dormir, até encher o colchão com todo o meu ódio, pra ele se sentir mal e ir embora no mesmo dia.

2

No dia que era o dia que ele vinha — e eu sabia porque a Mãe não falava outra coisa, arrumou lençóis limpos na cama ao lado, mandou eu empilhar os gibis, guardar no guarda-roupa a roupa da guarda da cadeira, saí de casa um pouco mais cedo e fiquei caminhando *séculos* na praia. Eu gostava de ir até aquele farol no caminho de Cidreira, onde tinha umas dunas e era bom ficar deitado na areia, olhando o mar sem fim. Vezenquando passava um navio, eu perguntava pra onde vai? pra onde vai? Bem besta mesmo, não pensava o lugar, só perguntava assim: pra onde vai, sem pensar o nome nem nada. Depois pensava também se eu saísse agora reto daqui e entrasse no mar e que nem Jesus Cristo fosse capaz de pisar sobre as águas e fosse andando sempre em frente sem parar — ia dar onde? Achava que na África, na Índia, sei lá. Em algum lugar ia dar. Longe dali, de Tramandaí. Aí começou a sair do mar uma lua cheia bem redonda, e eu primeiro fiquei tentando ver nela são Jorge e o dragão, depois lembrei que era besteira, coisa de criança, e pensei crateras, desertos, quase via, Mar da Serenidade. Ou era Fertilidade? Fui olhando as coisas, me atrolhando por ali, até que de repente tinha anoitecido total, e eu tinha que voltar pra merda daquela casa com aquele Pai e aquela Mãe. Ainda por cima, fui lembrando no caminho, cada vez mais puto, e por causa disso caminhava mais devagar ainda e ficava cada vez mais noite, agora com aquele tal de primo Alex lá, enfiado no *meu* quarto.

Passaram uns bagaceiras com violão e uma garrafa de cinzano, abraçados, cantando uma música de parque. Desviei deles, fui enfiando os pés na água morna do mar, de cabeça baixa pra não mexerem comigo. Vezenquando olhava pra trás e só ouvia aquelas vozes bem de bagaceiras mesmo, cada vez mais longe, cantando *a noite tá tão escura/ a lua fez feriado/ estou sofrendo a tortura/ de não sentir-te ao meu lado*. Bestas, pensei, porque a lua não tinha feito feriado coisa nenhuma, feriado era lua nova, não aquela luona enorme, redonda, amarela, bem ali em cima do mar e da cabeça da gente. Quando eu já tinha caminhado um pouco em direção ao norte, e os bagaceiras tinham sumido, olhando por cima do ombro direito pensei quem sabe agora, saindo reto aqui eu dou justo ali, no sulzinho da África, cabo das Tormentas. Ou era o da Boa Esperança? Aí de repente despencou uma baita estrela cadente, quase do tamanho da lua, tão grande que cheguei a parar pra ouvir o *tchuááááááááááááááá* da estrela caindo dentro do mar. Não aconteceu nada, então falei bem alto, imitando aquela vozinha de taquara rachada da dona Irineide, professora de geografia: bó-li-dos, isso que o *populacho* chama de estrelas cadentes na verdade são bó-li-dos. Me senti muito culto e tudo, mas meio sem graça, daí lembrei que podia fazer um pedido, ou três, não sei bem, a gente podia. Então peguei e fiz. Que já que o primo Alex tinha mesmo que estar lá naquela merda de casa — e era impossível pedir que não viesse, porque já tinha vindo — que pelo menos ele fosse legal e não me enchesse o saco.

Bem devagarinho, fui me distraindo com essas coisas pelo caminho. Daí me atrasei tanto que, quando cheguei em casa, estava armado um começo de alvoroço. O Pai já estava de chinelo e pijama, me chamou de desgranido e disse que ia me proibir de ir à praia a essa hora de louco e eu respondi que se me proibisse de ir nessa hora eu ia ficar no quarto trancado e não ia em hora nenhuma *nunca* mais, e a Mãe falou baixo, mas eu escutei, é a idade não liga, não implica com o guri, criatura, e me deu uma janta meio fria com milho duro e eu cheguei a abrir a boca pra falar que não era cavalo quando ela disse que o primo Alex já tinha chegado e estava dormindo, podre da viagem. Nem precisava dizer nada: sentado na ponta da mesa, eu já tinha visto aquela campeira xadrez pendurada numa guarda de cadeira. Mesmo que não pudesse ver nada, farejava um cheiro no ar. Nem bom nem mau, cheiro de gente estranha recém-chegada de viagem. Polvadeira, bodum, sei lá. Quase não consegui comer, de tanto ódio. O Pai foi dormir azedo, falando que no quartel eu ia ver. A Mãe ficou mexendo no rádio, mas só dava descarga no meio dumas rádios castelhanas, *êle-êrre-uno-êle-êrre-dôs*. Nada de Elvis, que eu gostava e ela fingia que não, só Gardel, que ela gostava e eu tinha certeza que não. Falei que ia dormir também, a Mãe botou a mão no meu ombro e muito séria pediu pra mim prometer que ia ser educado com o primo Alex coitado que o pai dele tinha morrido e a tia Dulcinha passava muito trabalho e coisa e tal. Até prometi, não custava nada. Mas fiquei torcendo os dedos, rezando prela não repetir que ele era um bom rapaz tão esforçado o pobre, senão meu ódio voltava. Ela acabou falando, bem na hora que Gardel cantava *sabía que nel mundo no cabía toda la humilde alegría de mi pobre corazón*, e eu fui dormir com muito ódio. Dela, do Pai, do primo Alex, da tia Dulcinha, dos bagaceiras da praia, do Gardel, de tudo.

3

Tirei a areia dos pés no bidê, lavei a cara e fiquei parado na frente do espelho. Pequeno monstro, falei. Mais de uma vez, três, doze, vinte, eu repetia sempre, me olhando no espelho antes de dormir: pequeno, pequeno monstro, ninguém, ninguém te quer. Mijei, escovei os dentes, gargarejei. Me deu vontade de vomitar, sempre me dava. Mas não vomitei, nunca vomitava. Tive vontade de me encolher ali mesmo, embaixo da pia, feito cusco escorraçado, e dormir até a manhã seguinte, para que todos vissem como eu era desgraçado. Meu quarto agora não era mais só meu, não podia ficar lendo até tarde nem nada, luz acesa até altas: a droga do primo Alex estava lá, e eu tinha prometido ser bem-educado com ele, coitado.

Aquele quarto que agora não era mais meu, mas meu e do tal de primo Alex, ficava na parte de trás da casa de tábuas, numa espécie de puxado, ao lado de um banheiro que antes dele chegar também era só meu, mas agora era meu e dele, que nojo. Apaguei a luz, parei na porta do banheiro e fiquei remanchando um pouco por ali, parado no corredor escuro, antes de entrar. Eu tinha que estar preparado para enfrentar aquele tapume de óculos, que certamente — eu conhecia bem essa gente — tinha deixado seus óculos sebentos na *minha* mesinha de cabeceira, e aqueles vulcabrás nojentos com umas meias duras no garrão saindo pra fora e um fedor de chulé no ar, escarrapachado na cama, roncando e peidando feito um porco. Que ódio, que ódio eu sentia parado naquele biricuete escuro entre o banheiro e o quarto que não eram mais meus.

Abri a porta devagarinho. A janela-guilhotina estava levantada, a luz apagada. Não tinha nenhum fedor no ar. A luz da lua entrando pela janela era tão clara que eu fui me guiando pelo escuro até a minha cama, sem precisar estender a mão nem nada. Sentei, levei a mão até a mesinha de cabeceira e apalpei: não tinha nenhum óculos em cima dela. Só meu livro

Tarzan, o Invencível da coleção Terramarear. Pelo menos isso, pensei: a trolha não usa óculos. Fiquei de cueca, camiseta, me deitei. Não tinha nenhum barulho de ronco, nenhum cheiro de peido no ar, só aquele perfume meio enjoativo do jasmineiro ali no pátio ao lado. Os meus olhos foram se acostumando mais no escuro, e eu comecei a olhar para a cama onde o primo Alex estava deitado, do outro lado do quarto.

A luz da lua batia direto nele. Ele estava deitado por cima do lençol, completamente pelado. Meus olhos se acostumavam cada vez mais, e eu podia ver o primo Alex virado sobre o lado direito, as duas mãos juntas fechadas no meio das pernas meio dobradas. Ele parecia muito grande, tinha que encolher um pouco as pernas, senão os pés batiam lá na guarda do fim da cama-patente. Ele tinha muitos pelos no corpo, a luz da lua batendo assim neles fazia brilhar as pontas dos pelos. Ele tinha a cara virada de lado, afundada no travesseiro, eu não podia ver. Via aqueles pelos brilhando — uns pelos nos lugares certos, não errados, que nem os meus — descendo para baixo do pescoço, pelo peito, pela barriga, escondidos e mais cerrados naquele lugar onde ele enfiava as mãos, depois espalhados pelas pernas, até os pés. Os pés encolhidos do primo Alex eram muito brancos, o pai dele tinha morrido, ele tinha estudado o ano inteiro e passado no vestibular não sei de quê, lembrei. E não fazia barulho nenhum quando dormia, coitado.

Fiquei deitado na minha cama, olhando para ele. Depois de um tempo, comecei a ouvir a respiração dele e fui prestando atenção na minha própria respiração, até conseguir que ela ficasse igual à dele. Eu respirava, ele respirava. Eu cruzei as mãos no peito e encostei a cabeça na guarda da cama para poder olhar melhor. Ele tinha cruzado as mãos no meio das pernas decerto para dormir melhor, o pobre, podre da viagem. Fiquei olhando pra ele, respirando devagar, no mesmo ritmo. Bem devagar, para não acordá-lo. Não sei por quê, mas de repente todo o meu ódio passou. Ali deitado, olhando pro primo Alex dormindo inteiramente pelado, embaixo daquela lua enorme, o cheiro enjoativo dos jasmins entrando pela janela aberta, me dava uma coisa assim que eu não entendia direito se era tontura, sono, nojo ou quem sabe aquele ódio se transformando devagarzinho em outra coisa que eu ainda não sabia o que era.

4

De manhã, fiquei na cama até quase meio-dia. Escutei uns barulhos de gente acordando, mas não me mexi nem olhei, virado pra parede. Aí vieram outros barulhos, descarga de privada, torneira aberta, colher batendo em xícara na cozinha, a voz da Mãe dizendo que eu era assim mesmo, dormia até o cu fazer bico, e uma voz mais grossa, que não era a do Pai, falando outra coisa que não consegui ouvir. Depois uns barulhos de porta batendo, e silêncio. Eu sabia que eles tinham ido todos pra praia, e pensei em me levantar pra mexer um pouco nas tralhas do primo Alex, ninguém ia ver. Mas comecei a cair naquela coisa que eu chamava de *entressono*, porque não era bem um sono. Meu pau ficava tão duro que chegava a doer, toda manhã, então eu apertava ele contra o lençol, parecia que tinha uma coisa dentro que ia explodir, mas não explodia, tudo começava a ficar quente dentro e fora de mim, enquanto eu pensava numas coisas meio nojentas. Não sabia direito se eram mesmo meio nojentas — um peito da negra Dina que eu vi uma vez na beira do tanque, uns gemidos de gente e rangidos de cama no quarto do Pai e da Mãe. Eu não sabia quase nada dessas coisas. Mas era justo nelas que ficava pensando sempre no entressono, o pau apertado contra o colchão, até tudo ficar mais sono do que entre. Daí eu caía fundo no poço sem me lembrar de mais nada.

Só saí da cama quando a Mãe bateu na porta e falou que estava quase na mesa. Olhei pra cama do primo Alex, toda desarrumada, e pensei que o idiota devia estar na sala, sentado como se a casa fosse dele, tomando cerveja com o Pai. Enfiei a bermuda, lavei a cara no banheiro e remanchei o mais que pude, pra não ver a cara de ninguém nem ninguém ver a minha. Mas quando saí e fui entrando pela casa, só tinha a Mãe remexendo na cozinha e o Pai sentado no degrau da varanda, lendo *O Correio do Povo*. Olhei em volta, não tinha nenhum sinal do primo Alex além da campeira xadrez desde a noite passada ali naquela guarda de cadeira. Não perguntei nada, fiquei sentado na ponta da mesa, riscando a toalha com a ponta da faca. Até que a Mãe disse:

— O Alex se encantou com a praia. O pobre nunca tinha visto o mar. Precisava ver, parecia uma criança. Ficou lá, não teve jeito de querer voltar.

Bem-feito, pensei, vai ficar vermelho que nem um camarão. E de noite vai ter que passar talco nas costas e pasta de dente no nariz e ficar se rebolcando na cama sem conseguir dormir, porque quando a gente tá assim queimado até lençol dói na pele. Vai gemer e encher o saco a noite inteira e amanhã ou depois vai começar a descascar feito cobra trocando de pele até queimar tudo de novo e a pele ficar grossa que nem couro e ele começar a se sentir o máximo, de mocassim, calça branca e camisa *banlon* vermelha, todo queimado e idiota idiota idiota. Fui pensando nessas coisas enquanto a Mãe servia a comida e o Pai nem olhava direito pra mim, só lia o jornal, sacudia a cabeça e dizia barbaridade-mas-que-barbaridade, e eu nem conseguia comer direito nem sentir muito ódio. Que era mais um exercício de ruindade minha pensar aquelas coisas, precisava treinar todo dia pra não perder o jeito de ser pequeno monstro. Tomei quase um litro de quissuco de groselha, puro açúcar, me deu um asco na boca do estômago, empurrei o prato, sem fome. Disse que não estava me sentindo muito bem, e o Pai falou também pudera, o lorde, dormindo feito um condenado, vai acabar tuberculoso, a Mãe falou deixa o guri, também que implicância, ele falou que era por isso mesmo que eu estava assim baseado, que ela parecia uma escrava minha, ela disse que tinha alugado aquela casa na praia pra ver se descansava um pouco, não pra ele infernizar ainda mais a vida dela, que já era um martírio — e os dois estavam começando a gritar cada vez mais alto quando eu aproveitei e peguei e fugi pro quarto sem ninguém ver.

O quarto virava um forno depois do almoço. O sol batia no telhado de zinco, ficava tudo fervendo. Pensei que se eu ficasse ali todo aquele maldito quissuco ia começar a ferver na minha barriga, até sair uma espuma vermelha pela boca e cair no chão babujando e me batendo pelas paredes. Podia ser que pelo menos assim alguém no mundo prestasse atenção em mim. Peguei o livro de Tarzan, passei pela cozinha, onde eles continuavam berrando, fui deitar na rede embaixo dos cinamomos onde batia uma fresca. Mas mesmo ali, na sombra boa, não conseguia parar de pensar que a minha vida era um inferno. E que se um dia eu saísse mesmo caminhando reto por cima do mar, mesmo que não pisasse sobre a bosta das águas que nem Jesus Cristo, ia ser ótimo pra todo mundo se eu afundasse de uma vez e ninguém me encontrasse nunca mais afogado para sempre no fundo do mar igual ao *Titanic*. Tentei ler, mas aquela lenga-lenga dos sacerdotes nas cavernas de Opar estava me enchendo um pouco o saco.

5

Uma cara morena, de cabelo preto, me espiava por cima da rede. Uma cara morena muito próxima, um cheiro forte de suor e de mar. Quase gritei, porque logo que abri os olhos e dei com aquela cara e aquele cheiro não lembrei que tinha deitado ali na rede, depois do almoço. Acho que estava sonhando com Jad-bal-ja, o leão de ouro, e foi nisso que pensei quando vi aquela cara morena me espiando por cima da rede. Mas toda morena, meio de cigano, não era cara de leão — era a cara do primo Alex, de sobrancelhas pretas bem cerradas grudadas em cima do nariz. Ele sorriu pra mim, mas a cara estava perto demais, não consegui sorrir de volta nem nada, por educação que fosse. Desviei os olhos para o livro de Tarzan no meu colo, depois franzi as sobrancelhas pra ver se ele se tocava. Mas parece que não se tocou. Empurrou a rede, se afastou um pouco e ficou me olhando enquanto eu balançava feito um idiota, com ele me olhando de braços cruzados e pernas abertas.

— A tia disse que tem um chuveiro aqui fora — ele falou com uma voz meio rouca, mais grossa que a do Pai, e muito educada. — Pra mim tirar a areia antes de entrar em casa. Onde que é?

— Ali, ó — eu apontei o fundo da casa. Ele me olhou mais um pouco, os braços cruzados. Eu só podia ver a cara dele com os cabelos duros de sal e areia e uns pedaços de corpo que subiam e desciam, com o balanço da rede, as pernas abertas. Pelo menos não usa calção-saia, pensei, aqueles calções de náilon todos largões que estava na cara que uma pessoa que usava um calção desses nunca tinha ido à praia na vida, calção de baiquara. Mas o dele era preto, bem decente até.

— Tu não gosta de ir à praia? — ele perguntou. — A tia disse.

— Não — eu falei. E já sabia: a Mãe tinha dito que eu não gostava de ir à praia, que não falava com ninguém, que dormia até a hora do almoço, que ficava trancado no quarto, que dava pontapés na porta e tudo, tudo ela decerto já tinha contado pra ele: que eu era um monstro. Depois achei que ele não tinha culpa, coitado, ela é que ficava falando sem parar, e tentei ser mais educado: — Só gosto de tardezinha, na hora do pôr do sol.

— Ah — ele disse. E achei bacana ele não dizer mais nada, que eu devia acordar mais cedo, aproveitar o sol e todas aquelas besteiras. Eu não conseguia olhar direito pra ele, aí estendi uma perna, finquei os dedos do pé na grama e fiz a rede parar de balançar. Então olhei. Ele tornou a rir, uns dentes muito brancos — ou só pareciam muito brancos porque ele estava supermoreno. Não tinha ficado nem um pouco vermelho do sol. Passou as mãos pelo peito, pela barriga, pelas pernas, a areia caiu no chão. A voz da Mãe gritou lá de dentro pra ele ir almoçar. Eu abri o livro, fiz que ia começar a ler, aí ele riu de novo e foi caminhando devagar pro chuveiro. Parecia um leão, mesmo moreno, pensei, andando daquele jeito, meio de lado. Eu comecei a ler.

Seus musculosos dedos de aço firmaram-se no centro de uma das barras. De costas para mim, embaixo do chuveiro, as costas dele eram retas, largas, com um pequeno triângulo de pelos crespos e pretos mais largos onde subiam para a cintura, mais estreitos quando desciam em direção à bunda. Ele abriu o chuveiro, soltou um grito quando a água gelada começou a cair. *Com a mão esquerda segurou na outra e, apoiando um dos joelhos de encontro à porta, vagarosamente dobrou o cotovelo direito.* Cada braço dele era assim quase da grossura da minha coxa. A água começou a levar embora a areia da praia, e agora eu podia ver melhor o corpo dele, escondido embaixo da camada de areia. Eu não conseguia parar de olhar. *Ondulando como aço plástico, os músculos de seu antebraço e os bíceps cresceram até que gradualmente a barra arqueou na sua direção.* Ele virou de frente, com as duas mãos afastou o calção e avançou um pouco o corpo, para a água bater na barriga e descer por dentro do calção. Enfiou as mãos por dentro do calção, depois olhou pra mim, entre as gotas do chuveiro, e virou a cabeça, cuspindo água. *O homem-macaco sorriu, enquanto agarrava de novo na barra de ferro.* Quando ele fechou o chuveiro, sacudindo os cabelos molhados, quando as gotas do cabelo dele respingaram na minha cara e a Mãe tornou a chamar lá de dentro de repente e sem querer eu fechei com força o livro, pulei pra fora da rede e saí correndo em direção à porta da casa.

6

Pelo resto daquele dia, não consegui fazer mais nada. Até parece que nos outros dias eu fazia alguma coisa mais, além de me atrolhar pelos cantos, morto de calor, dormir ou caminhar vadio pela praia. Pois nem isso consegui. Me deu assim um disparo no coração, feito susto que não era bem susto, porque não tinha medo de nada. Ou tinha: medo de uma coisa sem cara nem nome, porque não vinha de fora, mas de dentro de mim. Uns frios, mesmo parado embaixo do sol de rachar, olhando minha sombra achatada igual à de um marciano monstro verde, e uns calorões, mesmo atrás da casa onde até lesma tinha, de tão úmido. Eu só sabia que por nada desse mundo queria ficar perto do primo Alex.

Escondido, vi quando ele entrou no quarto e encostou a persiana da janela, porque decerto ia tirar uma sesta. *Todos* tiravam sesta no mundo, menos eu, pequeno monstro. Fiquei acompanhando com a ponta do dedo um rastro prateado de lesma, naquele lugar frio atrás da casa, até passar um tempo. E, quando saí no sol outra vez, vi que o tempo tinha passado, porque a minha sombra já não estava tão achatada nem tão monstra. Então cheguei bem devagarinho perto da janela do quarto e, sem barulho nenhum, empurrei a persiana. De leve, como se fosse um vento. Ele estava nu, de costas para a janela. Um pouco mais abaixo daquele triângulo de pelos crespos e pretos na cintura, o calção tinha deixado uma marca branca, que parecia mais branca ainda, agora que o vermelho do sol começava a acender. Ele estava deitado em cima do braço esquerdo. O braço direito dele, que eu só podia ver até a metade, estava dobrado na cintura, desaparecia na frente do corpo. E se mexia. Todo parado o primo Alex, só mexia o braço direito que eu não via inteiro, porque ele estava de costas para mim. Cada vez mais depressa, eu tranquei a respiração, o queixo apoiado na janela, e cada vez mais depressa, até que ele primeiro gemeu baixinho, depois mais alto, suspirou, o corpo inteiro tremendo, virou de bruços na cama e afundou a cara no travesseiro. O braço direito caiu ao lado da cama. Da ponta dos dedos dele, que quase tocavam o chão, escorria uma gosma meio branca, meio prateada, que foi deixando no piso um rastro igual ao das lesmas nos fundos da casa.

Ainda era muito cedo, mas fui caminhar na praia. Saí correndo pela areia em direção ao farol, e quando vi que não tinha mais ninguém por perto comecei a gritar: Sumatra Tantor Zanzibar Bukula Mensahib Nikima Jad-bal-ja. Umas coisas assim, que nem música. Podia até cantar, e cantei. Cada vez que um dos pés batia na areia eu gritava Sumatra ou Bukula ou Nikima, parecia louco de hospício. Não conseguia parar. Só parei quando o coração disparou demais, e minha cara ficou lavada de suor, bem na frente do farol. Então olhei em volta, vi que não tinha ninguém, e fiz uma coisa que *nunca* tinha feito antes. Tirei a bermuda e a camisa, larguei na areia e fui entrando na água completamente pelado.

Abri as duas pernas, os dois braços, me joguei no meio da espuma. Dei de bunda na areia do fundo do mar, mas não doeu. Aí me virei de bruços e comecei a esfregar meu pau completamente duro na areia molhada molinha. Ficava cada vez mais duro, parecia que tinha uma coisa que queria sair de dentro dele, um fio prateado brilhante. Mas não saía nada, a areia ardia, o sal queimava. Aí eu peguei e abri a minha bunda com as duas mãos bem no lugar onde as ondas arrebentavam, e fiquei assim, deixando as ondas arrebentarem e a espuma morna do fim da tarde entrar pela minha bunda aberta. Foi me dando uma tontura, eu sem querer pensei no braço direito do primo Alex, cada vez mais depressa, parecia assim que ia explodir alguma coisa. Não explodiu nada, eu cravei as unhas no braço, falei 15 vezes pequeno-monstro-pequeno-monstro-ninguém-te-quer e não sabia mais o que fazer da vida, daquele medo ou coisa que queria porque queria sair de dentro de mim sem encontrar o jeito.

Meu coração batia batia quando cheguei em casa. A Mãe já estava botando a mesa da janta. Vai lavar as mãos, o Pai falou sem me olhar, ele nunca me olhava. Deixei a água correr sem me olhar no espelho. Quando voltei, o primo Alex já estava sentado, riscando o xadrez da toalha com a ponta serrilhada da faca. Eu não olhei pra ele, mas mesmo sem olhar dava pra ver que ele tinha vestido uma camisa branca de *banlon* bem alvinha e penteado o cabelo. Eu não queria olhar pra ele. Mas aí a Mãe foi colocar o ovo e o bife no meu prato e o Pai falou tira as aspas do prato, guri, também que coisa, parece um bugre. Eu fiquei vermelho de vergonha dele falar assim daquele jeito comigo na frente do primo Alex, e sem querer ergui a cabeça, levantei os olhos. Ele apertou aquelas sobrancelhas pretas grudadas em cima do nariz e piscou pra mim. Como se a gente tivesse um segredo. Fiquei ali feito besta olhando de vez em quando pra ele. Ele sempre olhava de novo pra mim por cima da jarra de quissuco, que na janta era de laranja, não de groselha. Vezenquando piscava, vezenquando ria, sem ninguém ver. Como se tivesse uma coisa que só acontecia entre ele e eu. Uma coisa que era um pouco essa vontade minha de ficar olhando sem parar pra ele? Podia ser essa vontade, misturada com aquele medo, aquele braço se mexendo cada vez mais depressa, aquele fio prateado de gosma brilhante estendido no chão. Parecido com a calda da compota de pêssego que outra vez eu virei na toalha quando a Mãe parou um pouco de falar e, antes que o Pai me chamasse de porco, perguntou assim:

— Tu não quer convidar o Alex pra dar uma volta na praça e tomar um chope no centro?

Ficaram os três me olhando. Passei o dedo na calda do pêssego, e lambi bem devagar quando olhei pro primo Alex e convidei:

— Vamos?

Ele sustentou o olhar. E disse que sim.

7

Azul, mas não era bem bem azul. Isso eu só vi na metade da primeira cerveja. Azul-escuro que clareava aos poucos, meio esbranquiçada nas partes em que encostava no corpo. Nos joelhos, na bunda, na frente onde roçava no volume do pau, atrás do fecho. Tinha fecho ecler que nem saia de mulher, em vez de botão igual à minha. Já tinha visto umas assim, mais em filme de mocinho, e só umas poucas nuns caras meio metidos ali na praia mesmo. Dava um jeito especial na pessoa. Um jeito bonito, um jeito moderno. Eu não tinha falado quase nada, mas depois daquele gole de cerveja tomei coragem e disse:

— Bacana a tua calça.

— É Lee — ele disse. — Americana, importada.

— Onde a gente compra?

— Só de contrabando. Quer que te consiga uma?

Perguntei se era difícil, ele disse que tinha jeito, conhecia um faixa em Porto. Depois falou que novinha não era tão legal, mas a gente podia desbotar com queboa no tanque. Melhor desbotar sozinha mesmo, só que levava tempo. Perguntei se a dele era desbotada de queboa ou de tempo. Ele estava distraído, não ouviu. Tirou o maço de Minister do bolso, perguntou se eu queria um. Falei que não, se o Pai soubesse. Ele acendeu, jogou a fumaça pra cima, erguendo um pouco a cabeça. De novo, eu pensei no leão de ouro. Acho que eu estava ficando meio borracho com aquela cerveja toda, porque de repente fiquei outra vez olhando sem conseguir parar o primo Alex sentado ali ao meu lado na mesinha da calçada do bar. Ele parecia enorme, ele parecia brilhante, ele parecia bonito. Sem fazer nenhum esforço pra parecer nada, ele não era exibido. Acho que ele nem sabia direito o jeito que ele mesmo era. Ficava ali sentado do meu lado como se fosse um cara comum, fumando, bebendo cerveja e rindo de vez em quando pra mim. Achei que todo mundo que passava e nas outras mesas ficava olhando pra ele e pensando mas quem será esse moço. De repente me deu assim como uma vaidade daquelas pessoas todas estarem me vendo ali, ao lado dele, e aí aconteceu uma coisa maluca. Por um segundo, parei de me sentir monstro.

Olhei para o meu braço na mesa. Meu braço um pouco fino demais, moreno de sol. Mas parecia bonito também. Eu olhei a minha mão morena, quase sem pelos, depois levei ela até o cabelo e pensei que podia deixar ele crescer um pouco, que nem o do primo Alex. E quando levei a mão desse jeito na cabeça, percebi que as minhas costas estavam muito curvadas para a frente, como se eu quisesse sempre defender do mundo alguma coisa funda escondida no meu peito. Então forcei os ombros para trás, e não estava me sentindo nem um pouco monstro quando olhei de novo para o primo Alex e vi a lua cheia subindo por trás da cabeça dele e do telhado da Taberna do Willy.

O garçom chamou ele de *senhor* quando perguntou se queria outra cerveja. Ele tinha um jeito de quem sabe sentar num bar, aquele jeito que eu ia ter um dia. Ele perguntou se eu também queria, eu disse que sim, apesar de estar meio borracho. Ele encheu o meu copo até transbordar. Enquanto eu passava o dedo na espuma, ele falou assim:

— A tia me contou que anda preocupada contigo. — Eu pensei que saco, ela já andou enchendo os ouvidos dele, agora vai ficar dando opinião, conselho e tudo. Mas ele não deixou eu dizer nada. Só falou: — Ela diz que acha que tu anda muito sozinho. Que tu não tem nenhum amigo.

Foi o que bastou. Quando ele falou isso — como num Shazam! ao contrário, que ao invés do cara virar super, ficava ainda mais coió —, eu comecei a me sentir monstro de novo. Coitado coitado coitado de mim, pensei, o meu olho ficou cheio de lágrima de pura pena de mim mesmo, todo troncho. Estava meio enjoado daquela cervejada toda, tive vontade de me levantar e dizer que ia embora já pra casa. Aí o primo Alex disse:

— Falei pra ela que é da idade. Que passa. Que eu mesmo era assim que nem tu, meio arisco. Mas passa, tu vai ver que passa.

Eu quase disse que tinha certeza que, comigo, não ia passar nunca. Que ia ficar para sempre e até o fim do mundo assim pequeno, pequeno monstro nojento, diferente de todas as outras pessoas, todo mundo rindo baixinho, falando coisas quando eu passava. Mas ele disse:

— Eu sou teu amigo.

Parei outra vez de me sentir monstro. Nunca ninguém tinha me dito isso antes. Foi aí que as coisas começaram a acontecer muito depressa, me deu vontade de rir, comecei a falar sem parar, ele começou a falar sem parar também no curso dele de medicina, nas coisas todas que ia estudar, umas coisas da cabeça das pessoas, de nome complicado, psico não sei o quê, nuns livros duns caras de nome complicado também, duns discos, duns filmes, e disse que ia me dar umas coisas pra mim ler, pra mim ouvir, pra mim gostar, e eu fiquei pensando que não ia dar porque eu ficava o ano todo lá naquele cafundó do Passo da Guanxuma e ele em Porto Alegre e perigava então, até a gente não se ver nunca mais, e comecei a ficar triste, aí ele contou que a Mãe tinha falado que andava pensando em me mandar estudar em Porto Alegre, e primeiro me deu um baita cagaço, depois foi me vindo uma coragem boa e uma alegria no coração, ia ser que nem filme, andar de bonde sozinho do centro até o tal de Partenon, onde ele falou que morava, e eu ia lá todo domingo de tardezinha, ficava no quarto dele ouvindo na eletrola aqueles discos que ele disse que ia me mostrar, eu com a minha calça Lee igualzinha à dele, no começo desbotada de queboa mesmo, depois desbotada do tempo, do sol, da chuva, e todo mundo olhava quando a gente entrava junto no cinema e falavam baixinho de um jeito diferente, porque eu não era mais monstro, só porque a gente era bonito junto, só por isso falavam e apontavam, eu e o primo Alex, caminhando de tardezinha por uma praça ou numa calçada mesmo ali daquele lugar onde eu nunca tinha ido chamado Partenon, e Partenon era quase tão bonito e longe quanto Sumatra, Zanzibar, Uganda, e eu criei coragem e falei pra ele que queria ser músico, fazer rock que nem o do Elvis, que eu sabia de cor uns pedacinhos dumas músicas em inglês mesmo e ele cantou rindo *it's now or never*, só um pedaço, depois passou a mão no meu cabelo e disse que eu tinha que deixar um topete crescer pra cair na testa quando eu fizesse *yeah* remexendo as cadeiras, e só de sarro eu fiz *yeah yeah yeah*, e ele morreu de rir e eu morri de rir também, e ele pediu outra cerveja e eu acendi um cigarro e tossi tossi e ele bateu nas minhas costas, as pessoas em volta olhavam, e ele começou a contar que depois de formado ia viajar muito de navio pelo mundo inteiro, e eu perguntei se Zanzibar também e ele morreu de rir de novo e falou que sim, se eu queria ir junto com ele pra Zanzibar, lógico eu disse e fiquei imaginando tudo enquanto ele contava que ia ser um grande médico desses modernos que curam a cabeça dos outros pra deixar todo mundo feliz o tempo todo pra sempre sem nenhuma culpa, ele disse, ele era tão bonito, todo mundo em volta olhava, eu ria, ele ria, e a gente estava ficando cada vez mais bêbado quando eu tentei levantar pra ir ao banheiro e quase caí em cima da mesa. Então ele me segurou pelo braço, e rindo sem parar falou que tava na hora de ir embora senão o Pai e a Mãe iam ficar umas feras.

8

A gente só parou de rir no caminho da porta de casa até o quarto, pro Pai e a Mãe não acordarem. Passado de meia-noite, Alex viu no pulso. Ele acendeu a luz, se jogou na cama e continuou rindo. Eu fechei a porta, me joguei na cama e continuei rindo. Vezenquando a gente olhava um pro outro e ria mais ainda. Um tempão assim, feito dois mangolões. A barriga doía de tanto rir, eu falei que ia no banheiro mijar e já voltava. Demorei um pouco, parecia que tinha bebido um açude inteiro. Quando voltei, ele tinha tirado toda a roupa e estava deitado de costas na cama. Tu vai te gripar, pensei em dizer. Só pensei, em seguida vi que não tinha vento nem nada. E fui andando pra minha cama enquanto olhava pra calça Lee, a camisa *banlon*, o mocassim e a cueca dele jogados no chão, sem saber direito o que fazer com a janela aberta, a lua cheia e o primo Alex completamente pelado na cama ao lado. Tentei não olhar pra ele. Mas ele olhava bem pra mim quando falou estranho, como se o que quisesse dizer não fosse o que estava dizendo:

— Tá muito quente, tu não acha?

— É — eu disse. E aí não consegui mais parar de olhar pra ele. Fui ficando meio descarado e comecei a olhar mesmo, porque tinha vontade e era bom de olhar. Desci os olhos pelo peito dele, acompanhando aqueles pelos que se amontoavam lá em cima, pouco embaixo do pescoço, em volta das mamiquinhas cor-de-rosa, depois se estreitavam enquanto desciam pela barriga e ficavam assim um fiozinho crespo, até começarem a encrespar mais e a aumentar de novo, no meio das pernas. Ele estava com a mão no meio das pernas, lá onde os pelos encrespavam mais.

— Eu te espiei dormindo hoje de tarde — contei.

— Eu vi — ele disse. — Eu não estava dormindo, eu estava batendo punheta.

Me deu um vermelhão. Desviei os olhos para o livro de *Tarzan, o Invencível*, na cabeceira. Em cima duma árvore, Tarzan apontava uma flecha para um *bwana* falando com dois negros pigmeus na frente de uma barraca. E se ele disparar a flecha? pensei.

— Tu já esporrou? — ele perguntou.

— Não — eu disse. — Nunca, nem sei como é que se faz.

— Quer que eu te ensine? — Estava rindo outra vez. Aquela cabeça de leão de ouro, dentes muito brancos.

— Quero — eu disse.

Ele tirou a mão do meio das pernas, bateu na cama ao lado dele e chamou:

— Senta aqui, eu te mostro como é. Tira a roupa e senta do meu lado.

Tirei, joguei no chão, em cima da roupa dele. Depois sentei na cama dele, só de cueca. Uma cueca feia, toda esbragalada, não era que nem a dele. Ele suava um pouco. O cheiro de suor misturava com o de um perfume que acho que era colônia de barba, mais o do jasmineiro entrando pela janela aberta. Eu podia ouvir o tum-tum do meu coração no peito. Ele estava bem perto de mim. Eu cruzei as pernas, de costas para ele, de frente para a janela.

— Vira pra cá — ele pediu.

Estendeu a mão, tocou no meu joelho. Fui virando, até ficar de frente pra ele. Ele sentou na cama, ficou de frente pra mim, cruzou as pernas também. Ele encostou uma das mãos na minha coxa, depois foi subindo e puxou devagarinho a minha cueca. Estendi a perna para que ele pudesse tirar e jogar no chão, em cima das roupas dele e das minhas. Agora eu também estava completamente nu, de pau tão duro quanto o dele, eu tinha visto. Ele não escondia, não era feio. Quase fiquei com vergonha, mas ele segurava os olhos dele bem dentro dos meus, sem sorrir nem piscar. Ele levou a mão direita até o seu pau duro, enquanto com a mão esquerda pegava a minha mão direita e levava até o meu pau duro. Ele segurou meu braço, mexendo devagar para que eu movimentasse para cima e para baixo, que nem ele fazia. Ele era tão bonito. Ele se torceu e gemeu um pouco. Fechei os olhos: se sair reto daqui sempre em frente vou dar na África, pensei idiota. Aquela coisa querendo explodir vinha subindo de novo. Eu abri mais as pernas, joguei o corpo para a frente. Ele chegou mais perto. Então pegou outra vez no meu braço, cuspiu na palma da minha mão e levou até o pau dele. Ele cuspiu na palma da mão dele e levou até o meu pau. Quente molhado rijo macio. A cama rangia. Eu cheguei ainda mais perto. Aquela coisa crescia dentro de mim feito louca de atar, como se o meu corpo fosse arrebentar e de dentro dele saíssem balões, bandeirinhas coloridas de Santo Antônio, penduricalhos dourados de árvore de Natal, confete e serpentina de Carnaval, sei lá que mais. Mais depressa, ele disse. Mais depressa, vem junto. Parecia que a gente estava sozinho só os dois num barco solto no mar no meio duma tempestade. Sumatra Tantor Bukula Nikima, eu ia gritar alto quando aquela coisa começou a se juntar dentro de mim feito uma onda que vai se armando longe da praia enquanto a gente espera que ela venha ali na beira, sem me importar nem um pouco que o Pai e a Mãe ouvissem e a vizinhança toda e a cidade inteira acordassem. Ele chegou ainda mais perto. Eu colei meu peito no peito dele. Ele afundou a boca na minha enquanto eu sentia a palma da minha mão aos poucos ficar molhada daquele fio de prata brilhante que saía de dentro dele e sabia que de dentro de mim saía também um fio de prata molhado brilhante igual ao que saía de dentro dele.

— Vem comigo — ele chamou. E eu fui.

Ele passou as mãos molhadas nas minhas costas. Eu passei as mãos molhadas nas costas dele. Ele afastou a boca da minha, depois deitou a cabeça no meu ombro. Meu coração batia batia, ele podia ouvir. O suor da gente se misturava. O coração dele batia batia, escutei quando deitei a cabeça no seu ombro. Eu fiquei passando as mãos nas costas dele. Elas ficaram todas meladas da água de prata que ele tinha me ensinado a tirar de dentro de mim. Ele não se importava de ficar melado da água de mim. Eu também não me importava de ficar melado da água dele. Nojo nenhum, eu sentia. Ele passou a língua na curva do meu pescoço. Eu enrolei os dedos naquele triângulo de pelos crespos na cintura dele. Não sei quanto tempo durou. Sei que de repente a gente se afastou e, olhando um pro outro, começamos a rir feito loucos outra vez.

9

Bem cedo, na manhã seguinte, fomos à praia juntos. Ele me ensinou a mergulhar e a boiar, eu apontei o horizonte e mostrei o caminho da África, das Índias. Depois do almoço, no forno quente do quarto coberto de zinco, ele me ensinou outros caminhos. Na hora de ir embora, de tardezinha, ajudei ele a arrumar suas roupas. Mas não fui até a rodoviária. Espiei da esquina, escondido. Depois corri pela calçada atrás do ônibus, até que ele saísse na janela e gritasse alguma coisa que não entendi direito. Parecia Zanzibar, Partenon, qualquer coisa assim. Ele ficou abanando até o ônibus fazer a curva, na polvadeira vermelha da estrada de Osório.

À noite, fiquei procurando umas músicas no rádio. Nem Gardel nem Elvis: encontrei Maísa, que o Pai disse que eu não tinha idade pra ouvir. Depravada, falou, e eu não sabia o que isso queria dizer. Na hora de dormir, a Mãe olhou bem pra mim e disse baixinho:

— Parece que tu está sentindo muita falta do Alex.

Eu falei que não. E não estava mentindo. Eu sabia que ele tinha ficado para sempre comigo. Ela foi dormir, apaguei o rádio. Sozinho na sala, em silêncio, eu não era mais monstro. Fiquei olhando minha mão magra morena, quase sem pelos. Eu sabia que o primo Alex tinha ficado para sempre comigo. Guardado bem aqui, na palma da minha mão.

XIII
Os dragões não conhecem o paraíso

Para Marion Frank,
lembrando os dragões de
Alex Flemming

Por ver com muita clareza as causas e
os efeitos, ele completa, no tempo certo, as seis
etapas e sobe no momento adequado rumo aos céus,
como que conduzido por seis dragões.

Ch'ien, o Criativo: I Ching, o livro das mutações

Tenho um dragão que mora comigo.

Não, isso não é verdade.

Não tenho nenhum dragão. E, ainda que tivesse, ele não moraria comigo nem com ninguém. Para os dragões, nada mais inconcebível que dividir seu espaço — seja com outro dragão, seja com uma pessoa banal feito eu. Ou invulgar, como imagino que os outros devam ser. Eles são solitários, os dragões. Quase tão solitários quanto eu me encontrei, sozinho neste apartamento, depois de sua partida. Digo *quase* porque, durante aquele tempo em que ele esteve comigo, alimentei a ilusão de que meu isolamento para sempre tinha acabado. E digo ilusão porque, outro dia, numa dessas manhãs áridas da ausência dele, felizmente cada vez menos frequentes (a aridez, não a ausência), pensei assim: *Os homens precisam da ilusão do amor da mesma forma como precisam da ilusão de Deus. Da ilusão do amor, para não afundarem no poço horrível da solidão absoluta; da ilusão de Deus, para não se perderem no caos da desordem sem nexo.*

Isso me pareceu grandiloquente e sábio como uma ideia que não fosse minha, tão estúpidos costumam ser meus pensamentos. E tomei nota rapidamente no guardanapo do bar onde estava. Escrevi também mais alguma coisa que ficou manchada pelo café. Até hoje não consigo decifrá-la. Ou tenho medo da minha — felizmente indecifrável — lucidez daquele dia.

Estou me confundindo, estou me dispersando.

O guardanapo, a frase, a mancha, o medo — isso deve vir mais tarde. Todas essas coisas de que falo agora — as particularidades dos dragões, a banalidade das pessoas como eu — só descobri depois. Aos poucos, na ausência dele, enquanto tentava compreendê-lo. Cada vez menos para que minha compreensão fosse sedutora a ponto de convencê-lo a voltar, e cada vez mais para que essa compreensão ajudasse a mim mesmo *a*. Não sei dizer. Quando penso desse jeito, enumero proposições como: *a* ser uma pessoa menos banal, *a* ser mais forte, mais seguro, mais sereno, mais feliz, *a* navegar com um mínimo de dor. Essas coisas todas que decidimos fazer ou nos tornar quando algo que supúnhamos grande acaba, e não há nada a ser feito a não ser continuar vivendo.

Então, que seja doce. Repito todas as manhãs, ao abrir as janelas para deixar entrar o sol ou o cinza dos dias, bem assim: que seja doce. Quando há sol, e esse sol bate na minha cara amassada do sono ou da insônia, contemplando as partículas de poeira soltas no ar, feito um pequeno universo, repito sete vezes para dar sorte: que seja doce que seja doce que seja doce e assim por diante. Mas se alguém me perguntasse o que deverá ser doce, talvez não saiba responder. *Tudo* é tão vago como se fosse nada.

Ninguém perguntará coisa alguma, penso. Depois continuo a contar para mim mesmo, como se fosse ao mesmo tempo o velho que conta e a criança que escuta, sentada no colo de mim. Foi essa a imagem que me veio hoje pela manhã quando, ao abrir a janela, decidi que não suportaria passar mais um dia sem contar esta história de dragões. Consegui evitá-la até o meio da tarde. Dói, um pouco. Não mais uma ferida recente, apenas um pequeno espinho de rosa, coisa assim, que você tenta arrancar da palma da mão com a ponta de uma agulha. Mas, se você não consegue extirpá-lo, o pequeno espinho pode deixar de ser uma pequena dor para transformar-se numa grande chaga.

Assim, agora, estou aqui. Ponta fina de agulha equilibrada entre os dedos da mão direita, pairando sobre a palma aberta da mão esquerda. Algumas anotações em volta, tomadas há muito tempo, o guardanapo de papel do bar, com aquelas palavras sábias que não parecem minhas e aquelas outras, manchadas, que não consigo ou não quero ou finjo não poder decifrar.

Ainda não comecei.

Queria tanto saber dizer *Era uma vez*. Ainda não consigo.

Mas preciso começar de alguma forma. E esta, enfim, sem começar propriamente, assim confuso, disperso, monocórdio, me parece um jeito tão bom ou mau quanto qualquer outro de começar uma história. Principalmente se for uma história de dragões.

Gosto de dizer *tenho um dragão que mora comigo*, embora não seja verdade. Como eu dizia, um dragão jamais pertence a nem mora com alguém. Seja uma pessoa banal igual a mim, seja unicórnio, salamandra, harpia, elfo, hamadríade, sereia ou ogro. Duvido que um dragão conviva melhor com esses seres mitológicos, mais semelhantes à natureza dele, do que com um ser humano. Não que sejam insociáveis. Pelo contrário, às vezes um dragão sabe ser gentil e submisso como uma gueixa. Apenas, eles não dividem seus hábitos.

Ninguém é capaz de compreender um dragão. Eles jamais revelam o que sentem. Quem poderia compreender, por exemplo, que logo ao despertar (e isso pode acontecer em qualquer horário, às três da tarde ou às 11 da noite, já que o dia e a noite deles acontecem para dentro, mas é mais previsível entre sete e nove da manhã, pois essa é a hora dos dragões) sempre batem a cauda três vezes, como se estivessem furiosos, soltando fogo pelas ventas e carbonizando qualquer coisa próxima num raio de mais de cinco metros? Hoje, pondero: talvez seja essa a sua maneira desajeitada de dizer, como costumo dizer agora, ao despertar — que seja doce.

Mas no tempo em que vivia comigo, eu tentava — digamos — adaptá-lo às circunstâncias. Dizia por favor, tente compreender, querido, os vizinhos banais do andar de baixo já reclamaram da sua cauda batendo no chão ontem às quatro da madrugada. O bebê acordou, disseram, não deixou ninguém mais dormir. Além disso, quando você desperta na sala, as plantas ficam todas queimadas pelo seu fogo. E, quando você desperta no quarto, aquela pilha de livros vira cinzas na minha cabeceira.

Ele não prometia corrigir-se. E eu sei muito bem como tudo isso parece ridículo. Um dragão nunca acha que está errado. Na verdade, jamais está. Tudo que faz, e que pode parecer perigoso, excêntrico ou no mínimo mal-educado para um humano igual a mim, é apenas parte dessa estranha natureza dos dragões. Na manhã, na tarde ou na noite seguintes, quando ele despertasse outra vez, novamente os vizinhos reclamariam e as prímulas amarelas e as begônias roxas e verdes, e Kafka, Salinger, Pessoa, Clarice e Borges a cada dia ficariam mais esturricados. Até que, naquele apartamento, restássemos eu e ele entre as cinzas. Cinzas são como seda para um dragão, nunca para um humano, porque a nós lembram destruição e morte, não prazer. Eles trafegam impunes, deliciados, no limiar entre essa zona oculta e a mais mundana. O que não podemos compreender, ou pelo menos aceitar.

Além de tudo: eu não o via. Os dragões são invisíveis, você sabe. Sabe? Eu não sabia. Isso é tão lento, tão delicado de contar — você ainda tem paciência? Certo, muito lógico você querer saber como, afinal, eu tinha tanta certeza da existência dele, se afirmo que não o via. Caso você dissesse isso, ele riria. Se, como os homens e as hienas, os dragões tivessem o dom ambíguo do riso. Você o acharia talvez irônico, mas ele estaria impassível quando perguntasse assim: mas então você só acredita naquilo que vê? Se você dissesse sim, ele falaria em unicórnios, salamandras, harpias, hamadríades, sereias e ogros. Talvez em fadas também, orixás quem sabe? Ou átomos, buracos negros, anãs brancas, quasars e protozoários. E diria, com aquele ar levemente pedante: "*Quem só acredita no visível tem um mundo muito pequeno. Os dragões não cabem nesses pequenos mundos de paredes invioláveis para o que não é visível.*"

Ele gostava tanto dessas palavras começadas por *in* — *invisível, inviolável, incompreensível* —, que querem dizer o contrário do que deveriam. Ele próprio era inteiro o oposto do que deveria ser. A tal ponto que, quando o percebia intratável, para usar uma palavra que ele gostaria, suspeitava-o ao contrário: molhado de carinho. Pensava às vezes em tratá-lo dessa forma, pelo avesso, para que fôssemos mais felizes juntos. Nunca me atrevi. E, agora que se foi, é tarde demais para tentar requintadas harmonias.

Ele cheirava a hortelã, a alecrim. Eu acreditava na sua existência por esse cheiro verde de ervas esmagadas dentro das duas palmas das mãos. Havia outros sinais, outros augúrios. Mas quero me deter um pouco nestes, nos cheiros, antes de continuar. Não acredite se alguém, mesmo alguém que não tenha um mundo pequeno, disser que os dragões cheiram a cavalos depois de uma corrida, ou a cachorros das ruas depois da chuva. A quartos fechados, mofo, frutas podres, peixe morto e maresia — nunca foi esse o cheiro dos dragões.

A hortelã e alecrim, eles cheiram. Quando chegava, o apartamento inteiro ficava impregnado desse perfume. Até os vizinhos, aqueles do andar de baixo, perguntavam se eu andava usando incenso ou defumação. Bem, a mulher perguntava. Ela tinha uns olhos azuis inocentes. O marido não dizia nada, sequer me cumprimentava. Acho que pensava que era uma dessas ervas de índio que as pessoas costumam fumar quando moram em apartamentos, ouvindo música muito alto. A mulher dizia que o bebê dormia melhor quando esse cheiro começava a descer pelas escadas, mais forte de tardezinha, e que o bebê sorria, parecendo sonhar. Sem dizer nada, eu sabia que o bebê devia sonhar com dragões, unicórnios ou salamandras, esse era um jeito do seu mundo ir-se tornando aos poucos mais largo. Mas os bebês costumam esquecer dessas coisas quando deixam de ser bebês, embora possuam a estranha facilidade de ver dragões — coisa que só os mundos muito largos conseguem.

Eu aprendi o jeito de perceber quando o dragão estava a meu lado. Certa vez, descemos juntos pelo elevador com aquela mulher de olhos-azuis-inocentes e seu bebê, que também tinha olhos-azuis-inocentes. O bebê olhou o tempo todo para mim. Depois estendeu as mãos para o meu lado esquerdo, onde estava o dragão. Os dragões param sempre do lado esquerdo das pessoas, para conversar direto com o coração. O ar a meu lado ficou leve, de uma coloração vagamente púrpura. Sinal que ele estava feliz. Ele, o dragão, e também o bebê, e eu, e a mulher, e a japonesa que subiu no sexto andar, e um rapaz de barba no terceiro. Sorríamos suaves, meio tolos, descendo juntos pelo elevador numa tarde que lembro de abril — esse é o mês dos dragões — dentro daquele clima de eternidade fluida que apenas os dragões, mas só às vezes, sabem transmitir.

Por situações como essa, eu o amava. E o amo ainda, quem sabe mesmo agora, quem sabe mesmo sem saber direito o significado exato dessa palavra seca — *amor*. Se não o tempo todo, pelo menos quando lembro de momentos assim. Infelizmente, raros. A aspereza e o avesso parecem ser mais constantes na natureza dos dragões do que a leveza e o direito. Mas queria falar de antes do cheiro. Havia outros sinais, já disse. Vagos, todos eles.

Nos dias que antecediam a sua chegada, eu acordava no meio da noite, o coração disparado. As palmas das mãos suavam frio. Sem saber por que, nas manhãs seguintes, compulsivamente eu começava a comprar flores, limpar a casa, ir ao supermercado e à feira para encher o apartamento de rosas e palmas e morangos daqueles bem gordos e cachos de uvas reluzentes e berinjelas luzidias (os dragões, descobri depois, adoram contemplar berinjelas) que eu mesmo não conseguia comer. Arrumava em pratos, pelos cantos, com flores e velas e fitas, para que o espaço ficasse mais bonito.

Como uma fome, me dava. Mas uma fome de ver, não de comer. Sentava na sala toda arrumada, tapete escovado, cortinas lavadas, cestas de frutas, vasos de flores — acendia um cigarro e ficava mastigando com os olhos a beleza das coisas limpas, ordenadas, sem conseguir comer nada com a boca, faminto de ver. À medida que a casa ficava mais bonita, eu me tornava cada vez mais feio, mais magro, olheiras fundas, faces encovadas. Porque não conseguia dormir nem comer, à espera dele. Agora, agora vou ser feliz, pensava o tempo todo numa certeza histérica. Até que aquele cheiro de alecrim, de hortelã, começasse a ficar mais forte, para então, um dia, escorregar que nem brisa por baixo da porta e se instalar devagarinho no corredor de entrada, no sofá da sala, no banheiro, na minha cama. Ele tinha chegado.

Esses ritmos, só descobri aos poucos. Mesmo o cheiro de hortelã e alecrim, descobri que era exatamente esse quando encontrei certas ervas numa barraca de feira. Meu coração disparou, imaginei que ele estivesse por perto. Fui seguindo o cheiro, até me curvar sobre o tabuleiro para perceber: eram dois maços verdes, a hortelã de folhinhas miúdas, o alecrim de hastes compridas com folhas que pareciam espinhos, mas não feriam. Perguntei o nome, o homem disse, eu não esqueci. Por pura vertigem, nos dias seguintes repetia quando sentia saudade: alecrim hortelã alecrim hortelã alecrim.

Antes, antes ainda, o pressentimento de sua visita trazia unicamente ansiedade, taquicardias, aflição, unhas roídas. Não era bom. Eu não conseguia trabalhar, ir ao cinema, ler ou afundar em qualquer outra dessas ocupações banais que as pessoas como eu têm quando vivem. Só conseguia pensar em coisas bonitas para a casa, e em ficar bonito eu mesmo para encontrá-lo. A ansiedade era tanta que eu enfeava, à medida que os dias passavam. E, quando ele enfim chegava, eu nunca tinha estado tão feio. Os dragões não perdoam a feiura. Menos ainda a daqueles que honram com sua rara visita.

Depois que ele vinha, o bonito da casa contrastando com o feio do meu corpo, tudo aos poucos começava a desabar. Feito dor, não alegria. Agora agora agora vou ser feliz, eu repetia: agora agora agora. E forçava os olhos pelos cantos para ver se encontrava pelo menos o reflexo de suas escamas de prata esverdeadas, luz fugidia, a ponta em seta de sua cauda pela fresta de alguma porta ou a fumaça de suas narinas, cujas cores mudavam conforme seu humor. Que era quase sempre mau, e a fumaça, negra. Naqueles dias, enlouquecia cada vez mais, querendo agora já urgente ser feliz. Percebendo minha ânsia, ele tornava-se cada vez mais remoto. Ausentava-se, retirava-se, fingia partir. Rarefazia seu cheiro de ervas até que não passasse de uma suspeita verde no ar. Eu respirava mais fundo, perdia o fôlego no esforço de percebê-lo, dia após dia, enquanto flores e frutas apodreciam nos vasos, nos cestos, nos cantos. Aquelas mosquinhas negras miúdas esvoaçavam em volta delas, agourentas.

Tudo apodrecia mais e mais, sem que eu percebesse, doído do impossível que era tê-lo. Atento somente à minha dor, que apodrecia também, cheirava mal. Então algum dos vizinhos batia à porta para saber se eu tinha morrido e sim, eu queria dizer, estou apodrecendo lentamente, cheirando mal como as pessoas banais ou não cheiram quando morrem, à espera de uma felicidade que não chega nunca. Eles não compreenderiam, ninguém compreenderia. Eu não compreendia, naqueles dias — você compreende?

Os dragões, já disse, não suportam a feiura. Ele partia quando aquele cheiro de frutas e flores e, pior que tudo, de emoções apodrecidas tornava-se insuportável. Igual e confundido ao cheiro da minha felicidade que, desta e mais uma vez, ele não trouxera. Dormindo ou acordado, eu recebia sua partida como um súbito soco no peito. Então olhava para cima, para os lados, à procura de Deus ou qualquer coisa assim — hamadríades, arcanjos, nuvens radioativas, demônios que fossem. Nunca os via. Nunca via nada além das paredes de repente tão vazias sem ele.

Só quem já teve um dragão em casa pode saber como essa casa parece deserta depois que ele parte. Dunas, geleiras, estepes. Nunca mais reflexos esverdeados pelos cantos, nem perfume de ervas pelo ar, nunca mais fumaças coloridas ou formas como serpentes espreitando pelas frestas de portas entreabertas. Mais triste: nunca mais nenhuma vontade de ser feliz dentro da gente, mesmo que essa felicidade nos deixe com o coração disparado, mãos úmidas, olhos brilhantes e aquela fome incapaz de engolir qualquer coisa. A não ser o belo, que é de ver, não de mastigar, e por isso mesmo também uma forma de desconforto. No turvo seco de uma casa esvaziada da presença de um dragão, mesmo voltando a comer e a dormir normalmente, como fazem as pessoas banais, você não sabe mais se não seria preferível aquele pantanal de antes, cheio de possibilidades — que não aconteciam, mas que importa? — a esta secura de agora. Quando tudo, sem ele, é nada.

Hoje, acho que sei. Um dragão vem e parte para que seu mundo cresça? Pergunto — porque não estou certo — coisas talvez um tanto primárias, como: um dragão vem e parte para que você aprenda a dor de não tê-lo, depois de ter alimentado a ilusão de possuí-lo? E para, quem sabe, que os humanos aprendam a forma de retê-lo, se ele um dia voltar?

Não, não é assim. Isso não é verdade.

Os dragões não permanecem. Os dragões são apenas a anunciação de si próprios. Eles se ensaiam eternamente, jamais estreiam. As cortinas não chegam a se abrir para que entrem em cena. Eles se esboçam e se esfumam no ar, não se definem. O aplauso seria insuportável para eles: a confirmação de que sua inadequação é compreendida e aceita e admirada, e portanto — pelo avesso, igual ao direito — incompreendida, rejeitada, desprezada. Os dragões não querem ser aceitos. Eles fogem do paraíso, esse paraíso que nós, as pessoas banais, inventamos — como eu inventava uma beleza de artifícios para esperá-lo e prendê-lo para sempre junto a mim. Os dragões não conhecem o paraíso, onde tudo acontece perfeito e nada dói nem cintila ou ofega, numa eterna monotonia de pacífica falsidade. Seu paraíso é o conflito, nunca a harmonia.

Quando volto a pensar nele, nestas noites em que dei para me debruçar à janela procurando luzes móveis pelo céu, gosto de imaginá-lo voando com suas grandes asas douradas, solto no espaço, em direção a todos os lugares que é lugar nenhum. Essa é sua natureza mais sutil, avessa às prisões paradisíacas que idiotamente eu preparava com armadilhas de flores e frutas e fitas, quando ele vinha. Paraísos artificiais que apodreciam aos poucos, paraíso de eu mesmo — tão banal e sedento — a tolerar todas as suas extravagâncias, o que devia lhe soar ridículo, patético e mesquinho. Agora apenas deslizo, sem excessivas aflições de ser feliz.

As manhãs são boas para acordar dentro delas, beber café, espiar o tempo. Os objetos são bons de olhar para eles, sem muitos sustos, porque são o que são e também nos olham, com olhos que nada pensam. Desde que o mandei embora, para que eu pudesse enfim aprender a grande desilusão do paraíso, é assim que sinto: quase sem sentir.

Resta esta história que conto, você ainda está me ouvindo? Anotações soltas sobre a mesa, cinzeiros cheios, copos vazios e este guardanapo de papel onde anotei frases aparentemente sábias sobre o amor e Deus, com uma frase que tenho medo de decifrar e talvez, afinal, diga apenas qualquer coisa simples feito: nada disso existe. E esse nada incluiria o amor e Deus, e também os dragões e todo o resto, visível ou invisível.

Nada, nada disso existe.

Então quase vomito e choro e sangro quando penso assim. Mas respiro fundo, esfrego as palmas das mãos, gero energia de mim. Para manter-me vivo, saio à procura de ilusões como o cheiro das ervas ou reflexos esverdeados de escamas pelo apartamento e, ao encontrá-los, mesmo apenas na mente, tornar-me então outra vez capaz de afirmar, como num vício inofensivo: tenho um dragão que mora comigo. E, desse jeito, começar uma nova história que, desta vez sim, seria totalmente verdadeira, mesmo sendo completamente mentira. Fico cansado do amor que sinto, e num enorme esforço que aos poucos se transforma numa espécie de modesta alegria, tarde da noite, sozinho neste apartamento no meio de uma cidade escassa de dragões, repito e repito este meu confuso aprendizado para a criança-eu-mesmo sentada aflita e com frio nos joelhos do sereno velho-eu-mesmo:

— Dorme, só existe o sonho. Dorme, meu filho. Que seja doce.

Não, isso também não é verdade.

Chamem os bombeiros, gritou Zelda.
Alegria! Algoz inesperado.

Ana Cristina César: Inéditos e dispersos

CRÔNICAS

Pequenas e grandes esperanças

Pensando (ou lembrando) bem, não foram tão verdes assim. A memória tem sempre essa tendência otimista de filtrar as lembranças más para deixar só o verde, o vivo. Antigamente, sempre era melhor, ainda que não fosse. Talvez porque já esteja, lá, tudo solucionado e a gente possa se ver, no tempo, como quem vê uma personagem num livro ou filme: aconteça o que acontecer, há um fim definido, predeterminado. Essa espécie de improvisação do agora, do que está sendo moldado, causa muito mais angústia. Não temos, como no samba, a menor ideia de como será o amanhã. Encontrar um único adjetivo para os anos 70 não é tão fácil assim. Facílima é a expressão "anos 70", como se pudéssemos espremer aqueles dez anos em um único significado, ignorando as nuances todas. Os dias em que nada parecia acontecer e não estávamos dentro dos tais anos 70: por trás de circunstâncias históricas, nomes e datas, estávamos dentro de um tempo que ainda não ganhara uma forma exata. Se foram duros? Foram, foram duros. Mas foram também cheios de sonhos e encontros e pequenas e grandes esperanças. Foram anos em que não se podia viver muito para fora: a repressão política nos empurrava para dentro. Nesse movimento, havia duas opções principais e radicais: ou você caía de cabeça nas drogas ou mergulhava na clandestinidade política. O que ligava os dois comportamentos era uma vontade poderosa de mudar o país e o planeta, fosse através do ácido lisérgico nas caixas-d'água das cidades, fosse pela revolução do proletariado. Verde mesmo, verde clarinho, desse quase água, era ter perto de vinte anos e não saber que se sabia muito pouco das ditas coisas da vida. Justamente por isso, enfrentar de peito aberto todos os riscos de dentro ou de fora da própria cabeça, esgueirando-se entre paranoias quase sempre reais. Não tínhamos ainda essas marcas deixadas pelos que desistiram, se mataram, foram presos, torturados, assassinados, enlouqueceram — enquanto dentro de nós pequenas partes iam também desistindo, se matando, sendo presas, torturadas, assassinadas, enlouquecendo. Não ter essas marcas era verde. Verde era ainda estar inteiro e pronto para a luta, embora não parecesse. É por isso que, quando a barra pesa, gosto de pensar que dentro do agora talvez exista também um verde qualquer, que não estamos vendo. Só veremos quem sabe quando pudermos aprisionar estes anos num pacotinho, carimbá-lo e colocar na prateleira da História com o título de "anos 80". Ficarão mais leves, assim batizados?

Crônica publicada no jornal
Zero Hora,
de Porto Alegre, no dia 4 de abril de 1984.

Venha ver os dragões

Eles não conhecem o paraíso.
Desprezam o poder.
Têm asas, querem voar.
Como os anjos.

Os escritores brasileiros andam meio em transe. Há um mês, em entrevista amarga ao *JB*, Ignácio de Loyola Brandão anunciava que está parando de escrever e acusava a nova geração literária de não contestar as anteriores. De Campinas, Hilda Hilst também avisa que, após a publicação do novo livro (*O caderno rosa de Lory Lamb*), também para de escrever: está desiludida. A decisão de Hilda, ela garante — pena pra nós —, não é provisória. Parênteses: Ignácio e Hilda são dois de nossos melhores escritores. Tem mais: em entrevista a Norma Couri, também do *JB*, Marilene Felinto (autora do ótimo *As mulheres de Tijucopapo*) abriu a boca e falou mal de todo mundo. A história rendeu: leitores escrevendo ao jornal para rebater as iconoclastias de La Felinto, e a própria moça desmentindo tudo na *Folha*. Segundo ela, a repórter distorceu suas palavras, com a intenção de criar polêmica (eufemismo brega, mas metido a chique, para a velha lavação de roupa). Enfim, no meio da paradeza geral, uma verdadeira coleção de saias justas para todas as ocasiões. Dramas, mágoas, renúncias e denúncias.

Outro dia, falando em cinema, eu dizia aqui mesmo que cada filme brasileiro representa uma vitória. Contra o baixo astral, a incompetência, a piração não criativa, a dureza, esse terceiro-mundismo que nos enleia. Literatura, não menos. Escrever (e publicar) também é uma vitória. Às vezes, de Pirro. Porque não acontece nada, ou vêm os críticos — essa raça em extinção, cada vez mais dedicada ao culto da najice pela najice (mais vale uma frase mordaz que o possível talento de alguém) — e descem a lenha, os coleguinhas de profissão arrastam seu nome na l(h)ama. Todos insatisfeitos, cobrando a produção de uma grande obra. Como se fosse possível, neste país onde, para (sobre)viver, o escritor precisa também ser jornalista, tradutor, bancário, roteirista, revisor, publicitário, e arrancar de míseros feriados, fins de semana e noites escassas algo "do porte", digamos, de *Os Buddenbrooks* ou *Crime e castigo*. Pode?

Não, escritor brasileiro não existe. Ele é um personagem inventado por si próprio, ao qual, fora ele mesmo, e ainda assim nem sempre, pouca gente dá crédito. Apesar disso, escritores escrevem e publicam. Estou dizendo tudo isso para, do fundo da minha não existência, anunciar que: escrevi um livro. Um, não: este é o sétimo, escrito como os outros. Assim: você trabalha uns dois anos, pede pra ser demitido, levanta uma grana, mergulha no livro, escreve reescreve treescreve, fica duro, apronta o livro, arruma trabalho, o livro sai, você já tá com outro na cabeça, mas precisa trabalhar mais uns dois anos, então pede pra ser demitido e etc. *Ad infinitum*. Comigo sempre foi assim. E deve continuar sendo.

Sim, porque não adianta virem com najices: não vou parar de escrever. É o que mantém o homem vivo, compreende? Mesmo que não seja "de porte", foi tão denso escrever *Os dragões não conhecem o paraíso* (Companhia das Letras, capa de Guto Lacaz) que, se não escrevesse, acho que morria. De muitas formas, amigos ajudaram: Nelson Brissac Peixoto, Jacqueline Cantore, Marco Antônio de Lacerda, Fanny Abramovich, Luiz Schwarcz, Sílvia Simas, Guilherme de Almeida Prado, Ronaldo Pamplona, Marcos Breda. Consegui, estou feliz. O livro fala de dragões, claro. Dragões, você sabe, são animais mitológicos. Dragões não existem. Como escritores, músicos, pintores, filósofos, ou todas essas pessoas que — loucas — querem sentir num mundo em que é ridículo sentir. Você tem é que ganhar, conquistar poder e glória. Os dragões desprezam esse paraíso. Têm asas, querem voar. Como os anjos.

Daí vou sentar e autografar. Com aquela mesma paranoia de Lygia Fagundes Telles: ela sempre imagina que, em dia de lançamento, vai ficar plantada numa mesa durante horas, completamente só, feito Godot à espera de um leitor que nunca chega. Como não sou in-te-lec-tu-al, o lançamento não será numa livraria, mas no Ritz, aquele bar com ar inglês, ali na alameda Franca (quase esquina com Augusta), a partir das cinco da tarde de amanhã, sábado, dia 26. O Wagner Serra promete tocar blues, rocks, funks, bossa-nova, vai ter bebidinhas e tudo. Tenho medo, então estou te convidando pra dar uma força. Se você não aparecer, vou ter certeza absoluta que não existo mesmo. E aí não sei como é que fica. Vai lá? Jura? Então tá, tô esperando.

Crônica publicada no jornal
O Estado de S. Paulo
no dia 25 de março de 1988.

Caleidoscópio-Caetano

o quereres e o estares sempre a fim
do que em mim é de mim tão desigual

Caetano Veloso: "O quereres"

Qualquer antologia da obra de Caetano Veloso guarda uma facilidade apenas aparente. Fácil, sim, pela qualidade impecável de seu trabalho. Mas dificílimo por sua vastidão. Porque há muitos Caetanos. Desde o vanguardista decidido a atuar radicalmente sobre os destinos da música popular brasileira, com "Alegria, alegria", em 1967, até o cantor — cada vez mais refinado — capaz de dar nova vida à música de outros compositores, de Noel Rosa a Djavan, de Carlos Gardel a David Byrne, de Humberto Teixeira a Cazuza. E onde localizar o laço comum entre o nostálgico memorialista de "No dia em que vim embora" e o irado discurso ideológico de "Podres poderes"? Como unir o carnavalesco hedonista de "Chuva, suor e cerveja" ao poeta-filósofo que reflete ao mesmo tempo com frieza e paixão sobre o fenômeno amoroso, em "O quereres"?

Dentro dos muitos Caetanos, na verdade talvez exista somente um. E esse é vasto o suficiente para, na sua visão de mundo, abarcar tanto os estados amorosos mais íntimos e encantados (ou desesperados) quanto a alma de uma cidade, de um país ou do próprio planeta. Saindo de si, ele contempla a sua pequenez e a pequenez do humano perdido num planetinha azul a girar num infinito incompreensível, em "Terra", ou mergulhando em si, confessa-se inevitável e nobremente piegas, em "Muito romântico".

Estranhamente — ou nem tanto? — Caetano sabe-se individual e único, mas indissoluvelmente ligado a uma determinada terra, tempo e sociedade. Essa ligação entre o de-dentro e o de-fora dele, talvez, é que o torna também capaz de ultrapassar todos os limites para, na posição de contemplador das complexidades humanas, refletir sobre elas. Às vezes, com aceitação fascinada, quando diz "gente é muito bom, gente deve ser bom". Às vezes, com enfurecido desprezo, quando afirma que "somos uns boçais".

E, ao contrário do que todos pensam, Caetano não é baiano. Da Bahia, é certo, guardou na "mala de couro forrado, com pano forte e brim cáqui" a ligação com a África, origem de tudo, seus deuses vigorosos e ritmos primitivos — fundamentais em sua música. Mas na vastidão que abriga em seu corpo exíguo, ampliou-se para, alegoricamente, definir um país inteiro na sucessão de imagens pop-míticas de "Tropicália", para cantar a alma das cidades, brasileiras ("Sampa, Aracaju") ou não ("London, London" ou a Barcelona que inspirou "Vaca profana"). Por estar atento às almas — não só das cidades ou países, mas — claro — também das pessoas, das coletividades ou objetos — adquiriu (ou sempre teve?) o estranho poder de concentrar, às vezes num só verso, todos os mistérios da condição humana. Delicado e profundo, no ato simples de beber um gole de refresco de caju, na remota cidade de Teresina, ele sabe localizar aquela questão que, em todos os tempos, sempre foi a mais fundamental do homem: "Existirmos, a que será que se destina?"

Nem a esta, nem a outras perguntas — vastas assim ou aparentemente miúdas na sua subjetividade — Caetano tem respostas. Elas não cabem no universo dos poetas, dos filósofos, dos antropólogos, dos cientistas sociais, dos psicanalistas — e ele é um pouco disso tudo, e ainda mais — ou de todos aqueles que, feito os monges, praticam o ofício de contemplar com amor. Esse olhar — às vezes saudoso, às vezes furioso, melancólico ou visionário, mas sempre e basicamente amoroso — percorre toda a obra de Caetano. Como aquela linha que une os retalhos coloridos e díspares de um *patchwork*. Ou o triângulo de espelhos que reflete e geometriza contas e pedacinhos de papel nas mandalas de um caleidoscópio.

Esse caleidoscópio-Caetano, você pode girá-lo nas mãos para encontrar subitamente samba e rock, Dalva de Oliveira e Bob Marley, frevo e fado,

Amália Rodriques e John Lennon, bolero e reggae, Elvis Presley e Vicente Celestino. Por ser uma fronteira, aquela que com uma guitarra elétrica dividiu a música brasileira em antes e depois dele, Caetano não tem fronteiras. Depois dele e além dele, mas principalmente dentro dele, foram liberados a todos os riscos e prazeres de provar qualquer dos frutos do Jardim do Éden das maravilhas (e horrores) contemporâneos.

Sobre todos os horrores dos "homens que mataram Pixote" ou da "força da grana que ergue e destrói coisas belas", paira o olhar terno, compreensivo, de Caetano. Que perdoa e busca constantemente, às vezes com excessiva aflição, aquele Apolo que paira sobre as águas poluídas do rio Subaé. Voltado para a identificação do nobre e do belo que deva existir no humano — "gente, brilho de estrelas, reflexo do esplendor" —, Caetano não rejeita a flecha negra do ciúme ou de outra emoção "menos digna" que possa habitar os corações. Canta o escuro e o claro, o puro e o contaminado, o ouro.

CONTOS

Noites de Santa Teresa

Foi escrito em 1983, no Rio de Janeiro, entre as novelas de Triângulo das águas, *e nunca publicado, creio, por ser às vezes francamente pornográfico. Sua linguagem ao mesmo tempo afetada e chula, cheia de referências literárias, tem uma influência deliberada de Ana Cristina César, na época minha grande interlocutora, amiga e cúmplice.*

Para Ledusha

Out of the ash
I rise with my red hair
And I eat men like air.

Sylvia Plath: "Lady Lazarus"

Me penetras por trás como a uma cadela, a grande cabeça roxa da tua piça encharcada pela minha saliva. Só fico de quatro, como gostas, depois de hastear tua bandeira no mínimo a meio pau, batendo acima do umbigo rendido de eletricista. Carpinteiros, ergam bem alto o pau da cumeeira! grito rindo arreganhada enquanto molho lençóis e mordo fronhas e teu leite grosso escapa de dentro de mim para melar coxas e pentelhos. Enxugamos os gozos em papel higiênico cor-de-rosa e voltas a me chamar de senhora, sem ouvir Claudia Chawchat que bate portas no quarto ao lado, escandalizada com meus gritos. Puta, não diz, mas ai! traumatismos, reumatismos, solecismos. Estou ficando velha e louca aqui no alto deste morro velho, bem na curva da mangueira e das tormentas.

No porto inseguro lá embaixo vão e voltam navios de e para Surabaya, Johnny, tira esse cachimbo da boca, seu rato! À hora da partida, acaricio colhões de estivadores pelo cais, mas acordo às quatro da manhã para chupar outra vez o guarda noturno, depois às seis me faço enrabar em pé pelo negrão jardineiro pedindo que me chame de Zelda para que eu goze como numa valsa. Zilda, ele geme, Zildinha, então desisto temporariamente de sexo e pela manhã compro rosas na feira onde não há um que eu não tenha, sabes? Tipo Clarissa Dalloway compareço à pérgola do hotel em modelinho vaporoso, entre sedas e musselinas me estendo na relva folheando diários da Mansfield e suavemente tusso, tusso, *três* Bertha Young. Mas não apago o cigarro, é com ele em punho que à tarde troto ladeira abaixo em chita estampada e havaianas, hibisco no jubão, bem Sonia Braga. Lambo com os olhos do rabo o cobrador e desço antes do Flamengo deixando telefone embrulhadinho junto com o dinheiro da passagem. Mais tardar sábado tem mulatão de Madureira em meu dossel.

Te busco por telefone, telegrama e telepatia na cidade antiga onde vendo móveis, viro punk a tesouradas, cinco furos na orelha esquerda, jogo um Volpi no lixo, cometo escrotidões indizíveis rasgando noites que não estas de agora, mais tropicais e tão ordinárias quanto. Enfim parto em lágrimas da cidade iluminada espatifando corações de gás neon, tudo em vão naquelas madrugadas em que choro bêbada cheirada malfodida metade no ombro de Patricia, metade no ombro de Luiz Carlos, e repito repito meu amor você não precisa mentir, você só precisa me dizer por que, Camille Claudel perde. Deixo recado definitivo na secretária eletrônica alta madrugada e parto, definitiva também, pasta de originais inéditos na sacola relíquia Biba de franjas e espelhinhos na gare da Estação da Luz: Janet Frame abandona a Nova Zelândia.

Agora sou o último quarto no fim de corredor, à esquerda de quem vai, não de quem vem, compreende? antes da queda brusca do caminho nos trilhos do bondinho. Ligo a TV sem som, espalho devagar nívea hidratante entre as coxas, pelas róseas pregas do cuzinho que eles gostam de arrombar, objetos brutais e necessários. E de novo te espero em desespero, outra paisagem, outros sabores, quem sabe o porteiro da noite batendo à porta dizendo ser você interurbano urgente na portaria e eu nem atenda abrindo de joelhos com os dentes manchados de batom o zíper do garotão. *Anyway*, amanhã vou e volto tentar te ver, talvez ponte-aérea, trem só se me sentir demasiado Karen Blixen, o que é raro. Trarei Rimbaud da Abissínia — alma gangrenada, a minha; dele a perna, naturalmente — para abnegada cuidá-lo até o fim. Recados para Isabelle, exigirei direitos totais sobre a obra, que não há de ser *par delicatésse* que perderei minha vida.

Entre os galhos da mangueira carregada espio a lua minguante sobre a Guanabara, lobiswoman esfaimada na curva das tormentas. Fumo além da conta, tenho umas febres suspeitas, certos suores à noite, muito além deste verão sem fim. Uns gânglios, umas fraquezas, sapinhos na boca toda, será? Tenho lido coisas por aí, dizem, sei lá. Não duro muito, acho.

Sagrados laços

É um texto escrito no Rio de Janeiro em 1984. Deveria ter sido incluído em Os dragões não conhecem o paraíso, *mas acabou não havendo lugar para ele. Gosto de seu jeito de pincelada, ou de foto Polaroid, mas até hoje não sei se não será breve demais e portanto, de certa forma, incompleto.*

Pontada fina no peito. Como um vampiro que abrisse os olhos raiados de sangue no segundo exato em que alguém desfere o golpe enterrando no fundo do coração a ponta mais aguda da estaca de carvalho bento. Ou seria bétula? Carvalho ou bétula, embora o sangue não jorrasse do buraco no peito, ele morria num estertor de porco para depois envelhecer séculos e séculos, todos os séculos de treva que atravessara até o cabelo embranquecer e cair fio por fio, a pele vincar-se em teia emaranhada de rugas, os músculos apodrecerem descolados dos ossos finalmente luzidios e nus, e o vento então soprasse o pó que restaria de sua carne por todas as possibilidades dos quatro pontos cardeais, retroativa agonia.

Dentro do corpo contudo vivo, o sangue latejava nas veias das têmporas do homem, suor gelado viscoso escorrendo da testa pelo pescoço e braços até as palmas das mãos apertadas no volante, pelas costas da camisa fresca de verão grudadas no plástico do assento do automóvel. E porque escolhia ainda mais fundo a dor daquela madeira santa mortal cravada no peito, levantou os olhos e tornou a ver.

Na porta do hotel, a mulher beijava suave a boca do outro homem, sem se importar com as pessoas nas calçadas atravancadas de entardecer. Todos se desviavam baixando discretos o olhar, escândalo nenhum. Pois o terrível, o mais terrível daquilo, repetiu o homem sozinho dentro do carro parado, e ainda uma terceira vez enquanto procurava a palavra exata, mesmo em desespero ele era meticuloso, e encontrou então e formulou em frangalhos dentro do automóvel, impotentes os dois no engarrafamento de sexta-feira — o mais terrível daquela mulher e daquele outro homem beijando-se à frente do hotel dentro daquela espécie de campânula de vidro ao redor de sua intimidade, o mais terrível, gemeu, era que pareciam perfeitamente *lícitos*. Um homem e uma mulher desses que há tempos escolheram ficar juntos e sentem certa dificuldade ao separar-se, mesmo por pouco tempo, quase noite à frente de um hotel cinco estrelas no centro da cidade. Talvez viajantes, pensariam as pessoas passando, pensou, e certamente amantes.

Mas ela, a imoral, ela deveria usar vestido vermelho justo, continuou pensando, ele gostava de ler histórias policiais baratas, e negros raybans apesar do crepúsculo, saltos altíssimos, lenço na cabeça amarrado sob o queixo.

Pecado, ação escondida, vileza. Tra-i-ção, soletrou enquanto os carros atrás buzinavam para que andasse, porra, e acelerou lento para olhar mais atento o outro homem. Oh, deus gemeu sem maiúscula nem exclamação, o outro homem sequer parecia um cafajeste em seu sóbrio blazer azul-marinho, certa barriga, gravata cinza, vagamente calvo. Nem suíças ciganas, bigode latino, brinco na orelha, camisa aberta ao peito, corrente ou dente de ouro rebrilhando ao último sol da sexta-feira. Respeitabilíssimos, os dois canalhas, ela parada na esquina, via pelo espelho retrovisor, acenando mais uma vez para o outro homem como se procurasse memorizar-lhe os traços antes da separação. Antes da separação, repetiu incrédulo.

Os dois mais ele, ele como se fosse ele o ilícito, espiando sem ser visto pelo espelho retrovisor, à sorrelfa, à socapa, gostava dessas palavras que dormem esquecidas pelos dicionários, nos vértices das palavras cruzadas, e o outro homem sereno agora girando no vidro da porta giratória do hotel, e a mulher com seu *tailleur* pérola e pérolas no pescoço, o sol oblíquo do entardecer atravessando os cabelos caídos em duas pontas lisas escovadas sobre os maxilares. Tão duros, ele notou, o dourado dos raios de sol, o dourado dos fios de cabelo, o dourado da superfície do rio no fim da transversal lá embaixo. A bolsa quadrada de verniz que ela agora erguia decidida no ar para chamar um táxi e ir para casa. A casa dele, do homem ilícito ao volante do carro parado no trânsito infernal, e dela, a lícita mulher das pérolas: cinco anos em maio próximo, já planejados jantar japonês, depois dançar *cheek to cheek*. Champanhe, caviar, veneno, buzinou frenético sem fôlego nem ordem: cinco meu deus puta anos escrota.

Bodas de papel? tentou lembrar enquanto o sinal abria, ou seriam de ametista? rubi talvez? esmeralda, jaspe quem sabe? cristal ou nácar? continuou pensando ao dobrar a esquina, oh, deus topázio? como era mesmo aquela lista dos almanaques que os noivos folheavam juntos no sofá das salas de antigamente? ágata? lápis-lazúli? água-marinha?

Cascalho, repetiu sem ponto de interrogação, acelerando mais: puro cascalho sujo. E como não tinha um revólver no porta-luvas, ligou o toca-fitas com um click seco assim pá-pum! pronto, acabou.

A hora do aço

Este é literalmente um sonho que tive. Não conseguia tirá-lo da cabeça, então contei para meu psicanalista que disse: "Escreva." Escrevi, absolutamente fiel ao sonho, o que não o tornou menos misterioso. Até hoje me causa certo mal-estar. O original é de 1986.

Eram dois, depois três, depois um, depois nenhum.

Mas isso eu só saberia um pouco mais tarde. Pouco depois de captar o brilho das facas na noite escura. E pouco antes ainda, feito estrelas cadentes, apenas o brilho do aço rasgando a noite, sem saber que eram facas. Antes do frio, antes do corte. Vejo tudo tão de longe agora, como de cima, como do alto, que não conseguiria mais dizer ao certo o que veio antes ou depois, e sei que deve ser inteiramente inútil esta preocupação.

Mas é assim que eu sou.

Ou era assim que eu era, antes do aço, enquanto dobrava a esquina daquele beco para encontrar os dois homens metidos na luta de facas dentro da noite morna. Eu vinha descalço, já não lembro de onde, os dois homens tinham os peitos nus cobertos de suor. Eu podia sentir o cheiro de suor deles como um vapor no meio da noite espessa, adocicado pela mistura dos cheiros nas latas de lixo pelo beco com as damas da noite atrás de algum muro próximo, como um vapor espesso dentro da noite morna que eu furava com meu corpo vindo nem sabia mais de onde, navio na névoa.

De cima, de longe, do alto: tudo nublado.

Mas naquele segundo em que dobrei a esquina do beco, tonto pelos cheiros e ofuscado pelo brilho, mesmo antes de compreender o que via, devo ter gritado para que parassem. Embora não os conhecesse, e sabia disso sem precisar ver suas caras cheias de ódio brilhando tanto quanto as facas no escuro. E embora não os conhecesse mesmo, eram ao mesmo tempo familiares e obscuros como passageiros de um ônibus superlotado nos quais você não chegou a prestar atenção, embora tenha convivido horas com eles, aqueles dois homens de peitos nus cheirando a suor e lixo e flor naquela luta de facas dentro da noite.

De dentro, de perto — ali, tudo nítido.

Sem saber nada de mim nem deles, sabia claro feito o clarão das facas que não queria que se matassem. Porque de alguma forma informe, sem saber nada de mim nem de onde vinha, sabia fundo que a noite morna de espessos vapores anunciava o final de um outro tempo gelado. E aquele sim, teria sido de morte e ódio — não este, navio na névoa, que informemente se desenhava, tentando definir-se através do cheiro misturado das flores com o suor e o lixo para chegar ao novo porto. Ou seria o contrário, e eu mal adivinhava? Nem poderia, por enquanto ali dentro e assim tão perto daquela luta de facas e de noite.

Decidido então, cheguei mais perto.

À beira do sangue, os dois homens dançavam. E não interromperam sua dança quando, para adiar o sangue e impedir a morte, fui entrando devagar no meio deles em busca do mesmo ritmo. Sobre nossas cabeças o aço das facas erguidas refletia a luz do neon das ruas além do beco. Éramos três homens agora, dois armados de peito nu e esse outro que era ainda eu desarmado, descalço entre eles. Movíamos pernas e braços numa capoeira tão veloz que antes de encontrar o ritmo da dança e antes que o cheiro de meu próprio suor se misturasse ao deles, antes ainda deste estar longe e acima de tudo, bem no centro do ódio dos homens e dos vapores da noite uma das facas cintilou então mais forte e feriu fundo a planta nua de meu pé direito estendido no ar à procura de uma dança improvável.

Não houve dor, eu não gritei na hora do aço.

Enquanto caía percebi o cheiro novo que era do meu próprio sangue misturando-se ao suor deles e aos restos de comida, preservativos usados, roupas velhas, abortos e papéis podres das latas de lixo, mais o das damas da noite derramadas sobre algum muro remoto, doce demais, enjoativo demais. Sem náusea nem dor, pois não doía, não doía absolutamente nada, fui caindo furando navio na névoa os vapores da noite morna que agora começava a esfriar dentro e fora de meu quarto, de meu corpo, de meu beco. Vermelho lindo aquele sangue escorrendo grosso do talho aberto em meu pé, mas quem sabe agora então conseguiria decifrar as faces deles, dos dois homens que jogavam longe as facas de neon e estrelas para se curvarem sobre o corpo do que ainda era eu. Seus rostos ficaram muito próximos, mas meus olhos começavam a escurecer. Na neblina tinta de meu sangue sobre os olhos meus também, tossi e cuspi e consegui dizer aos arquejos, mas sem dor nenhuma, que havia sangue solto louco dentro de mim. Depois, sem pedir nada e sem nenhuma revolta, sem nada parecido a um espinho dentro de mim, no meio do sangue aquilo que ainda era eu mesmo sem saber de onde vinha nem para onde ia, disse que estava morrendo.

De dentro, de perto, do fundo.

Um dos homens falou que ia pedir ajuda. Eu tentei detê-lo dizendo que era inútil, tarde demais ou coisa assim, mas ele se afastou correndo e eu pedi ao outro, cujo rosto não via, que por favor segurasse a minha mão até eu morrer. Meu sangue era vermelho e limpo sobre o chão sujo do beco, saindo de mim aos jorros, aos borbotões, às golfadas como em torneira aberta que você tapa com a mão, depois destapa de repente, assim era meu sangue jorrando. E na mão morna como a noite do homem que ficou ao meu lado, os dedos dele cruzaram-se aos meus num gesto que parecia amor antigo.

Não, não: em nenhum momento, nenhuma dor.

Eu ia embora de mim como quem dorme, quando os músculos todos se soltam e os pensamentos se esgarçam esfiapados para mergulharem em outro espaço, outro tempo desconhecido — seria esse quem sabe o tempo novo anunciado claro no ar, que eu tinha lido antes? Não sabia, eu não sabia nunca. Apenas segurava a mão do homem que ficara comigo sem sentir mais nenhum cheiro nem ver mais coisa alguma, cada vez mais longe. Eu ia embora de mim: isso era tudo. Eu ia embora de mim sem saber de onde vinha nem para onde iria, navio em outra névoa de vapor espesso cada vez mais próximos, a névoa e o navio. Sabia só que enquanto partia assim, indo para sempre embora de mim e de tudo, a única coisa que queria sentir — que podia sentir, e que sentia enfim, agora que já não havia cheiros nem formas nem gostos nem ruídos — era o contato morno da mão daquele homem que ficara comigo enquanto eu partia e tornava a partir sem volta e para sempre de mim.

Foi se apagando, certa luz.

Até que meus dedos finalmente mortos e rígidos se desprendessem dos dedos vivos dele, e sem a mão e mais ninguém dentro da minha eu fosse chegando aos poucos mais perto, quase dentro deste outro lado, deste outro espaço, deste outro tempo onde estou agora. E não me reconheço, sem facas nem becos. Já não éramos três, nem dois, homens nem corpos. Eu era um só, depois eu era um eu sem eu.

Eu era nenhum: navio no ar, depois do aço.

Metâmeros

Desde que li em algum livro de biologia que "metámero é cada um dos anéis do corpo de um verme, e que cada um desses metâmeros pode formar um verme novo", fiquei fascinado pela ideia de textos que seriam assim como embriões de si mesmos. Se desenvolvidos, poderiam resultar em contos ou até mesmo novelas ou romances. Das dezenas que escrevi, estes dois me parecem os melhores.

Para Déa Martins

I. A perda

Quando passo às vezes por aquela esquina, espio sempre a outra rua por trás da igreja. E mesmo sem querer, sem perceber claro o que sinto, lembro daquela tarde em que fui visitá-lo pela última vez, depois voltei caminhando pela rua cheia de árvores tão altas que suas copas se encontram e se misturam no alto, como num túnel redondo, irregular, a pensar coisas que nem lembro mais.

Quando passo por lá assim rapidamente, numa tarde como a de ontem ou outras iguais destes tantos meses passados, penso se não deveria retomá-la — essa rua, essa caminhada, mas sem ele agora — uma tarde, noite ou manhã quaisquer para refazer o percurso inverso até a casa dele, onde nem mora mais. E parado naquela esquina feito espião, contemplar a sacada daquele décimo andar onde costumávamos nos debruçar abraçados para olhar aquela rua lá embaixo sendo aos poucos coberta pelas sombras da tarde furando a copa-túnel das árvores. As sombras que crescem devagar sobre o asfalto quente do verão passado. As sombras, enfim.

(1985)

II. Sobre o vulcão

No se puede vivir sin amor.
Malcolm Lowry: Under the Volcano

Naquele tempo, minha única ocupação diária era tentar não morrer. Talvez pareça excessivamente dramático dito assim, mas assim era. Nem sinistra ou espantosa, apenas cotidiana feito xícara de café, janela aberta ou fechada sobre esse espaço vago que chamam de *o depois*, dentro e fora de mim, a morte estava sempre presente.

Naqueles dias uterinos, gordurosos, naqueles dias amnióticos quando eu não conseguia sequer sair da cama, trinta horas em posição fetal sem dormir nem viver, numa espécie de ensaio geral da treva definitiva deflagrada pela hospitalização de Daniel, pouco mais de quarenta quilos e nódulos púrpura espalhados pelo novo corpo quase de criança onde, do antigo, restavam apenas os enormes olhos verdes, e também pelo suicídio de Julia, pulsos cortados e a cabeça enfiada no forno do fogão a gás, vestida de bailarina com tutu de gaze azul e sapatilhas, depois de ter grafitado em spray rosa-choque no lado de fora da porta da cozinha alguma coisa em espanhol, alguma coisa amarga, alguma coisa assim: *no se puede vivir sin amor.*

Daquele tempo nem tão distante, daqueles dias que até hoje duram às vezes duas, às vezes duzentas horas, restou esta sensação de que, como eles, também me vou tombando rápido dentro da boca de um vulcão aberto sem fôlego nem tempo para repetir como numa justificativa, ou oração, ou mantra, enquanto caio sem salvação no fogo que é verdade, *que sí, que no, que nadie puede mismo vivir sin amor.*

(1989)

Vai passar, tu sabes que vai passar. Talvez não amanhã, mas dentro de uma semana, um mês ou dois, quem sabe? O verão está aí, haverá sol quase todos os dias, e sempre resta essa coisa chamada "impulso vital". Pois esse impulso às vezes cruel, porque não permite que nenhuma dor insista por muito tempo, te empurrará quem sabe para o sol, para o mar, para uma nova estrada qualquer e, de repente, no meio de uma frase ou de um movimento te surpreenderás pensando algo assim como "estou contente outra vez". Ou simplesmente "continuo", porque já não temos mais idade para, dramaticamente, usarmos palavras grandiloquentes como "sempre" ou "nunca". Ninguém sabe como, mas aos poucos fomos aprendendo sobre a continuidade da vida, das pessoas e das coisas. Já não tentamos o suicídio nem cometemos gestos tresloucados. Alguns, sim — nós, não. Contidamente, continuamos. E substituímos expressões fatais como "não resistirei" por outras mais mansas, como "sei que vai passar". Esse o nosso jeito de continuar, o mais eficiente e também o mais cômodo, porque não implica em decisões, apenas em paciência.

Claro que no começo não terás sono ou dormirás demais. Fumarás muito, também, e talvez até mesmo te permitas tomar alguns desses comprimidos para disfarçar a dor. Claro que no começo, pouco depois de acordar, olhando à tua volta a paisagem de todo dia, sentirás atravessada não sabes se na garganta ou no peito ou na mente — e não importa — essa coisa que chamarás, com cuidado, de "uma ausência". E haverá momentos em que esse osso duro se transformará numa espécie de coroa de arame farpado sobre tua cabeça, em garras, ratoeira e tenazes no teu coração. Atravessarás o dia fazendo coisas como tirar a poeira de livros antigos e velhos discos, como se não houvesse nada mais importante a fazer. E caminharás devagar pela casa, molhando as plantas e abrindo janelas para que sopre esse vento que deve levar embora memórias e cansaços.

Contarás nos dedos os dias que faltam para que termine o ano, não são muitos, pensarás com alívio. E morbidamente talvez enumeres todas as vezes que a loucura, a morte, a fome, a doença, a violência e o desespero roçaram teus ombros e os de teus amigos. Serão tantas que desistirás de contar. Então fingirás — aplicadamente, fingirás acreditar que no próximo ano tudo será diferente, que as coisas sempre se renovam. Embora saibas que há perdas realmente irreparáveis e que um braço amputado jamais se reconstituirá sozinho. Achando graça, pensarás com inveja na lagartixa, regenerando sua própria cauda cortada. Mas no espelho cru, os teus olhos já não acham graça.

Ficou tão longe o tempo das caudas decepadas das lagartixas, tão longe o tempo dos círculos de fogo em torno dos escorpiões, longe o tempo do sal sobre as lesmas, o tempo dos espinhos no traseiro das formigas, da pedra no peito dos passarinhos. Acendendo um cigarro, pensarás com ironia na lei do retorno. "Aqui se faz, aqui se paga!" — repete uma avó implacável na memória.

E agora: como se houvesse um deus menino, igual ao que foste naquele tempo longe que ficou, decepando cotidianamente a tua cauda (para que a regeneres), criando círculos de fogo em torno de teu corpo (para que te mates), gotejando lentamente o sal sobre tua pele (para que te dissolvas), cravando-te espinhos (para que te contorças) e procurando-te com o bodoque e a pedra afiada (para que te esvaias em sangue) no meio desse mato de palavras onde procuras disfarçar teu medo.

Tão longe ficou o tempo, esse, e pensarás no tempo, naquele, e sentirás uma vontade absurda de tomar atitudes como voltar para a casa de teus avós ou teus pais ou tomar um trem para um lugar desconhecido ou telefonar para um número qualquer (e contar, contar, contar) ou escrever uma carta tão desesperada mas tão desesperada que alguém se compadeça de ti e corra a te socorrer com chás e bolos, ajeitando as cobertas à tua volta e limpando o suor frio de tua testa.

Já não é tempo de desesperos. Refreias quase seguro as vontades impossíveis. Depois repetes, muitas vezes, como quem masca, ruminas uma frase escrita faz algum tempo. Qualquer coisa assim:

— ... mastiga a ameixa frouxa. Mastiga, mastiga, mastiga: inventa o gosto insípido na boca seca...

*

A personagem está sentada numa escrivaninha. A escrivaninha é muito velha, tem a madeira lascada, riscada, manchada de muitas tintas. Falta a gaveta de cima. Pelo vão, pode-se ver o que há no interior da segunda gaveta: uma garrafa vazia de pepsi-cola e um pedaço de sanduíche de queijo ou/e mortadela. Sobre o tampo, um maço de Hollywood pela metade e muito amassado, uma caixa de fósforos e um pires de cafezinho como cinzeiro. A personagem lê um livro — de onde estou não consigo ler o título. A personagem usa tênis brancos (foram brancos), calças de brim azul, desbotado e sujo, um suéter amarelo de lã, esgarçado nos cotovelos. A personagem não olha em volta. Em volta, muitas moças & rapazes com pastas, falando alto (pode-se ouvir, nitidamente, a palavra "dialética"), supõe-se que sejam estudantes. Nas paredes, vários cartazes. Num deles, pode-se ler claramente: "Cultivar as Almas — ciclo de palestras filosóficas". Em outro: "Vote na Prévia". E também: "Pela prática da Liberdade". Por todos esses detalhes, se supõe que o cenário onde está sentada a personagem seja o diretório do centro acadêmico de alguma faculdade (mas de onde estou não consigo ver claramente). Há uma porta grande de vidro, semiaberta. Lá fora, às vezes chove, às vezes faz sol. Secas ou molhadas, as pessoas que entram não param nem falam com a personagem. A personagem está vendendo alguma coisa. De onde estou não consigo ter certeza do que se trata. Mas parecem entradas, dessas para teatro, cinema, música ou coisa assim. Ninguém para. Todos falam entre si (pode-se ouvir, nitidamente, a expressão "contradição do sistema"), mas ninguém com a personagem. A personagem para de ler e olha em volta para ver se está sendo observada. Lentamente. Depois introduz rápida o braço no vão da primeira gaveta (disfarçando com o livro) e, no fundo da segunda, apanha o resto do sanduíche (Queijo? Mortadela?). Não vê que eu vejo. Então morde.

O escolhido

Esta história foi escrita sob encomenda para o Jornal do Brasil, *às vésperas do segundo turno das eleições para presidente em 1989. Com base em material de arquivo sobre a infância dos dois candidatos, a ideia era publicar um conto de Márcio Souza sobre Lula da Silva, outro meu sobre Fernando Collor. No dia marcado, os textos não saíram. Liguei para o* JB *e o editor informou: a direção do jornal considerara o texto altamente ofensivo. Meses depois foi publicado no bravo e breve jornal alternativo* Verve. *Uma curiosidade: ao procurá-lo para inclusão neste volume, foi o único que não consegui encontrar. Até que, em São Paulo, Gil Veloso achou-o no dia exato da morte de Dona Leda Collor de Mello.*

À memória de Dona Leda Collor de Mello

Veio num sonho. Que não era vago como costumam ser os sonhos, mas tão nítido que parecia real. Como nos sonhos, ele ao mesmo tempo estava fora e dentro de si. Não mais menino, mas um homem alto, moreno claro, forte, olhos penetrantes. Esse homem que agora era o menino que ele fora estava no alto de algo feito uma plataforma de madeira suspensa no espaço. Sabia que estava no alto porque olhando para baixo — a perder de vista, até o horizonte — podia ver milhões de cabeças humanas com os rostos voltados para ele, rostos atentos de olhos hipnotizados por suas palavras. E para todos aqueles olhos, rostos e cabeças, ele dizia palavras que saíam de sua boca como pedras de ouro — ouro falso, ele sabia, e por isso mesmo ainda mais brilhante. Mas o falso ouro parecia verdadeiro quando voava sobre todas aquelas cabeças transformando-se em líquido para chover sobre os olhos hipnotizados, dentro das bocas secas escancaradas. Então as vozes juntas de todas aquelas cabeças que pertenciam a milhões de corpos gritavam muitas vezes, muito alto, o nome dele.

Às vezes com sol, às vezes com lua, ele falava e suava. Abria a camisa encharcada, exibia o peito nu para aquela gente, erguia os braços com o punho cerrado traçando gestos também de ouro no ar daquela primavera ventosa, quase verão. Rei, príncipe, profeta, espadachim, cavaleiro andante, flautista capaz de encantar serpentes, mulheres e homens. O suor descia pelo corpo todo até concentrar-se — denso, viscoso — entre as coxas. Então, sem ninguém perceber, abria as pernas devagar para que o líquido fluísse entre os pelos. Subia dos testículos direto pela barriga, pelo peito à mostra na camisa aberta, pelo pescoço de veias estufadas no esforço de produzir palavras, pelo rosto avermelhado por aquele calor que o ligava ao alto, num esticado fio vertical entre os pés e a cabeça. O teso fio que dourava suas palavras. "Para isso fui o escolhido", pensou. E não lembrava de ter sentido tanta felicidade — seria *felicidade* esse vigor, esse gozo? — em toda a sua vida.

Foi quando o menino ruivo ao lado dele estendeu para o céu a ponta do indicador de unha comprida. Indicou primeiro Marte, o planeta vermelho, de onde vinham o poder e a força, depois traçou uma linha de exatos noventa graus ligando Marte a outro planeta rosa, embaçado, cheio de nuvens. Netuno, acreditou ouvir quando baixou os olhos para o menino, de onde vem a inspiração, os loucos e os sonhos. E o viu desenhar 13 círculos em volta dele, mancando um pouco, os olhos inteiramente verdes, sem íris nem pupilas, para com outros gestos tocá-lo em sete pontos e setenta e sete vezes sete torná-lo ainda mais poderoso, ainda mais dourado, ainda mais divino.

Acordou com dona Leda chamando, hora da escola, Fernando. Quis contar, não valia a pena. Ninguém entenderia. Além disso não havia tempo para mais nada além do banho, comer o pão, beber o café, pegar livros, recusar carona, vou a pé mesmo, me deixa em paz, não sou mais criança, que saco. Como em vários outros dias, todos iguais, tomou o caminho entre as palmeiras altas da rua Paiçandu. Hesitou na esquina da praia. Mas o ônibus azul e amarelo era sempre mais forte.

Pela janela aberta as palmeiras corriam feito filme tropical, Pelmex, Xavier Cugat, Maria Felix, altas o suficiente para quase esconder o Pão de Açúcar que passava em frestas e fatias entre ramos, entre postes. "Para isso fui o escolhido", pensou. E sem que ninguém em volta percebesse — aquelas negras, aqueles nordestinos que um dia beberiam suas palavras de ouro falso como o mais puro vinho — outra vez suspendia-se majestoso, irresistível. Para que gritassem seu nome, e assim ele ganhasse a forma de uma pedra também de ouro que subiria ao céu para engastar-se bem no centro do Cruzeiro do Sul. Brilhava por um segundo eterno, depois pulverizava-se em mil cores a um golpe de espada do velho que devorava os próprios filhos. Sou Cronos, o velho dizia, prazer em conhecê-lo, Fernando. Ele riu, pois um dia, pensou olhando em volta, do cobrador ao maneta vendendo bilhetes de loteria, um dia todos vocês saberão. Num salto, desceu em Copacabana e caminhou até a praia.

Tirou os vulcabrás, amarrou os cadarços, pendurou-os no ombro, as meias dentro. Afundou os pés na areia ainda fresca da noite, quase dezembro, menos de nove horas. Arregaçou as calças, foi caminhando em direção ao Forte. Ergueu a cabeça, projetou o peito, evitando apenas alguns banhistas quando, nos espaços desertos da praia, gritou palavras grandes para o ar da manhã. Pátria, Destino, Honra, Dignidade, Justiça, Futuro. O sol mais forte, abriu a camisa, enveredou pelas ruas sem que ninguém se importasse com seus pés descalços, a pasta nas mãos. Era só um menino de quase dez anos fingindo que ia para a escola. No Arpoador, sentou nas pedras e olhou o mar. Fixo, sem piscar. Para aquela linha movediça onde o mar encontrava o céu, formando estranhas figuras. Sereias, harpias, súcubos, gnomos do mal. Como signos da linguagem secreta das trevas.

De repente, ao olhar para o lado, ele estava ali, o menino ruivo. Reconheceu-o imediatamente, e apenas para confirmar, mas estava certo, desceu os olhos pelas mãos magras dele até encontrar as unhas afiadas que conheciam os astros. E não tinha mais nenhuma dúvida quando ele deu alguns passos para quase tocá-lo, mancando um pouco, discretamente, mal se notava, como se usasse sapatos apertados demais. Seus próprios olhos escuros detiveram-se nos olhos inteiramente verdes do outro. Ele sorriu. O menino ruivo sorriu também. E disse, a voz rouca, quase adulta:

— Fernando, você teve um sonho.

Ele sacudiu os ombros, afetando pouco caso:

— Todo mundo tem, ora. E como é que você sabe meu nome?

O menino olhava fundo nele. Não para seus olhos, mas para qualquer outra coisa que não estava na cara dele. Por trás, por dentro e também para a frente, o menino olhava. Para a cara que ele teria um dia, e para todas as outras que estavam por trás e por dentro de uma por uma de todas as outras caras que ele teria. Até chegar naquela cara futura do homem do sonho — para essa cara que por enquanto ainda não viera, o menino ruivo e manco olhava agora com seus estranhos olhos verdes sem íris nem pupilas.

— Eu sei de muitas coisas. Sei do seu sonho, Fernando.

— Sabe nada. Se sabe, então conta, quero ver.

Mancando, o outro sentou a seu lado. E do corpo dele — seria dele ou do mar? — vinha um cheiro de ervas esmagadas, de fruta quase começando a apodrecer, de lixo doce demais. Não de todo repulsivo, mas tão penetrante que Fernando precisou respirar fundo para controlar a vertigem. Também, repetiu a voz da mãe, mal engole um pouco de café e sai por aí feito louco, estômago vazio. Sem tirar os olhos do mar ouviu atentamente, e por inteiro, seu próprio sonho contado pela voz inesperadamente adulta do menino ruivo. Quando o outro calou-se, perguntou:

— Como é que você sabe?

— Você sabe muito bem como eu sei, Fernando. Eu estava lá. E se você quiser, de agora em diante estarei sempre com você.

Ficaram em silêncio. Olhando para o mar, Fernando sabia que o menino ruivo olhava para ele. Sem piscar, nem um nem outro. Uma gaivota mergulhou súbita nas ondas para erguer um peixe no ar. O sol bateu nas escamas, arrancou um reflexo de prata.

— Ouro — o menino sussurrou. — Ouro e poder, você quer?

Ele não disse nada.

— Não só um apartamento ou uma simples casa — o menino sussurrou ainda mais baixo, mais perto: — Um país inteiro, você quer?

Ele não disse nada.

— Todas as montanhas, todos os rios. Todas as borboletas e pássaros e animais, todas as cachoeiras de cada uma das matas. As pedras de ouro verdadeiro, os diamantes mais puros do fundo das minas. Uma por uma das gotas de todos os poços de petróleo, você quer?

Ele não disse nada.

— Todas as cabeças, os corpos também. Dos velhos tão velhos que precisam apoiar-se em bengalas para caminhar, dos bebês recém-nascidos que ganharão o seu nome, em sua homenagem. As índias morenas de seios balançando, os adolescentes de carne macia e lisa, onde os pelos mal passam de uma sombra. Os homens que caminham apressados com pastas cheias de dinheiro pelas avenidas das grandes cidades, todos os caboclos de pés descalços arando a terra e tirando bichos-de-pé à noite, quando descansam. As meninas de cintura fina desta e de outras praias, os rapazes de coxas fortes, peitos cabeludos, músculos salientes. As grã-finas bêbadas de champanha, as estrelas de TV, as garotas das capas de revista, os estivadores, joalheiros, motoristas de caminhão, empregadas domésticas, estudantes. Homem, mulher, velho, criança, pobres, ricos. Todos, sem faltar nenhuma raça, você quer?

Ele não disse nada.

— Para possuir todos, você foi o escolhido — o menino disse. E curvando-se mais: — Pense bem, Fernando. Vou perguntar pela última vez. Tudo isso, você quer?

Ele voltou a cabeça até mergulhar os olhos no verde sem limites dos olhos do outro. E aceitou:

— Quero.

Então as magras, longas mãos do menino ruivo e manco deslizaram pelo espaço entre os dois para afastar o algodão branco de sua camisa. Tocaram seu peito, desceram muito devagar pelos mamilos endurecidos até a região escondida onde, no sonho, concentrava-se aquele líquido morno, aquele caldo espesso. Não havia ninguém por perto. Em volta deles as pedras altas bloqueavam a visão de quem estava na praia. E dos barcos ao longe os pescadores veriam apenas duas manchas claras, confundidas, talvez o reflexo do sol nuns cabelos ruivos. Abriu as pernas. As mãos geladas do outro desceram suas calças para puxá-las pelos pés nus, cobertos de areia, dobrá-las e estendê-las delicadamente sob seu corpo. Como sobre uma almofada, deitou de bruços. E não sentiu nenhuma dor quando aquele menino correu as unhas por suas costas enquanto a voz rouca, estranhamente adulta, jurava em sua nuca:

— Está assinado. Para sempre.

Ele jogou a cabeça para trás. A fria língua pontuda em seu ouvido:

— Você é o escolhido, Fernando.

Dentes agudos picaram seu pescoço.

— Mais fundo — pediu.

— Daqui a trinta anos, meu bem-amado — gemeu o menino ruivo.

E num movimento mais brusco explodiu dentro dele, enchendo-o de ouro líquido. Aquele mesmo que, trinta anos mais tarde, sairia por sua boca escolhida para chover sobre as cabeças e corpos de todos aqueles homens e mulheres que o aplaudiriam como a cavaleiro andante, um príncipe, um rei. Um deus coroado pelo lado mais negro de todas as coisas. Molhou as pedras num jato prolongado de prazer o primeiro.

— Como é seu nome? — perguntou então.

Astaroth, imaginou ouvir. Só imaginou. O menino ruivo tinha desaparecido ao sol do meio-dia em ponto, quase dezembro de uma segunda-feira, dia de Exu, nas pedras escaldantes do Arpoador.

Sob o céu de Saigon

Esta é talvez a história mais paulistana que escrevi, em 1989. Trata-se mais talvez de um exercício de enfoque, com um narrador imaginário no alto do Conjunto Nacional, onde se cruzam a rua Augusta e a avenida Paulista. Foi publicada no extinto jornal O Continente.

Para Regina Valladares

Ele era um desses rapazes que, aos sábados, com a barba por fazer, sobem ou descem a rua Augusta. Aos sábados quase sempre à tarde, pois pelos óculos muito escuros e o rosto um tanto amassado por baixo da barba crescida, quem olhasse para um deles mais detidamente, mas poucos o fazem, perceberia que dormiu mal ou demais, bebeu na noite anterior, acabou de chorar ou qualquer coisa assim. Costumam usar jeans desbotados, esses rapazes, tênis gastos, camisetas e, quando mais frio, alguma jaqueta ou suéter geralmente puídos nos cotovelos. Quase sempre levam as mãos nos bolsos, o que torna impossível a qualquer um que passa ver melhor suas unhas roídas, seus dedos indicador e médio da mão direita, ou da esquerda, se forem canhotos, amarelados pelo excesso de fumo. Eles olham para baixo, não como se tivessem medo de tropeçar nos solavancos frequentes das calçadas da Augusta, pois raramente usam sapatos, e as solas de borracha dos tênis amoldam-se com certa suavidade às irregularidades do cimento; olham para baixo, e isso seria visível se se pudesse localizar o brilho nos seus olhos de pupilas um tanto dilatadas por trás das lentes escuríssimas dos óculos, como se procurassem tesouros perdidos, bilhetes secretos, alguma joia ou objeto que, mais que valor, guardasse também uma história imaginária ou real, que importa? Mas às vezes olham também para cima, e quando o céu está claro, o que é raro na cidade, pode-se imaginar que suas peles brancas procuram desesperadas e quase automaticamente pela luz do sol. E quando o céu está escuro, o que é bem mais comum, sobretudo nesses sábados em que rapazes assim costumam subir ou descer a rua Augusta, pode-se imaginar que procurem balões juninos, objetos voadores não identificados, paraquedistas, helicópteros camuflados, zepelins ou qualquer outra dessas coisas pouco prováveis de serem encontradas sobrevoando ruas como a Augusta num sábado à tarde. Ou horizontes, talvez busquem horizontes entre o emaranhado de edifícios refletidos nas lentes negras dos óculos que escondem o brilho ou a intenção do fundo dos olhos no momento em que um desses rapazes para na esquina, como se tanto fizesse dobrar à esquerda ou à direita, seguir em frente ou voltar atrás. Por serem como são, seguem sempre em frente, subindo ou descendo a rua Augusta. E por serem tão iguais, quem prestar atenção em algum deles, mas poucas vezes ou nunca alguém o faz, jamais saberá se se trata de muitos ou apenas um. Um único rapaz: este, com a barba por fazer e mãos enfiadas no fundo dos bolsos, que agora, logo depois de cruzar o topo da avenida Paulista, começa a descer a rua Augusta em direção aos Jardins no sábado à tarde.

*

Ela era uma dessas moças que, aos sábados, com uma bolsa pendurada no ombro, sobem ou descem a rua Augusta. Aos sábados quase sempre à tarde, pois pelos óculos muito escuros e o rosto um tanto amassado que a ausência total de maquiagem nem pensou em disfarçar, quem olhar para uma delas mais detidamente, e alguns até o fazem, pedindo telefone ou dizendo gracinhas sem graça, às vezes grossas, porque elas caminham devagar, olhando as coisas, não as pessoas, mas quem olhar com atenção perceberá que dormiu mal ou demais, bebeu na noite anterior, acabou de chorar ou qualquer coisa assim, sem muita importância. Costumam, elas também, usar jeans desbotados, sapatos de salto baixo, às vezes tênis gastos, camisetas ou alguma blusa de musselina, seda, crepe ou outro tecido assim fino, que um rápido olhar mais arguto perceberia de imediato não se tratar de uma prostituta ou empregada doméstica. Pois têm certa nobreza, essas moças, não se sabe se pela maneira altiva como fingem não ouvir as gracinhas que alguns dizem, se pelo jeito firme de segurar a alça da bolsa com seus dedos de unhas sem pintura, conscientes de que são fêmeas e estão na selva. Num súbito encontrão, que não seria impossível, menos aos sábados, é verdade, do que nas sextas-feiras ao meio-dia ou de tardezinha, se alguém arrebatasse a bolsa a uma dessas moças para depois rasgá-la num terreno baldio, ficaria decepcionado com o dinheiro escasso, o talão de cheques sem saldo, uma agenda de poucos compromissos, tickets de metrô, algum livro de poesia, esoterismo ou psicologia, uma foto de criança, raramente de homem, quem sabe um cartão de crédito vencido e entradas para teatro ou show, já usadas. Essas moças não olham para baixo nem para cima: com passo decidido, olham direto para a frente, como se visualizassem além do horizonte um ponto escondido para esses outros que passam quase sempre sem vê-las, para onde se dirigem com seus jeans gastos, suas bolsas velhas, suas peles de nenhum artifício. Dessa nitidez no passo, dessa atrevida falta de artifícios no rosto é que brota quem sabe aquela impressão de nobreza transmitida tão fortemente quando passam, mesmo aos que não as olham nem mexem com elas. Podem parar para folhear revistas estrangeiras em alguma banca, sem jamais comprar nada, deter-se para conferir os preços estampados nas portas dos restaurantes, olhar maçãs ou morangos, tocar rosas ou antúrios, mas geralmente apenas seguem em frente, subindo ou descendo a rua Augusta. Talvez sejam tantas e, se realmente o são, tão parecidas que, se alguém do alto de uma janela no Conjunto Nacional olhasse para baixo e as visse agora, poderia pensar mesmo que são uma só. Uma única moça: esta, com a bolsa velha pendurada no ombro, que depois de cruzar o topo da avenida Paulista começa a descer a rua Augusta em direção aos Jardins no sábado à tarde.

*

E porque o mundo, apesar de redondo, tem muitas esquinas, encontram-se esses dois, esses vários, em frente ao mesmo cinema e olham o mesmo cartaz. "*Love kills, love kills*", ele repete baixinho, sem perceber a moça a seu lado. "*And this is my way*", ela cantarola em pensamento, na versão de Frank Sinatra, não de Sid Vicious, sem perceber o rapaz a seu lado. Outros entram e saem, sem vê-los nem ver-se, remanescentes punks, pregos nas jaquetas, botas pretas, intelectuais de óculos, aros coloridos, paletós xadrez, adolescentes japonesas, casais apertadinhos, elas comendo pipocas, senhoras de saia justa, gente assim, de todo tipo.

E talvez porque rapazes e moças como ele e ela aos sábados à tarde raramente ou nunca se enfiam pelos cinemas, preferindo subir ou descer a rua Augusta olhando as coisas, não as pessoas, os dois se encaminham para as entradas em arco do cinema. Então param e olham para cima, suspirando em suave desespero, um céu tão cinza, como se fosse chover, oh céu tão triste de Sampa.

E então como se um anjo de asas de ouro filigranado rompesse de repente as nuvens chumbo e com seu saxofone de jade cravejado de ametistas anunciasse aos homens daquela rua e daquele sábado à tarde naquela cidade a irreversibilidade e a fatalidade da redondeza das esquinas do mundo — ele olhou para ela e ela olhou para ele.

Ele sorriu para ela, sem ter o que dizer. Ela também sorriu para ele. Mas disse, a moça disse:

— Parece Saigon, não?

— O quê? — ele perguntou sem entender.

Ela apontou para cima:

— O céu. O céu parece Saigon.

Surpreso, e meio bobo, ele perguntou:

— E você já esteve em Saigon?

— Nunca — ela sorriu outra vez. — Mas não é preciso. Deve ser bem assim, você não acha?

— O quê? — ele, que era meio lento, tornou a perguntar.

— O céu — ela suspirou. — Parece o céu de Saigon.

Ele sorriu também outra vez. E concordou:

— Sim, é verdade. Parece o céu de Saigon.

Nesse momento — dizem que cabe aos homens esse gesto, e eles eram mesmo meio antigos — talvez ele tenha pensado em oferecer um cigarro a ela, em perguntar se já tinha visto aquele filme, se queria tomar um café no Ritz, até mesmo como ela se chamava ou alguma outra dessas coisas meio bestas, meio inocentes ou terrivelmente urgentes que se costuma dizer quando um desses rapazes e uma dessas moças ou qualquer outro tipo de pessoa, e são tantos quantas pessoas existem no mundo, encontram-se de repente e por alguma razão, sexual ou não, pouco importa se por alguns minutos ou para sempre, tanto faz, por alguma razão essas pessoas não querem se separar. Mas como ele era mesmo sempre um tanto lento, não perguntou coisa alguma, não fez convite nenhum. Nem ela. Que lenta não era, mas apenas distraída. Ela então sorriu pela terceira vez, e já de costas abanou de leve a mão abrindo os dedos, como Sally Bowles em *Cabaret*, e continuou a descer a rua Augusta. Ele também sorriu pela terceira vez, meio sem jeito como era seu jeito, enfiou as mãos ainda mais fundo nos bolsos, como Tony Perkins em vários filmes, coçou a barba por fazer e resolveu subir novamente a rua Augusta.

Uns cem metros além, ela pela alameda Tietê, ele pela Santos, esse rapaz e essa moça, ou talvez os dois, ou quem sabe até mesmo nenhum, mas de qualquer forma ao mesmo tempo, pensam vagos e sem rancor mas estes sábados sempre tão chatos, porra, nunca acontece nada. Por associação de ideias nem tão estranha assim, ele ou ela, ou nenhum dos dois, talvez olhem ou não para trás procurando quem sabe algum vestígio, um resto qualquer um do outro pela rua Augusta deserta do sábado à tarde.

Mas rapazes e moças assim não costumam deixar rastros, e ambos já tinham sumido em suas esquinas de ladeiras súbitas e calçadas maltratadas. Acima deles, nuvens cada vez mais densas escondem súbitas o anjo. O céu de chumbo, onde não seria surpresa se no próximo segundo explodisse um cogumelo atômico, caísse uma chuva radioativa ou desabasse uma rajada de napalm, parecia mesmo o céu de Saigon, quem sabe pensaram. Embora, de certa forma, eles nunca tivessem estado lá.

DISPERSOS

Teu ego é minha base
meu ego é teu destino
Meu destino é o teu outro
Teu destino é meu ego
Teu outro é meu destino
Tua base é o meu outro
Meu outro é a tua base
— Por tudo simplesmente
Não compreendo por quê: não.

Que coisas são essas que me dizes sem dizer, escondidas atrás do que realmente quer dizer?

Tenho me confundido na tentativa de te decifrar, todos os dias. Mas confuso, perdido, sozinho, minha única certeza é que de cada vez aumenta ainda mais minha necessidade de ti. Torna-se desesperada, urgente. Eu já não sei o que faço. Não sinto nenhuma outra alegria além de ti.

Como pude cair assim nesse fundo poço? Quando foi que me desequilibrei? Não quero me afogar: Quero beber tua água. Não te negues, minha sede é clara.

Ex-pedir
pedidos de socorro
em todas as direções
postado à janela
o laço na mão
ex-pirar
por dentro, inútil
medo em branco
examinando possibilidades
as mais diversas
de escape que não há

Os moços não sabem que os velhos existem.
Os velhos sabem de tudo,
E têm pena.

O homem que sai fora de seu meio está condenado ao *desajustamento*. Se retornar ao meio onde foi gerado e criado, não conseguirá jamais readaptar-se. Se permanecer no meio onde está, sentir-se-á sempre cobrado pelos atos ou palavras que não supunha existirem. E de qualquer forma, seu destino é a solidão. Sua possibilidade de escapar à sensação de marginalidade e alheamento (ou estranheza) ao que o cerca seria voltar-se para a contemplação, procurando no encontro com o "divino" o que o "humano" não lhe concedeu.

A natureza se esmerava em reunir no corpo dele todos aqueles traços de beleza dispersos irregularmente pelos outros membros da família. Conjugava, assim, os cabelos pretos e lisos do pai aos olhos claros da mãe, o jeito lento de uma tia-avó ao nariz aquilino da irmã, mais, o corpo bem-feito de um primo aos dentes de uma sobrinha, e por aí afora. Tudo isso de maneira tão ostensiva que, em ocasiões como Natal, Ano-Novo ou Páscoa (sobretudo nas fotografias posteriores), ele sobressaía tanto que os outros parentes não podiam esquivar-se a um movimento de inveja, cópias imperfeitas de um original impecável.

Não cantes, como eu,
Os outros por bebedeira
Não saúdes
A morte em literatura.
Boa negra
Voltada para as estrelas
Pés de chumbo cravados na lama:
O canhão e sua escandalosa metafísica

E agora?

Três, quase quatro anos depois

Cadê você?

Cadê a grande mutação?

Pintaram as rebordosas. Continuaram pintando. Nós continuávamos resistindo mas às vezes penso que viver não deve ser apenas isso, segurar a barra.

Continuamos carregando nossas pequenas maldições — mais orgasmos, insônia, pesadelos, excessos de álcool e cigarro, procura cega, iluminações ilusórias e passageiras, etc. O mundo continua apodrecendo, os amigos vão para a Europa, para a clínica ou para a prisão, viciaram-se nas drogas mais diversas. Em nome de que resistimos? De onde tiramos essa energia, que é meio talvez uma falta de energia por não termos conseguido radicalizar e mudar alguém e ou a nós próprios, ou enlouquecer e fugir pro mato. Normalmente resistimos enquanto o coração resseca, os olhos endurecem, as deliberações se frustram.

Desmascaramos a farsa para continuarmos a existir no meio dela. De que nos tem servido essa lucidez senão para chamar barra cada vez mais pesada?

Batalhamos a paz, a divina indiferença. Pra termos sede de amor e de beleza.

(estou sem dinheiro no verão, baixa o astral de qualquer um)

Com ou sem nova convivência, somos profundamente infelizes. Nosso saldo é o desencanto. E você, onde andará?

CORRESPONDÊNCIA
(1980-1987)

A Paula Dip

PORTO ALEGRE, 1 DE JANEIRO DE 1980

Deep and dear Paula Dip,

Acabei de falar por telefone com Zé Márcio: ele disse que você era a pessoa mais bonita do Réveillon na casa da Isabel e do Carlos (Queiroz Telles). Aí foi que deu saudade, né?

Recebi seu lindo cartão vegetal mas não tinha dado tempo até agora de responder. Na verdade, fiquei poucos dias em Porto Alegre: passei uma semana na praia de Tramandaí, escrevendo, sozinho, mais alguns dias em Torres, com um casal amigo, recém-chegado de Nova York e, portanto inteiramente desorientados. Foi bom. Fiz muito exercício, tô correndo três quilômetros numa ótima. Tenho andado muito de bicicleta, tem um parque lindo aqui perto, na beira do rio.

Aqui aconteceram umas coisas estranhas na noite de Ano-Novo: um pau no cardeal Vicente Scherer (que é um grande reacionário, responsável inclusive pela minha prisão e a de outros companheiros durante uma passeata em 67 — mas *anyway* não justifica) e um minimaremoto em Tramandaí. Como se para encerrar os 70 condignamente, sabe como? Mas comigo, tudo bem. A família ficou na praia e eu vim para uma festa ótima, num pátio enorme, todo decorado, inclusive com uma chuva artificial num canto.

Eu tava a fim só de dançar, mas lá pelas tantas, veja você, pintou uma garota, com quem transei algumas vezes e de quem, naturalmente, fugi muitas vezes. De repente ela estava bonita demais com aquele vestido vermelho a gente estava bonito junto e foi indo fácil e leve. Resultado: comecei os anos 80 com uma ótima recaída heterossexual. Viva? Viva.

Hoje tô meio esgotado: festas demais, bebida demais, fumo demais, emoção demais nestas duas semanas. É tempo de recolher a fantasia e me voltar um pouco para dentro. Quero terminar, ou pelo menos avançar, este novo livro. Estou seletivo demais, exigente demais: ele está praticamente pronto, ou estava, porque eliminei todos os textos que me pareciam apenas "bons". Deixei o que considero excelente e que é apenas um terço. Quatro textos: "Os companheiros", "Fotografias", "Sargento Garcia" e " Morangos mofados" , que talvez seja o título geral. "Fotografias" ainda está inacabado, quero pegá-lo em seguida. Devagar. Afinal, acho que não há ninguém esperando ansiosamente pelo meu livro e eu o quero forte, claro, límpido, sólido, fundo. Leva tempo? Leva tempo. Problema é que o esquema de Sampa me vampiriza, não me deixa produzir como gostaria. Por isso é que tou aqui, né? Mas fico dividido: já ando com saudade grande daí, dos lugares, das pessoas, dos *feelings*, dos *moods*. Ontem Zé telefonou, hoje eu telefonei para ele — quer dizer, começou a *trip* da fissura telefônica, sabe como? Hoje mesmo eu fiquei muito tentado a ligar procê. Segurei e preferi a carta. É menos imediato, mas gosto mais. A gente não deve permitir que as cartas de tornem obsoletas, mesmo que talvez já tenham se tornado.

Juan Carlos (Chacón) passou por aqui, eu tava na praia, ele ligou da rodoviária e falou com minha mãe, estava descendo de um ônibus e subindo noutro. Disse que voltaria dia 3 de janeiro, depois de amanhã, portanto, talvez para ficar uns dias. Achei rápido demais, mas como você me diz que ele vai trabalhar com o Caloca, faz sentido. Bela notícia. Se eu próprio também for para lá, vai ser bom. Se eu não for, é bom pelo Juan Carlos. Gostaria de vê-lo.

Lembrei muito de você outro dia: foi lendo um artigo do Nirlando Beirão, "O recomeço do sonho", numa *IstoÉ*. Fiquei comovido. É uma grande força. Há tempos eu não lia nada tão vivo, tão estimulante: dá uma grande vontade de viver. Escrevi uma carta enorme para ele falando nisso, depois reli e sei lá, acabei não mandando. Estava, digamos, "excessiva". Escrevi outra, mais curta, mas seca demais. E também não mandei. Já senti que não mandarei. Daí, se você por acaso falar com ele, diga que gostei muito.

Valdir (Zwetch) andou aqui. Nos encontramos por acaso, uma noite. Ele estava tão galinha que não conseguia nem olhar na cara da gente, os olhos procurando ninfetinhas comíveis em volta. Fiquei irritado. Disse, como de hábito, duas dúzias de demagogias frenéticas e se foi, pisando daquele jeito que ele supõe que um macho irresistível deve pisar. Gosto dele. Mas não gosto de ver tão claramente também o que não gosto nele, entende? E que não faz o menor esforço para modificar. Na verdade, não tem consciência de si próprio: está todo embebido nessa autoimagem de macho irresistível. E que é, no mínimo, muito chata.

Está pintando uma grana inesperada: 12 milhas de direitos autorais daquela pecinha infantil, *A Comunidade do Arco-Íris*, que ficou sete meses em cartaz e ganhou vários prêmios.

Daí, penso vagamente em passar o Carnaval em Santa Catarina, depois subo para Sampa, se controlar a saudade até lá.

Li a *Nova* de dezembro. Tem coisas até legais, mas o mais engraçado é aquela foto: estou com uma cara de quem não quer ser visto ali. Perfeito. Sinto muita falta de você, mas não sinto falta alguma da redação — o que me faz pensar, e acho ótimo, que nunca que te considerei como parte daquilo. Pauletti, cuidado, não deixa aquele astralzão te envolver.

Menina, tem pintado Nova York demais à minha volta: encontrei várias pessoas vindas de lá, bati papos e ouvi muitas histórias. Pintou também um velho amigo, Dennis, que está morando no Taiti. Maravilha? Pois é, maravilha. Contou coisas fantásticas, parece que é perfeitamente morável, lá, no umbigo do Pacífico. Devo visitá-lo por estes dias, quero saber mais. Estou com uma necessidade filha da puta de sair do país. Metas para 80: terminar este livro e investir, de alguma forma, não sei como, nesta viagem. Vou escrever ao Júlio, aquele amigo meu que está em Iowa, para saber mais sobre aquele programa para escritores. Os astrólogos estão dizendo que deve-se aproveitar o mundo até 82/83, porque aí começam umas posições astrais da pesadíssima.

Sei lá. Tudo tão louco. Hoje fiquei lendo no *JB* uma matéria sobre os rabinos pirados de Israel que têm tido sonhos anunciando a chegada do novo "Messias", que nasceria no Marrocos. Dois dos rabinos mais velhos e considerados mais sábios do pedaço.

Telefone. Minha amiga Mary, de volta a Porto depois de envolver-se com uma gang fortíssima em Salvador. Conta que o tal maremoto foi em todo o litoral gaúcho, de Hermenegildo, onde houve aquela tragédia ecológica, até Torres — onde o mar chegou até o edifício onde eu estava, até ontem. Estranho, estranho.

Hoje vi o sol nascer e se pôr. Depois vi a lua, cheíssima, nascer também. Lindo. Até bati um papinho com não sei quem, pedindo luz pra mim, pro planeta, pras pessoas. Sabe como eu estou sentindo os 80? Mais ou menos assim: acho que em termos sociais vai ser uma coisa medonha, mas em termos individuais vai ser ótimo. Dá para entender? Andando de bicicleta no parque da Marinha ou fazendo cooper na praia, tenho visto as pessoas tão preocupadas com seu corpo, com sua saúde. Se o corpo ficar bem, a cabeça também fica, certo? E como o social é a soma dos individuais, quem sabe nos anos 90 haverá a síntese e depois do 2000 a grande transformação?

Verão da abertura ao vivo, não deixa o modelão *Nova* te tornar amarga. Você é bonita demais, gente linda que me aconteceu em 79.

Um beijo grande do

Caio

PS: A carta envelheceu sete dias, preguiça de ir ao correio. Mas é isso aí, só a saudade aumentou. Amanhã volto para a praia. Mande notícias.

A Zaél Abreu

São Paulo, 15 de maio de 1980

Querido pai,

fazia tempo que queria escrever para o senhor, desde que voltei daí, no final de fevereiro. Acontece que foi uma correria danada, com o novo trabalho, a nova casa, a complicação toda com os documentos, a vinda de Simone — enfim, mil coisas me roubando tempo e disposição. Agora está tudo mais calmo. Já me adaptei ao trabalho, estou sozinho em casa. Tudo corre melhor, mais solto.

Fiquei um pouco preocupado com o senhor quando estive aí. E o senhor vai me permitir ser franco: tenho a impressão de que o senhor está levando uma vida muito amarga. Ficou na minha cabeça uma frase que o senhor disse logo ao voltar daquela viagem a Santiago, algo como "Eu já morri e não sei". Ô pai, que é isso? Entendo — e mais profundamente do que o senhor possa imaginar — o quanto a mudança de Santiago para Porto Alegre, a reforma no quartel, o abandono da Maçonaria, devem ter agido dentro do senhor para que fosse acontecendo esse sentimento de distanciamento da vida. Mas acontece que o senhor não colocou outras coisas para substituir essas. E eu não entendo por quê. O senhor abandonou até mesmo a leitura, parou de ir ao cinema, de sair. Quer dizer, deliberadamente foi-se afastando de tudo. Num velho, eu até entenderia essa atitude. Mas o senhor não é um velho.

Imagino que existam razões fortes, ou complexas, *dentro* do senhor para provocar essa atitude. Mas há de concordar comigo que, *fora* do senhor, essas razões não existem. Tenho andado bastante por aí, conhecido muita gente e, honestamente, pouquíssimas vezes (ou quase nunca) encontrei uma família como a nossa. Unidos, amigos, solidários — com essa mãe fantástica que é a dona Nair segurando a barra de todos. Amigos meus que os conhecem — como, por exemplo, o José Márcio — ficam muito impressionados. "Mas como"— eles dizem — "é que vocês conseguem se manter assim quando todas as famílias por aí estão desmoronando?" E eu não sei explicar. Acho que é uma questão de amor.

Fiquei preocupado também com a mãe, quando estive aí. Ela está cansada, pai. É muita seguração de barra. Há anos, meu Deus, ela só trabalha, sem descanso, quase sem diversão. Achei-a triste.

Mas não pense, por favor, que esta carta é para recriminá-lo por alguma coisa. Não se trata disso. Apenas gostaria de compreendê-lo melhor e, se possível, de ajudá-lo — como o senhor e a mãe me ajudaram (e ainda ajudam) durante muito tempo. Eu gostaria de convidá-lo para vir, com a mãe, passar um tempo comigo. Acho que julho é uma boa época, porque coincide com as férias da mãe e tal. A casinha é realmente ótima e, como estou sozinho agora (e por muito tempo), há bastante espaço. Tem dois quartos em cima, um deles seria de vocês. Por enquanto, ela está um pouco vazia. Como estou comprando o telefone (saiu 50 mil), este mês me sobrou pouquíssimo dinheiro. Mas acabo de pagá-lo no final de maio, portanto em junho ela deve estar pronta.

Fora a alegria que me dariam, acho que faria muito bem ao senhor sair um pouco. Tem tanta coisa aqui por cima, pai. São Paulo é uma cidade fascinante, cheia de vida. Depois, lembro que tia Ninica ofereceu o apartamento dela, no Rio — vocês poderiam estender a viagem até lá — é uma cidade linda demais. Pense nisso. Gostaria tanto que o senhor e a mãe conhecessem o lugar onde vivo. E não me venham com desculpas tipo "dinheiro". A passagem de ônibus custa tanto quanto de Porto Alegre a Itaqui, e de avião pode ser feito um crediário que sai ainda mais barato. Eu não vejo problemas.

Talvez o senhor não tenha *vontade* de sair — mas será que não vale a pena um esforço? Às vezes a gente vai-se fechando dentro da própria cabeça, e tudo começa a parecer muito mais difícil do que realmente é. Eu acho que a gente não deve perder a curiosidade pelas coisas: há muitos lugares para serem vistos, muitas pessoas para serem conhecidas. Tudo isso estimula a gente, clareia a cabeça, refresca. Por que não?

Quanto a mim, acho que estou muito bem. Poucas vezes tenho me sentido assim. Pela primeira vez, estou comandando completamente a minha própria vida. Morar só é uma experiência fantástica. Tenho uma empregada ótima, Renilda, uma baiana flor de boa vida, mas muito bom caráter (e como isso é raro por aqui, o resto não importa muito). A casa tem um jardinzinho nos fundos, um pequeno pátio, que tenho cuidado muito, principalmente nos fins de semana.

Terça-feira aconteceu uma coisa ótima. Como o senhor sabe, há quatro anos eu fazia psicoterapia. Primeiro aí, dois anos, com o dr. Mário Bertoni, que morreu naquele desastre. Depois continuei aqui, em grupo. E há alguns meses eu vinha pensando em parar. Não sentia mais grandes problemas para discutir. Nesse tempo todo, aprendi a me conhecer, a conviver comigo mesmo, me tornei muito mais tranquilo, muito mais seguro. Falei nisso às outras pessoas do grupo, ao dr. Domingos, o psicanalista, e à Suzana, a psicóloga assistente dele. Foram ótimos comigo: acham que eu estou realmente bem, que tenho mesmo condições de segurar a minha barra sozinho. Enfim, ganhei *alta* — o que é uma coisa rara em terapia. Às vezes as pessoas ficam dez, 15 anos em tratamento. Isso me deixa ainda mais confiante.

No trabalho, tudo vai bem. Tenho um chefe excelente — Caloca, tinha sido meu chefe na *Pop*, e me protegeu durante muito tempo. Ontem consegui terminar um trabalho que vinha fazendo desde março, um livrão de mais de quinhentas páginas sobre educação de bebês. Continuo fazendo as críticas de livros para a *Veja* e, de vez em quando, algumas matérias para a *Nova*. Como meu salário aqui é de 52 mil, às vezes tiro 60/65 por mês. Dá pra levar, apesar do Delfim Neto...

Agora que tudo está mais ou menos em ordem, quero começar a aprontar um novo livro. Estou transando com uma editora do Rio (a Nova Fronteira, que pertencia ao Carlos Lacerda) para publicá-lo. No momento, creio que é a melhor editora do Brasil. Acho que tudo vai dar certo e — quem sabe? — no começo do próximo ano talvez esteja com um livro novo à venda por aí.

Insisto mais uma vez: gostaria profundamente que o senhor e a mãe pudessem vir. Por favor, vão pensando nisso desde agora. Vamos passear muito. Há lugares ótimos para conhecer.

Espero que estejam todos bem. Um beijo para a mãe, Cláudia e Márcia. Um abraço para o Felipe. Sei que o senhor não gosta de escrever cartas, mas se quisesse responder eu gostaria muito. Cuide bem de sua saúde.

Um grande abraço do seu filho

Caio

PS: Minha erva-mate acabou completamente. — Tenho procurado em mil lugares e não encontro. O senhor podia me mandar um ou dois pacotes de "Madrugada Amarga"?

A Jacqueline Cantore

PA, 3.1.81

Marilene,[1]

pensei que poderíamos conversar um pouco sobre seus poemas, mas você não apareceu, não tenho seu telefone e preciso ir embora hoje à noite. Deixo então este bilhete escrito mais depressa do que eu gostaria (e do que você merece). Não sou crítico, nem tenho essa pretensão, no máximo sou um leitor talvez um pouco tarimbado, e voraz, e insaciável. Raramente leio com o intelecto: leio com a emoção. E isso foi uma das coisas boas que me aconteceu na viagem pelos seus versos; não consegui parar de ler enquanto não cheguei ao último. São corajosos, emocionados (a esta altura do campeonato, acho — repito — *emoção* tão importante), cheios de vida. Muitas vezes me fizeram rever você, rebelde e adolescente, declamando "E agora, José?" no palco do Círculo Militar. Foi a primeira vez na vida que ouvi Drummond, e essa descoberta devo a você.

Dentro do meu entender de poesia (que acho uma coisa dificílima), acho que só poderia esboçar um comentário crítico. Não sei, na minha cabeça, uma das diferenças (talvez a principal) que faço entre poesia e prosa

[1] Por brincadeira, Caio tratava a amiga Jacqueline por outros nomes, como Anthea ou Marilene. (N.E.)

é que em poesia deve haver mais economia de palavras. Assim: em prosa, você pode usar muitas palavras para dizer uma única coisa; em poesia é o contrário: você deve usar o mínimo de palavras para dizer muitas coisas (e Drummond, por exemplo, é sempre uma lição). Então acontece que às vezes você se derrama em excesso. Sei que é duro criticar friamente o próprio trabalho, mas penso que se você cortasse, reduzisse, comprimisse os poemas, seu trabalho sairia ganhando. Outra coisa: não se preocupe com rimas — as sonoridades internas são muito mais importantes (e uma boa técnica pra sacar isso é ler o texto em voz alta). Outra: você abusa um pouco dos *es*; volta e meia, lá vem um verso composto de um único *e*. Isso causa uma expectativa que, em geral, os versos seguintes não cumprem. Acho que, para que um verso se componha de uma única palavra, essa palavra deve ser fortíssima.

São coisas mínimas, que num papo ao vivo eu te diria melhor, mas em síntese acho que é isso. Principalmente, procure reduzir sempre o poema ao mínimo essencial. E não pare: você tem um grande talento, mas é assim como um diamante bruto, que precisa ser lapidado e lapidado até se transformar numa joia rara.

Ah, também — e isso é bem pessoal —, não diga, por favor, "não podendo ser Caio Fernando Abreu". Ô, minha amiga, até agora só tenho feito tentativas, na minha opinião pessoal extremamente frustradas, hesitantes, fracas. Está tudo muito difícil, e eu não tenho escrito o que gostaria — às vezes me passa pela cabeça um medo fundo de estar atraiçoando uma vocação. O trabalho me engole, a cidade me engole, e eu tenho sido preguiçoso, indisciplinado, tenho transferido urgências por puro comodismo, e por aí vai. Agora, sentado aqui, te escrevendo, me ocorre mais uma vez que, definitivamente, é preciso dar um jeito nisso.

Mas gosto muito do seu poema para a rua Venâncio Aires — eu também morava lá, lembra? Tenho direitinho na memória a fachada do Cine Fênix e o arco branco do Quarto RC no outro oposto da rua. Paro um pouco e lembro duns versos duma amiga, Cecília (onde andará?): "Tudo é tão melancólico e vai-se perdendo". Escrever — e você sabe disso — pode eliminar essa sensação de gratuidade no existir, de coisas o tempo todo fugindo e se transformando em passado. Eu acho então que se escrever te dá um sentido para estar viva (ou a ilusão de um sentido, que importa?), então vai e escreve e diz tudo e rasga o coração, as vísceras, expõe tudo, grita, esperneia — *no papel*.

Olho novamente os poemas e confirmo: os curtos são os melhores. Aquele "Das fugas", por exemplo, é excelente. Vai por aí, é só uma sugestão. Teu coração sabe mais. Se quiser, me escreve, me telefona. Mas não para de poetar. Acredito demais em você, a gente precisa acreditar nas pessoas. Ajuda. E gosto muito.

Todo o meu carinho. Um beijo do

Caio Fernando Abreu

A Nair Abreu

São Paulo, 19 de março de 1981

Querida mãe,

estou aproveitando a ida do Orlando (é o rapaz que mora comigo) para enviar esta. Cheguei ontem das férias (tão curtas...), mas só recomecei a trabalhar hoje. A senhora recebeu meu cartão de Porto Seguro? Pensei muito na senhora no dia de seu aniversário, queria telefonar, mas não foi possível — Porto Seguro tem um serviço telefônico péssimo e no mesmo dia eu estava embarcando para o Rio. Seja como for, espero que tenha sido um dia bonito e que a senhora tenha ficado feliz.

Tenho duas notícias muito boas, acho que a senhora ficará tão contente quanto eu.

Primeiro: meu livro foi aceito por aquela editora do Rio (a Nova Fronteira, que pertencia ao Carlos Lacerda e agora é dum filho dele), estou fazendo a revisão definitiva para que saia — segundo o editor — até, no máximo, novembro. É uma excelente editora e, desta vez, creio que não terei aqueles problemas todos de distribuição. Segundo: ganhei uma bolsa de estudos para a Universidade de Iowa, nos Estados Unidos. É uma bolsa que é dada para escritores, são seis meses de estadia na universidade, sem nenhuma obrigação além de escrever, com passagens pagas e um salário mensal de mil dólares.

Só que essa bolsa deve sair lá por agosto/setembro do próximo ano. Acho bom, porque o livro sai primeiro e assim dá tempo para lançar, divulgar, etc.

Mãe, estou pensando seriamente em mudar de São Paulo para o Rio. Esta cidade está me fazendo muito mal. Aproveitei os poucos dias que passei lá para ver algumas coisas, trabalhos, apartamentos (vi uns ótimos, na Urca, com uma vista linda sobre a baía). Então é provável que eu me vá, lá pelo fim de abril, começo de maio. Acho que a vida é muito curta e sacrifício demais simplesmente não vale a pena. São Paulo exige demais da gente, neurotiza, envenena lentamente. Mas quero fazer tudo com calma, tenho uma verdadeira mudança para fazer. Realmente não consigo ficar muito tempo num lugar (três anos é a conta), e já cheguei num ponto que acho que essa instabilidade é mais uma característica do que um defeito.

Aqui está muito frio e cinza. Apanhei uma gripe fortíssima de chegada, mas tudo bem. Trago algumas energias das férias que, espero, durem bastante. Estou escrevendo meio na corrida, Orlando resolveu ir meio de repente. Espero que todos estejam bem. Dê notícias, por favor. Sinto muita saudade de todos.

Que a senhora esteja bem, em paz. Um beijo grande do seu filho

Caio

A Maria Clara Cacaia Jorge

SAMPA, 31.3.81

Maria Clara,

ontem acabei ficando um pouco angustiado também, depois de falar com você. Sem querer, comecei a remoer perguntas tipo será-que-estou-sendo-mesmo-pressionado? & até-que-ponto-estou-entregando-nas-mãos-de-Cacaia-o-que-deveria-ser-uma-decisão-exclusivamente-minha & etc. & etc. Claro que não resolvi nada. Só tive certeza que a minha sensação absolutamente não é a de estar sendo "prensado". Liguei para Sônia, que não atendeu. Li os originais inteiros da peça nova de Maria Adelaide. Aí dormi e sonhei.

Nós estávamos, com outras pessoas, numa ilha. A ilha estava sendo bombardeada. Era a guerra. Nós nos escondíamos enquanto soldados passavam com metralhadoras. As luzes apagavam. A gente estava dentro de uma casinha de palha. Explodiam muitas bombas perto. Helicópteros, como aqueles do *Apocalipse now*, voando baixo. De repente um avião enorme soltou um submarino também enorme dentro do mar. Do submarino saíam barcos cheios de soldados que invadiam a ilha. Nós estávamos encurralados. Houve pânico geral, as pessoas começaram a correr por todos os lados. Alguma coisa explodiu e eu perdi os sentidos. Quando voltei, comecei a procurar você e não conseguia encontrá-la. Corta. Acordei de repente, eram quatro da manhã, depois dormi de novo.

Agora são dez horas da manhã e estou aqui na Abril, cercado de eguns. Só meu corpo está aqui. Minha cabeça foi embora, já faz tempo. Fui comprar iogurte no bar do segundo andar e encontrei a bela [...], quase chorando. Das três ou quatro pessoas que existem aqui dentro, ela é a mais bonita. Foi manequim, atriz (ganhou um prêmio com um filme feito para Walter Hugo Khoury), depois casou com um cineasta que diz que mulher-minha--não-faz-cinema-cinema-é-coisa-de-vagabunda, teve duas filhas, fez 37 anos na semana passada e já não consegue mais disfarçar que está muito infeliz. Escreve poemas como este:

> "objetivamente é tempo de águas, mormaço e cupim
> o resto é só impressão: mágoa abstrata no vago espaço
> do que dizem músculos, cavidades cravadas no peito.
> mas dói, coração."

Ontem quando você me falou em não deixar as coisas atrasarem, pensei logo nela. Talvez eu esteja falando sobre ela a você porque tenho medo de marcar como ela marcou (e agora talvez seja muito tarde). Não deixe nada atrasar, Maria Clara. Não durma pra trás existindo. Pede o emprego ao Walter Clark. Faz o que for possível, e sempre é.

Tenho repetido que, no que depender de mim, me recuso a ser infeliz.

A manhã já avançou bastante, e atrás da névoa cinza que sempre existe por aqui dá pra ver a silhueta dos edifícios da cidade, além das chaminés das fábricas. No armazém em frente tem uma placa assim "PROIBIDO ESTACIONAR/ SUJEITO A GUINCHO".

Não é um bom toque? Juan podou o pé de guiné que estava morrendo. Ficou mais bonito. Zete me mostra a blusa nova, com decote ousado.

Hoje saio daqui para uma aula com Viola, depois vou jantar com Paula Dip. Pensei se Paula não seria uma Vera Gata. Depois descobri: na verdade, é uma Tess fingindo (muito bem, aliás) que é uma Vera Gata. Aí as pessoas se relacionam com ela como se fosse realmente Vera Gata, e tudo dá errado porque ela quer é ser tratada como Tess. Só que se expressasse essa Tess, todo mundo sairia correndo de perto. Não há nada (nem ninguém) tão maluco quanto as mulheres. Soa machista? Mas é numa boa.

Ia só mandar o contracheque (que aqui se chama — pode? — *oleriti*) e os dados do proprietário da casa e acabei escrevendo uma carta.

Ontem tomei um táxi e me distraí tanto olhando pela janela que no meio do caminho estendi a mão para o banco vazio do lado querendo pegar na tua mão.

Tô com saudade.

Chegou o Zé livreiro — conseguiu vinte exemplares de *Pedras de Calcutá*, que já não encontrava em livrarias. Compro e dou para as pessoas. Assim circula um pouco.

Um beijo, dois beijos, três beijos.

Caio

PS: O aluguel da casa está no nome de Orlando, que é Orlando Bernardes.

PS 2: O salário mensal está assinalado a lápis. Recebo quinzenalmente.

PS 3: Avisei ao proprietário da casa que devia ligar do Rio — ele falou que tá limpo.

A Maria Clara Cacaia Jorge

SAMPA, 6.4.81

Maria Clara,

são só quatro da tarde e quase já não dá mais pra segurar. Digo *quase* porque sempre dá pra segurar mais um pouco. Apenas, a gente vai perdendo um pouco mais de autoestima, etc. & etc. O dia começou péssimo. Mal cheguei e fomos todos convocados para uma reunião, pesada, desagradável. Que nos miremos no exemplo da Volks. Que nos comportemos senão dançaremos. Tempos verbais terminados em *emos* são horríveis. Uma coleguinha gorda e mal-amada dedou a mim em voz alta, publicamente, na frente de todo mundo. Foi forte demais. Não reagi porque tava com sono e preguiça. Principalmente porque o astral é mais em cima. Ou deve ser. Pelo menos o meu próprio. Dora adorou você, que deve estar chegando no Rio agora neste instante. Poucas horas, tô com saudade. Tava muito baratinado com a invasão de minha casa pelo peso de Lucrécia. E exausto. Preferia receber você sozinho. Mas gostei que você tivesse vindo, só senti que você ficou assim meio não sei como. E era o peso em volta, não meu. Alguém do lado queixa-se de sono mortal. Há um sono mortal, constantemente, aqui no ar. Ia pedir demissão às 11 da manhã. Aí liguei pra Graça pedindo conselho, também pra ouvir uma voz que não soasse monótona e mediocremente cotidiana. Ela aconselhou a segurar. Tem um feriado aí. Tem uma crise aí. Tem não sei que aí. E a gente vai transferindo. Daqui a pouco vou estar tão en-ca-la-cra-do (veja que palavra me lembrei) que talvez seja muito tarde. Talvez já seja. Tristeza espessa. Cansaço denso. Paguei o aluguel. A cidade estava feiíssima. O efeito do chá de alho passou, estou todo entubido de dôvo. Me lembrei que tenho uma amiga no Rio proprietária de um ap. na Barata Ribeiro. Chama-se Sônia Coutinho, é uma baiana escritora (excelente), vou ligar para ela hoje à noite. *Who knows?* Comprei uma pera no carrinho que vende veneno pelos corredores e percebi que não vou mandar essa carta. Quem sabe entrego pessoalmente. Como não vou mandar mesmo, aproveito para dizer duas coisas que você criticaria se ouvisse (ou lesse): primeira [trecho rabiscado]* segunda [trecho rabiscado].[1]

Horrível, não? A hora que falta para ir embora (e ainda assim fico devendo duas, pois cheguei às 10h) parece enorme. Queixas, queixas, queixas. Por mais que eu seja carinhoso com você, você sempre acaba se queixando que te trato mal. Fico preocupado. E nem tudo é número. É só. Tô cheio de suspeitas e maus pressentimentos. Mas tudo bem. Por favor, diga ao John Neschling que vou tirar a roupa naquele filme de qualquer maneira. Beijo.

Caio

* Mudei de ideia.

[1] Os trechos que estão faltando foram rabiscados por Caio antes do envio da carta a Cacaia. (N.E.)

A Maria Clara Cacaia Jorge

17.8.81

SAO PAULO/SP

TELEGRAMA
MARIA CLARA JORGE
RIO DE JANEIRO/RJ

ESTOU TRISTE COMO UM CAMELO PT MANDE NOTICIAS PT BEIJOS

CAIO

A Maria Clara Cacaia Jorge

SAMPA, 10 DE SETEMBRO/81

Maria Clara,

não vou fazer rodeio nenhum para dizer que estou muito preocupado com você. Como também não vou fazer rodeio para dizer que me senti *muito* magoado quando fui vê-la, no domingo. Você me conhece um pouco e sabe que eu só voltaria a sua casa se não tivesse um mínimo de amor-próprio. Ainda tenho, não voltei. Em toda a sua atitude, você procurou deixar bem claro que estava-muito-ocupada-que-tinha-muitas-coisas-a-fazer-e-se-eu-quisesse-telefonasse-outra-hora. Haja, não é? Entenda bem: não me veja tentando reatar uma história de amor já bastante espatifada (ou talvez sim, mas você não me deu chance e a coisa mais saudável que eu podia fazer era entrar noutra). Acontece que, com ou sem cama, gosto profundamente de você. E você, faz tempo não está me dando chance de gostar de você. Sem pedir coisa alguma, além de uma certa *delicadeza*, de um certo *estar presente* e não fugindo o tempo todo.

Não estou dentro de sua cabeça, mas acho que posso compreender um pouco pelo menos a sua confusão e a sua dor com esse problema de saúde. Mas escuta, chê: não é *afastando* as pessoas que te amam — como eu, por exemplo — que você vai se sentir melhor. Repito que estou preocupado com você. Fico pensando o dia inteiro, e querendo saber coisas, que você me escreva, que você me ligue, que você me diga qualquer coisa para que eu possa estar do seu lado. Você não está permitindo isso, Maria Clara Jorge, e eu não estou sabendo como agir. Entenda que eu quero estar com você, do seu lado, sabendo o que acontece. De repente me passa pela cabeça que a minha presença ou a minha insistência pode talvez irritá-la. Então, desculpa, não insistirei mais.

Apesar de ferido naquele domingo em que você me deixou plantado na frente do seu edifício, subindo numa kombi e indo pra não sei onde, oferecendo uma carona que soou irônica, eu descendo as escadas e caminhando sozinho pelas ruas da Urca — apesar disso, te procurei no dia seguinte, quadraturas, ninguém atendia ao telefone e precisei vir embora. Eu queria dizer que eu estava com você, e a menos que você não me suporte mais, continuaria te procurando e querendo saber coisas.

Bobagens? Pois é, se quiser ria como você costuma rir para se defender. Não estou me defendendo de nada. Estou perguntando a você se permite que eu tenha carinho por você, sua idiota.

Fiquei de enviar o resultado daquele teste maluco do *JB*, o "Meça a sua sexualidade". Lá vai: seu *tonus* sexual deu 25 pontos (exatamente o mesmo meu), que significa *médio*. A *libido* deu *rica* (um ponto a mais seria *atormentada*); a minha também deu *rica*. As *tendências* mais fortes (acima de seis pontos), por ordem decrescente: cerebral, exibicionista (nove pontos); animal, narcisista (oito pontos); polígama (sete pontos); homossexual (calças razoavelmente) e sádica (seis pontos). As minhas foram: narcisista, sádico (nove pontos); homossexual (oito pontos); animal, exibicionista (seis pontos). O que eu tive menos pontos (três) foi cerebral; você, *voyeur*. É engraçado, guardei o recorte porque me parece um bom material literário.

Tá um dia luminoso de sol. Fui ao banco apanhar o $ dos meus frees e fiquei apavorado: pouquíssimo. Preciso cobrar umas coisas, mas por enquanto não estou sabendo bem como passar um mês com cerca de 15 mil. Tive vontade de sentar na calçada da Augusta e chorar, mas preferi entrar numa papelaria e comprar um caderno lindo para anotar sonhos, mais uma pastinha de Oxum para guardar umas histórias novas. Tem duas, uma é muito irregular e complicada demais, chama-se "Saudade de Audrey Hepburn", creio que te falei dela. A outra me parece magnífica: é um diálogo entre um casal, chama-se "Caixinha de música", é um título irônico porque a coisa vai degenerando da leveza mais completa até a grande violência.

Meu relacionamento com Orlando tá um horror. Quando cheguei, a casa estava num baixo-astral de dar gosto. Ontem fiz faxina o dia inteiro, comprei flores, arrumei cantinhos. Melhorou muito. Mas é tudo muito solitário e triste. Estou cansado de segurar esta barra sozinho e não sei como vai ser. A sensação geral, em São Paulo, faz algum tempo, é de não ter mais nenhum amigo. Então fico mergulhado nas histórias que escrevo, leio, vejo e vivendo assim como por transferência. Estou um pouco com aquela expressão do Absinto de Degas.

Tudo bem. Não vou me queixar. Liguei pra você ontem, falei com Anne. Olha, não se sinta pressionada por nada disso. Nada te obriga a responder nem nada. Pode ficar em silêncio, se você tiver vontade. Mas estou aqui, continuo aqui não sei até quando, e quando e se você quiser, precisar, dê um toque. Te quero imensamente bem, fico pensando se dizendo assim, quem sabe, de repente você até acredita. Acredite.

Um beijo grande. Seu,

Caio

A Nair Abreu

São Paulo, 7 de junho de 1982

Querida mãe:

Na última vez que conversamos por telefone acho que deixei a senhora um pouco preocupada. Desculpe. As coisas andaram mesmo difíceis, mas quase que exclusivamente por causa de *dinheiro* (o maldito...) Aos poucos, graças a Deus, tudo vai-se ajeitando. Encontrei uma pessoa para dividir a casa, o que vai aliviar muito as coisas. A senhora lembra da Jacqueline, uma daquelas moças que estiveram aí uma vez para me levar um quadro? É aquela gordinha, morena. Bem, a Jacqueline é quem está transando o lançamento dos livros aí em Porto Alegre — ela decidiu morar aqui e vai voltar conosco. Ofereci a minha casa, que está com um quarto inteiramente vazio, também porque ela esteve hospedada aqui durante o verão, e foi ótimo.

Outra coisa: falei ontem com a Jacqueline e pedi a ela que entrasse em contato com a senhora. É que a editora enviou a ela quinhentos convites para o lançamento. Pedi a ela que entregasse alguns à senhora, não sei exatamente quantos, vocês vejam aí — para que a senhora, se puder, encaminhe a outras pessoas* (tipo vovó Zaira, tia Helena, tia Pereca, dona Mantininha, aquelas suas colegas do Julio, tão simpáticas, que eu custo a lembrar os nomes). Será que pode ser? É que não vou ter tempo de fazer isso. Tem um lançamento marcado aqui para o dia 15 (na próxima terça), estou querendo ir praí na quarta, dia 16, à noite.

Mãe, me sinto até envergonhado — mas, se a senhora puder, vou aceitar aquele oferecimento de dinheiro que a senhora me fez. Recebi na sexta, paguei umas dívidas e fiquei com dinheiro só para o aluguel, o telefone e coisas assim. Não precisa a senhora mandar, semana que vem eu pego aí. Dá pra ser? Eu não queria, mas está dificílimo, e prefiro pedir à senhora do que a outra pessoa. Qualquer coisa já me ajuda.

Olha, estou mandando à senhora uma xerox da crítica sobre os *Morangos* que saiu na revista *IstoÉ* desta semana. Parece que o livro está sendo bem-recebido, e aqui na editora me dizem que está vendendo muito bem. Quem sabe desta vez dá certo? Mas é isto. Olhe, não se preocupe comigo não. Com altos e baixos, vou levando. Na verdade sou muito forte. Na semana que vem, se Deus quiser, estarei aí e conversaremos melhor. Um beijo para todos. Do seu filho

Caio

PS: Peça à Márcia e Cláudia para darem um à Ana, Consuelo e outras amigas.

A Maria Clara Cacaia Jorge

Sampa, 1º de julho de 1982

Maria Clara,

você se foi e eu afundei numa melancolia de dar gosto, não sei se tem alguma relação, mas acho que sim, porque gostei muito que você tivesse vindo, deu vontade de ficar mais tempo junto, deu vontade de levar essa história até o fim — e eu não tenho a menor ideia do que você pensa a respeito, a gente não conversa sobre isso, só fica fazendo uma linha nada-tem-muita-importância, ou algo assim.

Passei dois dias praticamente na cama, na segunda à noite saí só para o tal jantar da Ana Maria, já tinha convidado 100 mil vezes, mais um bolo seria a suprema falta de educação. Mas eu não tinha nada pra dizer, e não tava também a fim de ouvir nada. Ficou no ar aquela coisa da felicidade-obrigatória, tudo muito estridente, exaustivo. Realmente não tenho paciência mais pras pessoas, ou não quero ter. Ontem, graças a Deus, o Rubens transferiu o outro jantar com a romancista cearense, e eu acabei ficando o dia todo jogado — não consegui sequer ir à aula do Viola. Li a *Ópera do sabão* que a Marília tinha trazido, e é correto e engraçado, mas só, vi um filme na televisão, liguei pra Sônia pedindo um help, sem entender muito o que está se passando. Hoje consegui acordar um pouco mais cedo, ainda é de manhã e vou tentar agitar um dentista à tarde, uma passada na Magliani pra entregar um recado de Tina Presser, talvez me enfie num cinema pra ver *O homem elefante*, depois passo na rodoviária pra ver se encontraram seus documentos.

Um desânimo. Uma lerdeza. Um oco. Aquela velha sensação de estar jogando fora a vida, tão antiga e familiar que nem chega a ser assustadora. É horrivelmente conhecida. Claro que vai passar, também porque não tem nenhuma razão específica. Um diagnóstico diria algo como "fadiga generalizada", em todos os níveis.

A história com San Martin está resolvida. Orlando me chamou segunda à noite pra dizer que não tava a fim dele aqui dentro. Ontem ele ligou e eu passei o recado. Orlando tá estranho. Tive ontem uma forte vontade de passar uns dias em Porto Alegre. Vacilei. Até o dia 10 estou duríssimo. Além disso, teria que explicar a Nair a razão dessa folga — até agora não disse nada sobre a demissão. Sei lá. Deixa rolar.

Fiquei preocupado com o seu assalto. Segunda à noite dona Líria, e empregada, também foi assaltada. Levaram absolutamente tudo. Fiz umas histórias, contei a Sônia.

Achei você diferente. Primeiro você parecia muito triste, depois passei a achar que estava era um pouco séria, e depois ainda que estava meio distante. Ou cansada.

Na Bandeirantes, Alceu Valença está cantando um negócio muito engraçado, chamado "Fé na perua". Agora entrou Elza Maria — céus! Não sei se vou pra MPB, teria que batalhar favores, detesto. Além disso não tenho impulso.

Não consigo escrever, não tenho tentado. Fico me enganando. Tenho pensado umas coisas muito cruéis a respeito. Sempre pensei que literatura justificava minha vida. Começo a perceber que. Não sei que começo a perceber. Tenho medo de não escrever nunca mais. Escorregar cada vez mais fundo nesse esvaziamento.

Deixa pra lá.

Quase meio-dia, vou tomar banho e me vestir para as produções vespertinas. Tenho que ficar a tarde toda fora porque querem pintar por dentro a janela do meu quarto. Mudou a cor da frente. Orlando pediu também que retirassem o carpete da sala. Com tudo isso, há quase duas semanas a casa foi invadida e não consigo trabalhar em paz. Aliás, não consigo trabalhar. Está uma quarta-feira de Xangô muito bonita, cheia de sol.

Carta queixosa, depressiva. 50% é astral de gripe. A outra metade não importa muito. Pela primeira vez penso que é péssimo estar assim desocupado o dia inteiro. Bobagem.

Um beijo.

Me queira bem.

Te quero bem.

Caio

A Maria Clara Cacaia Jorge

Sampa, 30 (ufa!) de agosto de 1982

Maria Clara:

Recebi hoje de manhã, faz pouco, o pacote com os modelinhos esquecidos. Gracias. Olha, tô te mandando também dois barões: um é aquele um que você me emprestou para a volta a Sampa, o outro é juros, correção monetária, mais o que você gastou para a remessa dos Modelinhos Esquecidos (não é um bom título?). Não te ofendas, chê: sei que o mar não tá pra peixe. Se te ofenderes, compra uma ou duas ou três velas de sete dias e acende pra gente.

Tô indo meio aos trancos, Maria Clara, tentando inventar um ritmo novo — esse de ficar em casa, não dormir pra trás, não entrar em crises estéreis e histéricas de autodepreciação. Consigo quase sempre. As granas ainda tão legais, só devo ficar duro — e bota DURO nisso — lá por novembro. Aí vejo. Haja. Sábado escrevi muito, comecei ao meio-dia, parei à meia-noite — uma daquelas novelas tá quase-quase pronta, é o "Dodecaedro" (ou "Possível Coreografia Literária para *Köln Concert*, de Keith Jarrett").

Mais difícil tá sendo engolir uma solidão daquelas bem agosto comme il faut. O senhor Paulinho Ventoforte me deixou como recuerdo uma falta de gosto pelas pessoas & coisas... Trata-se de uma decepção diferente: não penso obsessivamente, não tenho vontade nenhuma de ligar nem de escrever cartas, não tenho ódio nem vontade de chorar. Em compensação também não tenho vontade de mais nada. Uma grande, uma enorme, uma devastadora falta de saco para qualquer pessoa. Até rolaram umas possíveis galinhagens, mas não tô mais aqui pra isso, depois, ai haja forças para fazer caras & bocas, dizer coisas, arquitetar encontros, telefonemas. Tudo saldo de Mr. Strongwind...

Ontem foi engraçado, patético e pobre. Fomos ver um ballet, eu e Jackie, *Bolero*, coreografias de Lia Robato sobre o *Bolero* de Ravel (a segunda era muita bonita, inteiramente *raj*). Eis senão que pinta na sala de espera o próprio Paulinho. Não tínhamos nos visto mais. Pois imagina que ele, várias vezes, desviou o olho & Fez Que Não Viu? Bueno, não sei se eu conseguiria olhar alguém direto depois de fazer tanto feitiço... Sei lá. História besta.

Ando lendo muito, fui ver *O sonho não acabou* e fiz as pazes com a Lucélia. Uma noite fui ao Açougue e briguei com Cecília Assef porque comecei a defender (?) o Arnaldo Baptista, enquanto ela dizia que-a-Rita-era-melhor. Dei vários berros. Sobretudo porque não se trata de quem-é-melhor-que-quem, só que o Arnaldo fez o "Singin' alone" no mesmo tempo em que a Rita fazia "Banho de espuma". E Arnaldo está louco & morrendo de fome, enquanto a Lee desfila modelinhos exclusivos pela mão de Roberto Carvalho. Culpa de ninguém, só da vida. Mas barra não é qualquer um que segura, certo? E concessão a gente sempre pode optar por NÃO fazer. Se tiver barra, claro. Discussão idiota com Cecília indo embora furiosa, tipo para-sempre. Haja.

Acho que estou me especializando em fazer inimizades. Maria Clara: NÃO TENHO MAIS SACO PARA NINGUÉM. É grave? Tem cura? Um dia vou ter saco outra vez? Achei um poema que escrevi pra você numa sexta-feira, dia 24 de abril de 1981, mas não vou mandar, um dia te mostro. Agora meio-dia de segunda-feira, tenho que sair à tarde para ir na redação da *Transe*, rajneesh, achas que devo ir de vermelho?

Diz pro Tadeu que mando beijos. Que você esteja bem. Dê notícias, apareça, venha tomar um ar em Sampa. A casa tá ótima. Outro dia tive um ataque e pintei a escada toda de amarelo, *bem* amarelo. A gente atravessa setembro. Te quero bem, se cuida, beijos do

Caio F.

A Charles Kiefer

Sampa, 16 de novembro de 1982

Charles,

recebi seu livro na sexta-feira.[1] Chovia sem parar. Aí, talvez motivado principalmente pelo título, comecei a ler e não parei mais. Terminei na mesma noite. Agora já é terça, a chuva continua e o rádio vai dando os resultados das eleições (estou com vergonha dessa vitória do PDS aí), e deu vontade de conversar um pouco com você.

Gosto do seu livro. Talvez principalmente (veja que imodéstia) porque ele me lembra um pouco o meu primeiro romance, *Limite branco,* que também conta a história de um adolescente, mudando do interior do Rio Grande do Sul para Porto Alegre. Tem, então, um *tom* parecido — embora você seja bem mais direto. Gosto desse jeito de ser direto, da falta de afetação, da simplicidade. E penso então que você vai-longe. Não me pergunte o que quero dizer com ir-longe. No mínimo, talvez, escrever outros livros? Pode ser.

É que essa nossa "profissão" (aspas intencionais & irônicas) de escritor na verdade não tem muitas vantagens objetivas. Até hoje, cinco livros publi-

---

1 *Caminhando na chuva,* livro de estreia do escritor gaúcho Charles Kiefer. (N.E.)

cados, 34 anos, me debato todos os dias para sobreviver e para não desistir. Nélida Piñon costuma dizer que, de alguma forma, todos os dias alguém bate à nossa porta e nos convida a desistir. Não desistimos de teima quem sabe até meio burra.

Mas gosto do seu *Caminhando na chuva* (incluindo a capa — linda! — e a apresentação inteligentíssima do Deonísio da Silva) e gosto também de saber que você existe. Não deixe o Túlio ser devorado por Porto Alegre. Sabe que, terminando de ler você, fiquei com pena que o livro fosse tão curto e me deu uma curiosidade enorme de saber o que teria acontecido com Túlio em Porto Alegre. Daí me passou pela cabeça que você podia continuar a história, num outro livro, com a mesma personagem. Mas aí já é a minha cabeça se metendo sem ser chamada na sua invenção. Seja como for, gostaria de saber do resultado, em termos de ficção, da sua mudança pra Portinho.

É isto. Eu aqui tenho ido um pouco aos trancos. Às vezes duvidando um pouco do acerto das opções que foram sendo feitas nos últimos anos, quando me dou por conta nesta cidade quase sempre árida, sem nenhum amor, sem paz. Um ceticismo, umas durezas que eu não tinha antes. Deixa pra lá. Mando a carta aos cuidados da editora, espero que chegue a você. Se quiser bater um papo, estamos aí. Receba um abraço e votos de sucesso para o seu livro,

Caio Fernando Abreu

A Nair Abreu

Rio, 29 de junho de 1983

Querida mãe,

são nove da manhã, um dia cinza, mas quente (o tal de inverno carioca), acabei de tomar café. Sonhei com a senhora e o Felipe — não lembro direito o que era, nós tínhamos ido a uma feira e, na saída, o Felipe não queria ir embora —, aí me deu saudade e sentei aqui para escrever. Agora ficou mais difícil telefonar, e também na verdade nunca gostei muito de telefone.

Mãe, estou bem, de repente creio que estão acontecendo algumas coisas boas. Entreguei meu livro novo (chama-se *Triângulo das águas*, são três histórias mais ou menos longas) à editora Nova Fronteira, e assinei um excelente contrato. No consenso geral, é a melhor editora do país (pertence aos dois filhos de Carlos Lacerda — veja como a vida é engraçada, me lembro que a senhora contava que o dr. Aureliano me chamava de "Lacerdinha" —, que tem me tratado muito bem). Eles me deram um adiantamento de 300 mil, 150 no dia 15 de julho, 150 quando sair o livro, em outubro, e querem reeditar todos os meus livros anteriores. Já consegui recuperar os direitos de todos — à exceção dos *Morangos*, que continua vendendo muito bem, vai para a quarta edição. Então, depois de todos esses anos, parece que finalmente, pelo menos nessa área profissional, as coisas começam a dar certo. Feitas as contas, com seis livros circulando no mercado, daqui para a frente, se Deus quiser, poderei viver talvez exclusivamente disso. O que sempre foi meu objetivo, e parecia impossível.

Claro que isso é um pouco lento, e vai depender dos outros livros terem uma aceitação como tiveram os *Morangos*. Mas acho que dá. Até lá, continuo fazendo uns trabalhinhos — agora está pintando um trabalho num dicionário de português, muito bem-pago. Com as economias que ainda tenho, mais uns direitos autorais e aquela devolução do Imposto de Renda (já está no banco, mas me aconselharam a só retirar lá pelo dia 15 de julho, por causa da tal de ORTN, que aumenta bastante), imagino que dê para segurar esta barra mais algum tempo. O problema é que o hotel aqui subiu — ou sobe, em julho — de 130 para 160. Mesmo assim, deve dar. O dinheiro que a senhora me ofereceu, graças a Deus não estou precisando — mas guarda, talvez venha a precisar.

As coisas estão meio duras aqui, na cidade, no país. Evito descer à cidade, muita violência, passeatas, greves. Ontem correram uns boatos que teriam encostado o Figueiredo para que subisse ao poder o Ministro do Exército. Mas não saiu nada nos jornais nem na televisão. De qualquer forma, a barra é pesada.

O hotel aqui continua agradável, às vezes um pouco solitário demais, mas sempre saudável, com muitas árvores e um ar muito limpo. Tenho um casal de amigos ótimos, Michael e Avelina. São bem mais velhos que eu, quase 50 anos, e me "adotaram" — ela é argentina, ele é inglês, criado em Buenos Aires. Estão aqui metidos numa luta judicial com a ex-mulher dele pela posse de uns terrenos em Friburgo. Me cuidam bastante, trazem chás à noite, e tudo fica mais agradável.

Devo ir aí em agosto — tem um pessoal montando uma peça minha e me prometeram uma passagem de avião. Gostaria muito. E como estão os seus planos de vir com o pai? Quem sabe poderíamos voltar juntos quando eu fosse, em agosto? Será que isso não anima ele um pouco? Acho que pode ser muito bom. Com toda a crise econômica, o Rio é sempre bonito, com um mar muito verde, cercado de montanhas. E aqui onde moro é interessantíssimo, com uma arquitetura ainda do século XVIII, quase toda preservada.

Jacqueline está bem, em São Paulo, trabalhando numa agência publicitária e ganhando direitinho. Pergunta sempre por vocês. Ela está morando com a Cida Moreyra, a cantora, que a senhora conheceu, e que acabou de soltar um disco novo que está fazendo muito sucesso (na última *Veja* tem uma crítica excelente). Jacqueline fala ainda em viajar, logo que conseguir arrumar as finança$. Na verdade, continuamos com aquele nosso plano de viajarmos juntos. Ao mesmo tempo, tenho uma possibilidade de ir para a Alemanha, depende de burocracias, enviar dez mil papéis e esperar resposta. Aí não tenho saco e o tempo vai passando.

Gostaria de saber notícias de todos — como vai Cláudia de gestação? E não sei nada da Márcia, faz tempo. A Ângela continua aí? Espero que sim. Me escreva, uma noite dessas. Vou parando por aqui, tenho que terminar um roteiro até sexta-feira e não fiz nem a metade. Vai um grande beijo para o pai, para o Felipe, para todos. Diga a vovó Zaira que mando um abraço. Lembranças para a Xuxa.

Cuide-se bem, por favor. E receba mais um beijo do filho

Caio

A Nair Abreu

Rio, 15 de setembro de 1983

Querida mãe,

deu vontade, de repente, de escrever para a senhora. São quase seis horas da tarde, o sol começou a se pôr bem aqui em frente à minha janela. Foi um dia muito bonito, a primavera está mesmo no ar. Fiquei no sol o dia todo, agora há pouco tomei banho, fiz um mate, e dei mais um jeito no quarto, com as outras coisas que vieram de São Paulo. Está ótimo, parece uma casinha.

Voltar foi um pouco difícil, principalmente depois de todo o carinho que recebi aí. Coisa estranha, família é uma coisa que a gente passa muito tempo negando até perceber não só que não deve negar como também é ótimo. Descobri vocês todos desta vez. E acho que tenho a melhor família do mundo.

Estou um pouco preocupado com Cláudia. Pelas contas, hoje devia ser o grande dia. Prometa que me liga assim que o bebê nascer, contando tudo. E veja se anota o minuto exato do nascimento para que eu e Jacqueline possamos fazer o mapa astral. Diga a Cláudia que tudo vai dar certo, tenho rezado por ela, para que seja corajosa e tudo corra bem.

Comigo as coisas estão indo bem. Terça passei na editora para ver a capa do novo livro. Fiquei chocado, é bonita mas meio terrível: uma cidade enorme e meio vazia, como depois de uma explosão nuclear, com um céu escuro, dramático, meio apocalíptico por cima. E um dia nascendo. Os editores estão acreditando muito, espero que dê certo. Acho que é meu melhor livro, mas é também o mais terrível — porque é preciso falar claramente sobre certas coisas, é preciso alertar as pessoas para as vidas erradas que levam, a alimentação errada, as emoções erradas, os relacionamentos errados. Não quero ser dono da verdade, mas aprendi algumas coisas nesses anos — pode parecer ambicioso, mas de repente gostaria de ajudar a transformar este mundo numa coisa melhor. Para isso, tento ficar bem: hoje nadei muito, e fiz muito exercício na beira da piscina. Porque se o corpo estiver sadio, a mente e o espírito também estarão.

Dia do meu aniversário choveu muito, e fiquei só o dia inteiro. Foi um pouco triste. Depois melhorou, à noite vieram Jacqueline, Cacaia e Graça (que está indo para os Estados Unidos passar um mês, e muito bem, perguntou pela senhora). Chegou uma cartinha de vovó Zaira, tia Florinha e tia Vilma telegrafaram. Depois ligou a Lulu, a senhora e o Ivan. Sobre o Ivan, queria pedir à senhora uma coisa: ele está com uma inflamação grave nos ouvidos e na garganta, precisa fazer uma operação na segunda-feira. Por favor, telefone a ele ou a mãe dele (chama-se dona Glacy) para saber como ele está — o telefone é 33-65-48.

Tenho um altarzinho no meu quarto, e coloquei perto do Anjo da Guarda aquela foto da comunhão minha e do Gringo. Peço sempre por ele. Essa situação absurda vai passar logo, se Deus quiser.

Espero que a Marlene continue aí, ajudando a senhora nessa medonha trabalheira. Espero também que o pai esteja bem de saúde, e menos preocupado. Diga ao Felipe para não desistir da ideia de retomar o curso de História. Que a Márcia, Cláudia, Clésio e Jorge estejam bem. Um abraço para todos.

Quando tiver tempo, me escreva um bilhetinho. Gosto muito das suas cartas. Por favor, cuide-se. E receba um grande beijo do seu filho

Caio

PS da cabeça da carta:

Acabei de receber o seu telefonema. Estou muito feliz. Viva o Rodrigo!

PS do pé da carta:

Se a senhora encontrar a Dominga diga a ela que estou escrevendo a apresentação do livro novo da Tânia — mas que não conte a ela porque é surpresa.

A Cláudia Abreu e Jorge Cabral

RIO, 16.9.83

Cláudia e Jorge:

Este é para desejar toda a felicidade do mundo para vocês e o Rodrigo. Estou fazendo o mapa astral dele e já posso garantir que é ótimo. Morro de vontade de conhecê-lo logo. Assim que puder, vou. Cuidem-se bem, vocês dois, e contem sempre com todo o meu carinho e minha admiração pela maneira tão bonita como vivem. Um beijo do irmão e cunhado (agora tio!)

Caio F.

A Maria Adelaide Amaral

Rio, 21.9.83

Levinha,

parece mentira, mas só hoje, mais de duas semanas chegado aqui, encontro uma folguinha pra te escrever, quase 11 da manhã de um dia cinza & molhado (não existe cidade pior no Brasil que o Rio de Janeiro sem sol). Estou irritado & dispersivo, uma quadratura Sol/Urano, que sempre me pega de jeito, mas nada de grave.

Minha vida tá em compasso de espera: espera do livro novo, saindo dentro de um mês, no máximo — deve ser mais ou menos o que você sente antes de uma estreia. Penso sempre que as *stripteasers* devem sentir algo semelhante antes de arrancar a primeira peça. Meu medo ficou mais forte agora e corri a colocar O *grande circo místico*, sempre me acalma. Qualquer forma, minha parte já está feita. Levinha, é o melhor deles. Custou tanto, foi tão difícil escrevê-lo. Houve uma época, na altura do Carnaval, em que fiquei tão tomado por uma personagem (Pérsio) que tomei três caixas de barbitúricos de Jacqueline. Dormi três dias, e não me lembro sequer de tê-las tomado. Eu fazia o possível para *não* escrever, aí começava e não conseguia parar. Foi um processo louco, ainda estou em recuperação.

Aqui tá esquisito. Na verdade, não gosto do Rio. Este canto é bom: pela janela aberta, agora, vejo a poucos metros uma mangueira enorme, carregadinha, depois um pequeno abismo e um mar de telhados, uma selvinha cheia de bananeiras e coqueiros, supertrópico, muito ao fundo a silhueta das montanhas de Niterói. Pombas, passarinhos, borboletinhas. Samambaias. Isso me vitaliza muito. Ando lendo montes de Astrologia, ontem ainda lia outro livro do Stephen Arroyo (aquele mesmo que você me trouxe de Portugal), onde ele diz que você se vitaliza exatamente com o elemento do signo onde está o teu Sol. Para mim é a terra. Super Scarlet O'Hara.

Mas a cidade, ah a cidade, que miséria. Um favelão. Detestei São Paulo também nos dias que passei aí. Achei pobre e barulhenta, todas as pessoas que cruzei só falavam em cocaína. E como falam. Dirigem a mil por esse trânsito infernal e falam falam falam. Invivível. Aqui em cima do morro fico em retiro quase absoluto. Quando vou à cidade, volto irritado. Silêncio, ando obcecado por silêncio. Um silêncio que te permita ouvir o ruído do vento. E o bater do coração. E se possível isso que chamamos de Deus, existindo devagarinho em cada coisa. Existe sim.

Aconteceu uma coisa linda: ganhei um sobrinho. É o primeiro, filho da minha irmã mais nova, Cláudia. Chama-se Rodrigo. Estranho: a noite antes dele nascer (dia 16 de setembro, sou do dia 12), sonhei que eu dava a ela uma pequena rosa vermelha. Ela guardava com cuidado num copo com água. Bem, fiz o mapa dele ontem e é praticamente igual ao meu. Virgem ascendente Escorpião com Lua em Capricórnio, com Vênus em Leão, no Meio-do-Céu, e vários planetas em Casa XII. Tem diferenças, claro. Mas é fantasticamente parecido. Assim como se fosse uma continuação karmática minha. O mapa dele é mais leve: ao invés, por exemplo, da quadratura Vênus/Marte que eu tenho, ele tem a conjunção. Ao invés da conjunção Mercúrio/Netuno que eu tenho, ele tem a quadratura.

Ainda não o conheço. Estou à espera de umas granas (as batalhas financeiras, sempre — não trabalho mais, vivo de biscates culturais, vai dando, reduzi tudo ao mínimo indispensável, luxo só discos e muito vezenquandamente, livros, sobretudo Astrologia, caros, porque importados) para ir. Também porque aconteceu outra coisa que, como Deus, eu pensava que não existia. Imagino que isso que chamamos de *amor.* Algo assim. Porque tudo que vivi e senti antes me parece agora bobagem, brincadeira. Ele chama-se I., é Touro, Ascendente Capricórnio, Lua em Leão. É ator, também poeta. Tem uns olhos que mudam de cor e um jeito inteiramente sábio. Quieto, fundo. E leve. Tão difícil estar longe. Primeiros dias, pirei um pouco. Ele pirou lá, ficamos ambos doentes, a distância. Não pode vir agora, só no fim de outubro, tem contrato para terminar um espetáculo.

Eu pensava que não existia. À beira dos 35 anos, eu estava certo que não existia. Ou que, se existia, não era para mim. Meus trânsitos, minhas premonições anunciavam. Como se eu me preparasse, tão nítido. Tudo que escrevi nos últimos tempos — o *Triângulo das águas* inteiro — anunciava. O trecho final de *Pela noite*, a última das três novelas do *Triângulo* (*águas* porque é uma de Peixes, outra de Câncer, outra de Escorpião; mar, chuva, rio; Iemanjá, Iansã, Oxum; água: a emoção mais funda, a paixão — mas nada disso aparece no texto), é inteiramente premonitório.

Vou me iniciando, sem me espantar mais. Bruxíssimo. Às vezes perco os poderes. A ausência de I. me desvitaliza muito. Questão de tempo. Necessário aprender a paciência. Me passa à cabeça o título do livro de Barry Stevens, um provérbio zen, uma velhinha que virou terapeuta gestaltista espontânea: "Não apresse o rio, ele corre sozinho." Isso.

Pena não poder falar melhor contigo após Chiquinha.[1] Eu estava muito cansado depois de três [dias] de São Paulo, vindo da tranquilidade do Menino Deus, em Porto Alegre, ou de dias em Alegrete, no Pampa, terra de Mário Quintana, ou Gramado. Ao mesmo tempo, não era ali, não era daquele jeito. Mas você estava linda. Gostei imensamente do texto, embora o prefira quando fica mais íntimo — como naquele diálogo de Chiquinha com a filha baixo-astral, quase no fim. Faria "reparos" (*reparo* é muito bom, super Sábato) aos figurinos (odiei as botinhas cinza com fecho ecler e os *colants* de lycra), à jovem Regina e ao Caça & Pesca, como diria o Vicente Adorno. Mas todo o *Chiquinha* me deixou foi com saudade daquela noite

1 *Chiquinha Gonzaga — Ó abre alas*, peça escrita por Maria Adelaide para o Teatro Popular do Sesi de São Paulo que ficou em cartaz durante dois anos. (N.E.)

em Cingapura, cadê? E Tessy Marinho? Continuo achando que Yara Amaral faria magnificamente.

Quase meio-dia. Preciso trabalhar, tenho que entregar até o dia 30 o roteiro para cinema (um longa de 35 mm) de "Aqueles dois", conto dos *Morangos* — contrato assinado e tudo. Hoje à noite vou assistir a um ensaio de *Morangos mofados*, eles adaptaram alguns textos, estreia em outubro ou começo de novembro, no Cacilda Becker,[2] as tuas "Fotografias".[3] São das melhores coisas, vou ajudar na trilha sonora, pensamos numa trilha de boleros para Gladys.

Me escreve assim que puderes. Dê um abraço no Murilo e nos guris. Fica bem, fica em paz. Te quero um bem enorme. Gal começa a cantar "Lily Braun" ao fundo, acabo sempre rindo e dançando um pouco. Muito carinho. Um beijo grande do seu velho

Caio F.
(o primo careta de Christiane)

PS: Você já deu uma conferida na série *Canopus em Argos: arquivos*, de Doris Lessing? Tá tudo lá.

---

[2] Teatro Cacilda Becker, no Rio de Janeiro. (N.E.)

[3] "Fotografias", conto de *Morangos mofados*, é dedicado a Maria Adelaide: Gladys é uma personagem loira, trintona e sedutora. (N.E.)

A Fanny Abramovich

Rio, 20.10.83

Fanny, muito querida,

estive hoje lá na editora e encontrei a tua cartinha. Aproveitei e roubei este papel (as editoras têm papéis ótimos) especialmente para te escrever. Grato pelo que você me diz sobre o *Triângulo*. Me fez um bem enorme. Foi difícil escrever tudo aquilo, e eu não tinha/não tenho a menor ideia de como poderia bater nas pessoas. Fiquei muito tempo mergulhado naquelas histórias — eram noturnas, eu tinha que escrever à noite e dormir de dia. Meu último ano em São Paulo não foi em São Paulo: foi dentro das histórias.

Estou aqui desde maio, no hotel Santa Teresa — um lugar maluco, em cima do morro, com muito horizonte, passarinho, borboleta. Fico bastante só, não gosto do Rio, não gosto de São Paulo, tenho dificuldades com a maioria das pessoas. Mas acho que estou bem. Nado muito, respiro, voltei a fazer ioga — estudo (faz tempo) astrologia, e faço meus trânsitos diários num daqueles caderninhos quadriculados que você me deu. Em janeiro está saindo um livro novo — surpresa: é para crianças, chama-se *As frangas*. O primeiro que sair do forno mando, quentinho, pra você.

Gosto imensamente de você, embora a gente não se conheça. Um pouco pelo que conversamos, por telefone, muito pelo que li de você, outro pouco por amigo em comum, ex-Ventoforte, o Paulo César.

Você está bem? Os tempos estão tão negros, Fanny. Eu fico me movimentando no meio do cotidiano, procurando fazer/sentir coisas muito simples. Cada vez mais. Vezenquando não sei bem o que estou fazendo no Rio. Muito é porque aqui tem horizontes: preciso demais ver horizontes e coisas verdes em volta.

Quando/se você quiser/puder, me escreva. Eu gostaria muito. Estou procurando uma casinha (adoro casinhas) para mudar daqui, e acho que encontrei. Mas as cartas não se perdem. Te quero muito, muito bem. Que você esteja em paz, cheia de amor, vendo bonito. Um beijo grande do

Caio

A Nair Abreu

São Paulo, 31 de maio de 1984

Querida mãe,

aí vai o papel para que a senhora possa retirar alguma possível correspondência registrada.* Vai também uma carta para a tia Elcy — só que não tenho o endereço dela, peço que a senhora, por favor, sobrescrite e ponha no correio. Ela foi maravilhosa comigo, e hoje senti muita saudade dos nossos mates de manhã cedo.

Estou menos preocupado com os dinheiros: ligou uma moça da *IstoÉ* de Porto Alegre dizendo que o cheque chegou lá e ela está mandando de volta. Também ontem estiveram aqui o Rogério e o Ricardo Blat, donos da casa, e acertamos tudo: só preciso pagar o primeiro aluguel (170 mil) no dia cinco de julho — o que me alivia muito. Se Deus quiser, tudo vai dar certo.

Andei trabalhando muito, ontem foi o primeiro dia que consegui ficar um pouco em casa. Estava sem gás, comprei um bujão e fiz altos cafés. À noite fui jantar na Paula Dip com Zé Márcio (que dormiu no sofá, outro dia fomos ao teatro e ele também dormiu — anda cansado, trabalhando demais). Agora à tarde vou assistir ao ensaio de *Morangos* — que estreia quarta, dia seis.

Mas está tudo em paz, e eu muito feliz de ter vindo. Há pouco espiei no pátio e a roseira abriu uma rosinha pequena, quase vermelha. Acho que é daquelas que dá rosa o ano inteiro. A casa é boa demais, grande e numa rua silenciosa — quando a senhora quiser, ou a Márcia, ou o pai, ou o Felipe — ou mesmo se Cláudia e Jorge quiserem vir —, tem muito espaço e é supertranquila. É melhor e maior que a casinha da Mello Alves.

Dia 14 estarei aí para a estreia de *Reunião de família*. Por favor, cuide-se bem. Dê um beijo em todos e um, especial, para o Rodrigo (sinto muita saudade). Um beijo do filho

Caio

PS: Não sei se está correto.

A Luciano Alabarse

Sampa, 1º de agosto de 1984

Luciano, querido,
estou ouvindo
"quero falar de uma coisa
adivinhe onde ela anda
deve estar dentro do peito
ou caminha pelo ar". São quase seis horas da tarde —
"pode estar aqui do lado
bem mais perto que pensamos"[1] — fico arrepiado quando escuto. Saí há pouco no pátio, molhei as plantas. Depois fui tomar um café debruçado no portão da rua. Tem um pôr do sol todo rosa, com uma lua crescente (em Libra). Aí de repente me senti tão bem — é um privilégio morar em SP e poder fazer essas pequenas coisas. Podia estar enfiado numa quitinete na São João.

Tua carta me fez muito bem. E muito mal. Compreendo tudo que você diz. São coisas que me digo, também. Mas há uma diferença entre você saber intelectualmente da inutilidade das procuras, da insaciabilidade — vixe, que palavra! — do corpo e conseguir passar isso para o seu comporta-

---

1 Trecho de "Coração de estudante", de Milton Nascimento e Wagner Tiso (1983). (N.E.)

mento — tornar *ato* o que é pensamento abstrato. Os caminhos são individuais/intransferíveis.

Meu problema maior é minha própria moral — ou a que adquiri através da educação, da sociedade, não importa. Meu problema é que tenho dentro de mim, muito claros, os conceitos de "moral" e "imoral". E que cada "imoralidade" que cometo me deixa um saldo enorme de culpa, de amargura, de sofrimento. Vide Marilena Chauí, *Repressão sexual*. Pois é. Não encontrei Deus ainda, como você. Ele não veio até mim — e digo isso lembrando de um provérbio zen: "Quando o discípulo está preparado, o Mestre vem a ele." Ainda não veio. Ainda não estou preparado.

Mas estou mais tranquilo. E percebendo coisas: voltei para Sampa muito alegrinho, muito na-boa muito tudo-vai-rolar. A memória da gente é safada: elimina o amargo, a peneira só deixa passar o doce. Então eu tinha esquecido que esta cidade te cobra preços altos. Ela é uma mulher (ou um homem) belíssima(o) que se oferece, tentadora(o), como se amasse, te envolve, te seduz — e na hora em que você não suporta mais de tesão e faria qualquer negócio, ela(e) te diz o preço. Que é muito alto.

A semana passada mergulhei na revisão de *O ovo apunhalado* — que está me fazendo bem, estou quase no fim. Emoções loucas ao mergulhar em textos escritos há mais de dez anos: reintegra. Reescrevi algumas coisas. Critiquei muitas: há uma atitude de fazer-literatura que não gosto. Mas me fez bem, bem demais.

E decidi me poupar mais. Tem sido difícil. E não sei se há recompensa. Talvez, quem sabe, me sentir melhor comigo mesmo. Um I Ching me aconselha a "limitação": um lago não deve querer transbordar de seus limites.

Andei com problemas graves de grana — ontem Nello precisou me emprestar para o aluguel. Tudo bem, porque granas da TV e da editora (naquela linha: a sair) devem melhorar as coisas um pouco. Mas a longo prazo tenho medo. A crise finalmente chegou, e é bem nítida. As pessoas em volta, os amigos, todos na mesma situação. Num país doente como o nosso, de que forma preservar um mínimo de saúde?

Sinto falta daí. Me digo que na verdade sinto falta do colo, do conforto, do útero. E que devo ficar por aqui. Então tenho que ser forte, tenho que me exercitar em autocontrole. Claro que me pergunto pra-quê? — e claro que não tenho resposta. Mas vou atravessando os dias, a casa muito vazia (Grace[2] só vem dia 8), às vezes dói. Nos últimos dias, além de trabalhar, cozinho, faço pequenas coisas. E atravesso os dias, um pouco opaco, com breves iluminações — como há pouco, no portão, olhando o céu.

Passa um avião.

Estou cheio de fé neste agosto. Meus trânsitos astrológicos estão ótimos. Julho tinha muitos maus aspectos do Sol e o final de uma oposição Netuno-Urano: desorganização mental e física.

Não lembro se te falei: um moço de Brasília quer que eu adapte o *Pela noite* para teatro. Fiquei a princípio surpreso, depois muito entusiasmado. Estou cheio de ideias. Ele se dispõe a chamar um diretor do Rio ou SP — falou em Domingos Oliveira, ou Fauzi Arap, ou Flávio Rangel — para dirigir.

Fiquei preocupado com o acidente de La Anagnostopoulos[3] — grave, ainda mais que a saúde dela não é boa. Dá um beijo nela, faz um carinho nela.

Obrigado pelas tuas palavras. Obrigado pela tua presença. Te quero sempre bem. Um beijo do

Caio F.

---

2 Grace Gianoukas, atriz cômica gaúcha vivendo em São Paulo. (N.E.)

3 Maria de Lurdes Anagnostopoulos, atriz gaúcha. (N.E.)

A Jacqueline Cantore

SAMPA, 18 DE ABRIL DE 1985

Marilene,

te escrevo na máquina da *Em Volta (Galeria)*,[1] cerca de 13h30m. Tudo meio vazio, vim entregar minhas matérias, fiquei fazendo a página de culinária (este mês: peixes), a patroa está em Tóquio (coitada!). Neste momento, o boy acaba de me entregar um pacote de livros. Global: oba, veio a Katherine Mansfield!

Ouvi hoje várias vezes: você está com a cara tão boa! S'as que Marilene desespera, mas não perde o tino, não? Entre duas cachoeiras de lágrimas, sempre há espaço para um pouquinho de creme Nívea. Achas que a frase anterior poderia servir para uma campanha publicitária Nívea? Ganharíamos literalmente potes de creme. Você não quer produzir?

Ontem fiquei assistindo *Camelot* na TV. Marilene, descobri: tudo que preciso é de um Sir Lancelot na minha vida. Mais ainda se tivesse a cara do Franco Nero aos trinta anos. Fantasias, como vês, não faltam.

Faço um pouco de hora para assistir *Dublê de corpo*, de Brian de Palma.

Abobrinha 1 (conte para C.):

1 Caio se refere ao nome da revista em que trabalhava: *Gallery Around*. (N.E.)

S'as qual seria a manchete da *Folha de S.Paulo* de terça-feira?

Esta: "Risoleta magoada com frieza de Tancredo."

Abobrinha 2 (somente para iniciados):

Abobrinha 2a. S'as o que o Caio Fernando disse quando viu o Jaburu do outro lado da calçada?

— Como é que eu estou do outro lado, se estou aqui?

Abobrinha 2b. S'as o que o Jaburu, do outro lado da calçada, fez quando viu o Caio Fernando Abreu? Gritou:

— Jaburú-ú!

Ai, ai.

Tenho uma história medonha pra te contar. Recebo na secretária eletrônica um recado de Tania von Faillace, que está em SP para o tal congresso de datilógrafos. Texto: "Estou em SP e quero muito te ver. Estou preocupada com a tua saúde. Telefone tal, beijos Tania." Outra, recebo um bilhete de Lya Luft. Texto: "Me disseram que não andas muito bem de saúde. Fico preocupada, manda notícias." Eu, caraminholando, lógico. Ontem telefonema de Zé Márcio. Texto:

Zé — Zé Fissura te ligou do Rio?

Eu — Sim, mas há umas duas semanas.

Zé — Ontem ou hoje não?

Eu — Não. Por quê?

Zé — Bem, é que ele ligou aqui pra casa ontem querendo saber se era verdade que você está com aids. Dizque todo mundo em Porto Alegre só fala nisso.

E então, Marilene, que achas? Estou me sentindo a própria Rita Lee, careca por causa das aplicações de cobalto. Haja, não? Fiquei na minha, mas putíssimo. Você não acha um pouco baixo-astral demais? A peste. Imagina se começassem a espalhar que pessoas gordas dão câncer. Pois é mais ou menos assim que me sinto. E o pior, quero dizer, melhor, é que Marilene está absolutamente saudável (supõe, claro).

Bem, bem.

Hoje me convidaram para outra *tournée* pelo interior, além de Presidente Prudente. Podia ser *Araçatuba* (achas que é de Tôro?), São José dos

Campos ou Ribeirão Preto. Escolhi a última, não sei, mais sensual, terra de Mário Prata, Leilah Assunção — imaginaste as noites de Ribeirão Preto? E os ribeirões de Ribeirão Preto?

Medo: Sergião ameaça abrir falência e me comunica que TALVEZ eu (?) tenha que sustentá-lo durante no mínimo um mês.

Botei as mãos nas cadeiras e não disse nada. Mas pode? Cá entre nós: po-ooooooooooooooooooooooooooooooooooooooode? Às vezes penso em voltar para a Pavuna.

Pausa, pausa. Sumiê, a secretária japa, me conta que anda doente do coração — tipo a *soufle au coeur*: ela tem uns 25 anos. Aí entra Natália e me conta que a semana que vem tem que operar um cisto no ovário. Minha guia de Oxum faz uma falta...

Mas ai, ai. Marilene, venha me visitar. Está tudo tão direitinho naquele puta apê. Hoje recortei um anúncio de liquidação de camas & colchões. Amanhã fico rico e vou lá ver.

Hoje quero comprar *Um homem só*, de Christopher Isherwood — li o *Adeus a Berlim* e, paixão! É algo meio Jonh Fante, meio Salinger — não chega aos pés, claro, é mais seco, mais viril, mas tão bonito. Quando você vier, leva outra mala de livros.

Já leste carta tão besta?

Pois é, vai saindo. Nas minhas obras póstumas, você jura que elimina as mais imbecis?

A solidão às vezes é tão nítida como uma companhia. Vou me adequando, vou me amoldando. Nem sempre é horrível. Às vezes é até bem mansinha. Mas sinto tão estranhamente que o amor acabou. [...] Repito sempre: sossega, sossega — o amor não é para o teu bico.

Aftas desapareceram. Homeopata tranquiliza — foram ótimas, cosas que tinham que sair pra fora. Notei sensível diminuição em gânglios (*lovely* gânglios). Não consigo mais me sentir com aids.

Tás na linha? Alô, alô? Chamei Telesp: trocaram o aparelho. Mas é questã do Sergiã voltar de Curitiba, ter outra discussã e jogar o aparelho no chã. Como de hábito.

Marilene, sou tão bonzinho, simpático, talentoso, prestativo, amável, delicado e carinhoso. Marilene: a que tenta preservar sua autoestima a qualquer custo.

Dulce me invade a cabeça. Anoto, anoto. Ainda não comecei de sola. Mas vai nascer. Fico todo grávido e imediatamente me vêm *caixas* de Domecq na cabeça. O problema mais grave é que Dulce bebia mesmo era gim. Acho que ela se parecia com Tônia Carrero. E era Leo/Tôro ou Tôro/Leo, com uma Lua em Pêxes.

Mas é isto. Me vou à luta. Voltei a dormir no chão: coluna tri. S'as o que Jaburu respondeu para o psicanalista quando este perguntou por que ele tinha ido lá: — Não parece ÓBVIO? E caiu em prantos. Um dia talvez o Jaburu renda uma boa historinha para *kids*. Ainda. Se *Dodecaedro* na CAL implica em direção de Nara Keiserman, a resposta definitivamente é NÃO!

Kisses para Maria Clara, Nina, Angela e Betty. Mais para Marilene.

Caio F.

A Nair e Zaél Abreu

São Paulo, 12 de agosto de 1987

Querida mãe, querido pai,

não sei mais conviver com as pessoas. Tenho medo de uma casa cheia de pais e mães e irmãos e sobrinhos e cunhados e cunhadas. Tenho vivido tão só durante tantos — quase quarenta — anos. Devo estar acostumado.

Dormir 24 horas foi a maneira mais delicada que encontrei de não perturbar o equilíbrio de vocês — que é muito delicado. E também de não perturbar o meu próprio equilíbrio — que é tão ou mais delicado.

Estou me transformando aos poucos num ser humano meio viciado em solidão. E que só sabe escrever. Não sei mais falar, abraçar, dar beijos, dizer coisas aparentemente simples como "eu gosto de você". Gosto de mim. Acho que é o destino dos escritores. E tenho pensado que, mais do que qualquer outra coisa, sou um escritor. Uma pessoa que *escreve* sobre a vida — como quem olha de uma janela — mas não consegue vivê-la.

Amo vocês como quem escreve para uma ficção: sem conseguir dizer nem mostrar isso. O que sobra é o áspero do gesto, a secura da palavra. Por trás disso, há muito amor. Amor louco — todas as pessoas são loucas, inclusive nós; amor encabulado — nós, da fronteira com a Argentina, somos especialmente encabulados. Mas amor de verdade. Perdoem o silêncio, o sono, a rispidez, a solidão. Está ficando tarde, e eu tenho medo de ter desaprendido o jeito. É muito difícil ficar adulto. Amo vocês, seu filho

Caio

DEPOIMENTOS

Sem amor, só a loucura

Com o título acima, foi publicada no jornal Correio Brasiliense, *de Brasília, no dia 30 de janeiro de 1984, uma matéria que o correspondente Celso Araújo fez no Rio de Janeiro com Caio Fernando Abreu. De um apartamento de hotel em Santa Teresa, ouvindo Nana Caymmi, Caio Fernando fala de sua experiência como escritor:*

Procuro deixar à parte essa compreensão muito intelectual do que estou fazendo. Deixo as teorias sempre de lado. Fiz faculdade de letras durante dois anos e fiquei intoxicado, com medo de elucubrações. Gosto de Pound, leio com muita atenção, mas quando você lida com ficção, lida com emoção, está perto do mistério. E com o mistério não se pode mexer. Escrevi essas histórias porque elas exigiram que eu as escrevesse. Vivo em um tempo e tento compreendê-lo através da palavra escrita.

Caio comenta em seguida uma opinião da escritora Hilda Hilst:

Ela diz que minhas histórias, que esses personagens, vivem uma ânsia de Deus, a falta de Deus. Acho que é uma compreensão muito sensível do que estou fazendo. Eu fujo dos rótulos, não escrevo sobre uma geração. Não há uma postura deliberada, mas escrevo sobre o mistério e sobre as pessoas e isso tudo foi espontâneo em mim desde os seis anos de idade.

Comecei a escrever para me ocupar, porque me relacionava muito mal com as pessoas da minha idade e trepado nas árvores imaginava histórias fantásticas que se passavam nos Alpes Suíços ou coisa parecida. Deixava o "Meu-Pé-De-Laranja-Lima" atrás.

Conta que aos seis anos aprendeu a ler e escrever e, imediatamente, a contar suas histórias — histórias escritas por um garoto que hoje acha ter se tornado escritor por defeito de fabricação.

Monteiro Lobato, Andersen, o impacto de Érico Veríssimo, Lawrence, já aos 11 anos, tragédia grega e existencialismo foram as influências marcantes, aprofundadas com o descobrimento de Clarice Lispector e dos pensadores que marcaram a época.

Caio Fernando chega a São Paulo em 1968, para viver de perto a onda do Tropicalismo, do Cinema Novo e dos primeiros instantes da literatura underground.

Os dois anos passados em Londres, de 1972 a 1974, também foram decisivos para sua visão da literatura.

Acho escritor uma coisa muito chata e durante muito tempo, pessoalmente, preferia ir comprar um fumo numa boca de esquina que ficar conversando e divagando. Prefiro subir ao morro a ficar discutindo os sufixos de Guimarães Rosa.

Os meus primeiros livros não circularam. Existe uma cultura estabelecida e pra furar o bloqueio é muito difícil, esse bloqueio é muito sutil, o escritor tem de insistir e continuar, se quer ver a sua realização acontecendo. Mas não posso esquecer que, de uma certa maneira, sempre tive muita sorte, especialmente com as mulheres, elas sempre me deram muita força, como a Lygia Fagundes Telles, a Hilda Hilst e a Nélida Piñon.

Agora, com 35 anos, Caio se sente mais livre para ser inteiramente escritor:

Sinto que o meu exercício caminha para isso. Ainda assim, escrevo todos os dias praticamente, registrando fatos, sensações, conhecimentos, esboçando textos que depois se transformam em contos, novelas ou peças de teatro.

E a morte?

Sempre fui fascinado, mas sempre havia sido poupado, até o momento em que Elis Regina morreu. Foi a primeira pessoa que vi morta. Tudo me sacudiu muito, senti a presença mais que a ausência, lembrei da força de sua música e que inclusive tinha assistido justamente o seu primeiro show aos 15 anos em Porto Alegre e o último, o "Trem Azul". Perdi o medo e fiquei bem.

Caio fala também sobre a difícil situação política e social do país:

Somos hoje um país que perdeu a identidade, o brasileiro não tem mais face e a tarefa do escritor pode ser, de repente, tentar ajudar na reconstituição. Escrevo sobre coisas que estão se passando a todo momento.

Estamos vivendo essa noite difícil, mas as pessoas estão procurando o amor, ou enlouquecendo, ou discutindo à espera de um futuro, buscando uma nova ordem para as coisas. Em literatura, acho que não há nada de novo, nem sei se poderia haver. Essa onda de rock não traz nada de absolutamente novo. O teatro é uma reedição dos musicais dos anos 50. E em relação à literatura, tenho visto apenas de impacto os livros de João Gilberto Noll e Lya Luft, como novidade. O Ignácio de Loyola chegou da Alemanha e se interrogava sobre as pessoas. Muita gente está em silêncio.

Vivemos essa troca incessante de luzes e sombras. Estamos perto de Deus e do Diabo. As pessoas estão enfraquecidas, muito zumbis. Drogadas pelo trabalho, pela televisão, na fronteira de uma morte coletiva. O homem não pode se separar da natureza. Ando muito só e assustado com tudo isso. Toda vez que desço à cidade, vejo as pessoas ruins emocionalmente, a crise não é apenas econômica, as pessoas estão com o coração escuro, a rapaziada se drogando mais do que nunca.

Os morangos de Caio F. estão maduros

Às vésperas do lançamento de Os dragões não conhecem o paraíso, *no bar Ritz, em São Paulo, Caio Fernando Abreu deu esta entrevista ao jornal* O Estado de S. Paulo, *no dia 23 de março de 1988:*

Quando surgiu Os dragões?

Eu comecei a escrever em 82, logo após *Morangos mofados*. Mas a forma definitiva só ficou pronta em 86. Eu precisava de uma imagem para ligar todos os contos.

E o que foi essa imagem?

Os dragões. Eu fiquei obcecado pelos dragões, comecei a ler tudo sobre mitologia chinesa. Durante meses, anotei frases preceptórias de uma história. Aí, percebi que todas as personagens com as quais eu lidei durante esses anos eram espécimes de dragões.

Esse livro parece nitidamente autobiográfico, mais autorreferente que Morangos, O ovo apunhalado *ou* Triângulo das águas...

Você está enganado. O escritor sempre é um fraudulento. Eu parti da experiência do que realmente vivi e fui distorcendo as situações, manipulando personagens. Este talvez seja o menos pessoal de todos os meus livros.

Quer dizer que o tal Passo da Guanxuma não existe?

Guanxuma é uma planta do Rio Grande do Sul, que serve para fazer um chá digestivo ou vassouras. As duas funções dela são de limpeza, o que resulta numa espécie de metáfora. É uma cidade ficcional, da qual fiz até um mapa. É muito importante no livro.

Você utiliza muitas epígrafes nos Dragões. *Uma delas cita Oscar Wilde, "o homem mata tudo o que ama". Você acredita mesmo nisso?*

Eu acho que toda pessoa que transa mal suas emoções, para se punir, tende a matar aquilo que mais ama. Na referência, também menciono que aquilo é Wilde citado por Fassbinder em *Querelle*. Lembra? A Jeanne Moreau cantava e depois fazia um lá-lá-lá displicente. Aliviava o peso do verso com lá-lá-lá. É uma tendência da gente, já que somos todos neuróticos...

Num prefácio que você fez para Esta valsa é minha, *de Zelda Fitzgerald, a passagem tensa que você acentua é quando a personagem Alabama Knight quase perde o pé de tanto dançar. Parece que essa sensação é a que mais te persegue, ultimamente...*

Certo. Sou muito obcecado quando escrevo. Me envolvi muito com esse livro, foi um período de muita tensão, fumava demais. Escrever é uma coisa que pode fazer muito mal... Daí essa imagem da Zelda. Uma ameaça de destruição que traz dentro de si um elemento de muito prazer, apesar de tudo. É uma dor gostosa, você ter conseguido dar forma a um monte de fantasmas. Até a dor física fica mais suportável.

Sua literatura às vezes parece que tem um caráter meio confessional. Você escreve enquanto espera alguma coisa...

Lembro-me de um poema de Cecília Meireles que tem uma espécie de refrão que repete "a vida só é possível se reinventada". Acho que é um pouco isso. Eu escrevo por uma espécie de deficiência de viver a vida real, objetiva, apenas ela. Mas não considero assim, como um paliativo. É uma coisa para completar este vácuo entre a coisa vivida e a observada. Escrever me dá a sensação de que eu vivo intensamente...

Há pessoas que dizem que você denuncia uma certa autocomiseração, autopiedade...

Olha, tenho dez anos de análise e nunca cheguei a conclusão alguma. Mas acho que nasci para ser podre de rico, ser muito feliz, ter centenas de amigos. Como todo mundo. Então, tenho muita pena de mim, acho sacanagem ter nascido no Brasil, sem dinheiro, nestas condições. Lembra Caetano? "Gente é pra brilhar, não pra morrer de fome." Se for autopiedade, é nesse sentido...

Você é jornalista. Precisa fazer jornalismo tanto quanto escrever livros?

Não. Eu sobrevivo com jornalismo, mas não me é essencial. Não tem me acrescentado muito fazer jornalismo.

Existe muita diferença entre a crônica semanal que você faz no Caderno 2 e seus livros?

Algumas são muito elaboradas. Mas o jornalismo. Eu vou te contar uma coisa que vai deixar isso claro. O meu livro ficou pronto na sexta. O fim de semana ficou todo perturbado, o meu livro vai para a rua, minhas emoções, vou ficar exposto. Me deu uma sensação de estar jogando o coração no meio da rua. Inquieto, inseguro, medroso. Na segunda, ficou pronta a primeira edição que eu preparei da revista A-Z (ex-*Around*). Eu folheei, ficou bonita, bem-feita. Mas não me deu nenhuma inquietação, entende?

Todas as coisas que você tem escrito estão povoadas de dedicatórias in memoriam. *É necrofilia?*

Eu gosto muito de dedicar minhas coisas, porque eu acho que sou movido a pessoas. As pessoas são importantes, gosto delas. Resolvi então dedicar esse livro a todos os meus amigos que morreram depois de Ana Cristina César. Enumerei 18. Acho que o meu pai, quando tinha minha idade, não tinha tantos mortos quanto eu tenho. Tudo o que eu fizer para lembrá-los será muito importante para eles e para mim, eu sinto isso...

O conto que abre o livro, "Linda, uma história horrível"... *Você conseguiu ir mais fundo do que em* Morangos, *que já era pura desolação...*

Os dois livros são muito parecidos. *Os dragões* é um livro mais adulto e, por isso mesmo, mais amargo e esperançoso. A escuridão dos *Dragões* é mais densa que a dos *Morangos*. Mas a luz também fica mais forte, ela nasce mais vibrante e fortalecida do negro total. Tudo é mais real.

Você nunca escreve histórias felizes?

O conto que eu mais gosto desse livro é um conto feliz. É irônico, mas também é uma história iluminada. Chama-se "Mel & girassóis (ao som de Nara Leão)", uma coisa em ritmo bossa-nova. É uma história de encontros, com sabor de história de revista para moças. É uma autocrítica, mas também é um assumir meu lado comovido, verdadeiro, derramado.

CRONOLOGIA (1948-1996)

1948 Caio Fernando Abreu nasce em 12 de setembro de 1948, em Santiago do Boqueirão, no Rio Grande do Sul, quase fronteira com a Argentina, durante o governo Dutra, numa época de industrialização crescente.

1954 Aos seis anos de idade, começa a inventar e escrever histórias.

1966 Ainda no colegial, em Porto Alegre, durante os primeiros anos da ditadura militar, publica o conto "O príncipe Sapo" na revista *Claudia*, e escreve o romance *Limite branco*, que narra a vida de um jovem dos 12 aos 19 anos, tempo ao longo do qual luta por definir-se em relação à família e a ele mesmo.

1967 Inicia os cursos de letras e arte dramática na UFRGS, que acaba abandonando. Nesse mesmo ano é promulgada uma nova Constituição, que centraliza o poder e exclui a participação popular das decisões nacionais.

1968 Caio muda-se para São Paulo e participa como repórter da primeira equipe de *Veja*. Seu conto "Três tempos mortos" ganha menção honrosa ao concorrer ao prêmio José Lins do Rego. É o ano do movimento estudantil na França, de greves e protestos operários e estudantis e do AI-5, que cassa os direitos políticos dos cidadãos no Brasil.

1969 A obra *Inventário do ir-remediável* (contos) recebe o prêmio Fernando Chinaglia da União Brasileira de Escritores (UBE). É promulgada a nova

Lei de Segurança Nacional e a oposição radicaliza-se em ações clandestinas. Surge a imprensa alternativa com *O Pasquim*.

1970 Ano da publicação de *Inventário do ir-remediável*, *Limite branco* e *Roda de fogo* (antologia de autores gaúchos) pela editora Movimento. Aumenta a repressão do governo à oposição e surge a guerrilha urbana. Nasce a poesia marginal.

1971 Caio muda-se para o Rio de Janeiro e trabalha como pesquisador e redator das revistas *Manchete* e *Pais & Filhos*. Volta a Porto Alegre, onde é preso por porte de drogas.

1972 Trabalha como redator do jornal *Zero Hora* e como colaborador do Suplemento Literário de Minas Gerais. O conto “A visita”, posteriormente incluído em *O ovo apunhalado*, recebe o prêmio do Instituto Estadual do Livro.

1973 Caio viaja para a Europa. Em Estocolmo, trabalha lavando pratos e, em Londres, como faxineiro e modelo-vivo numa escola de belas-artes. *O ovo apunhalado*, onde predominam os temas da memória e da identidade, da repressão aos valores individuais e a crítica à sociedade do consumo supérfluo, recebe menção honrosa do prêmio Nacional de Ficção.

1974 Volta ao Brasil. Em Porto Alegre, trabalha como autor e ator na peça *Sarau das nove às onze*, com o grupo Província. É colaborador de diversos órgãos da imprensa alternativa e publicações de literatura, então em florescimento, como *Opinião*, *Movimento*, *Versus*, *Ficção*, *Inéditos*, *Paralelo* e *Escrita*.

1975 *O ovo apunhalado*, que tem trechos censurados, é indicado pela revista *Veja* como um dos melhores livros do ano. Sua peça *Uma visita ao fim do mundo*, mais tarde denominada *Pode ser que seja só o leiteiro lá fora*, recebe o prêmio Leitura do SNT.

1976 Escreve críticas teatrais na *Folha da Manhã* e participa de duas antologias: *Assim escrevem os gaúchos* e *Teia*.

1977 Caio lança *Pedras de Calcutá*, livro de contos que focaliza a juventude brasileira, vítima da repressão política desencadeada com o golpe de 1964. Participa da antologia *Histórias de um novo tempo*. É a época do governo Geisel e a oposição civil, representada pela OAB, pela Igreja Católica e pelo MDB, rearticula-se.

1978 Volta a São Paulo, onde trabalha como redator da revista *Pop*. Participa da *Antologia da literatura rio-grandense contemporânea*.

1979 Trabalha como editor de texto da revista *Nova*.

1980 O conto "Sargento Garcia" recebe o prêmio Status de literatura. Tem início a redemocratização e a anistia aos presos políticos, no governo Figueiredo. A censura enfraquece e a inflação agrava-se.

1981 Caio assume o cargo de editor da *Leia Livros*. A inflação cresce e o país recorre ao FMI. Começa o movimento "Diretas Já".

1982 Caio lança pela editora Brasiliense um dos maiores sucessos editoriais da década, *Morangos mofados*, que é uma continuação de *Pedras de Calcutá*: trata na primeira parte daquela mesma juventude, "os morangos mofados". É o período da Guerra das Malvinas.

1983 Volta ao Rio de Janeiro, onde se torna colaborador da revista *IstoÉ*. Publica *Triângulo das águas*. O cientista francês Luc Montagnier descobre o vírus da aids, até então desconhecido.

1984 *Triângulo das águas*, que reúne três novelas sobre o tema da solidão, ganha o prêmio Jabuti. Sua peça *Pode ser que seja só o leiteiro lá fora* é encenada em Porto Alegre, sob direção de Luciano Alabarse. O Congresso rejeita a emenda que restabeleceria eleições diretas para presidente.

1985 De volta a São Paulo, trabalha como editor da revista A-Z e escreve o roteiro para a série de TV *Joana Repórter*, estrelada por Regina Duarte. *Morangos mofados* é adaptado para o teatro e encenado sob a direção de Paulo Yutaka. Tancredo Neves, eleito pelo Colégio Eleitoral, morre antes de assumir a presidência, e em seu lugar é empossado José Sarney. Na União Soviética, Gorbatchov inicia a abertura política e econômica.

1986 O *Estado de S. Paulo* lança o Caderno 2 e Caio é convidado a fazer parte da equipe de redatores. A adaptação para o teatro de *Morangos mofados* é encenada em Porto Alegre por Luciano Alabarse. É o ano do Plano Cruzado e do acidente nuclear em Tchernobil.

1987 Escreve o roteiro de *Romance*, longa-metragem de Sérgio Bianchi, e a peça *A maldição do Vale Negro*, juntamente com Luiz Arthur Nunes. EUA e URSS assinam acordo de desarmamento nuclear.

1988 Volta a trabalhar para a revista A-Z. Publica *Os dragões não conhecem o paraíso* e o livro infantojuvenil *Mel e girassóis*. Recebe o prêmio Molière de melhor autor teatral. É promulgada a nova Constituição brasileira.

1989 Publica o livro infantil *As frangas*.

1990 Publica o romance *Onde andará Dulce Veiga?*

1994 Sua novela *Bien loin de Marienbad* é publicada em Paris. Depois de divulgar em três crônicas de sua coluna semanal no jornal O *Estado de S. Paulo* que é portador do vírus da aids, volta a Porto Alegre, onde ficará até o fim da vida. Começa a circular uma nova moeda, o real, durante o governo Itamar Franco.

1995 Caio é escolhido patrono da Feira do Livro de Porto Alegre, um dos maiores eventos culturais do país. Fernando Henrique Cardoso toma posse como presidente.

1996 Caio Fernando Abreu morre em Porto Alegre, no dia 25 de fevereiro, aos 48 anos, com livros publicados em diversos países (Alemanha, Bélgica, Itália, França e Inglaterra). *Ovelhas negras* recebe o prêmio Jabuti, da Câmara Brasileira do Livro, de melhor livro de contos do ano.

As fontes de *Caio Fernando Abreu: o essencial da década de 1980*

Este livro constitui o segundo volume da coleção *Caio Fernando Abreu: o essencial*, que busca traçar um panorama exemplar e valioso da produção de Caio ao longo de sua atividade como escritor, nas décadas de 1970, 1980 e 1990. Cada volume da série apresenta uma obra significativa da década enfocada, além de contos, crônicas, cartas, textos inéditos recuperados pela família do escritor e depoimentos representativos de sua atividade, da evolução de sua escrita e de seu modo de pensar. Nos anos 1980, o leitor depara com um Caio F. literariamente mais maduro. Seus textos são permeados por uma narrativa mais coesa, embora os questionamentos existenciais, a angústia e a paixão continuem a ser os traços característicos de sua obra.

Os dragões não conhecem o paraíso, obra que abre o volume, foi inicialmente publicada em 1988. A crítica, que reconheceu o valor do livro e o elogiou sem ressalvas, viu nele qualidades que continuam válidas até hoje: "pode quem sabe ser lido como um retrato do Brasil [...]. Um retrato interior, tirado à beira do abismo, às vezes impiedosamente realista, mas de onde também podem brotar inesperados sopros de lirismo" — apontava o resenhador do jornal *O Estado de S. Paulo*.

Em seguida, temos dois textos bastante significativos de autoria de Caio F.: as crônicas "Pequenas e grandes esperanças" (publicada no Segundo Caderno do jornal *Zero Hora*, de Porto Alegre, em 4 de abril de 1984) e "Venha ver os dragões", em que fala sobre o ato de escrever *Os dragões não conhecem o paraíso* (no jornal *O Estado de S. Paulo* de 25 de março de 1988). Então, uma surpresa: um release, redigido com a leveza de uma crônica, para divulgar um disco que contém uma antologia de Caetano Veloso, de agosto de 1989.

Da obra *Ovelhas negras* — reunião de contos dispersos e escritos ao longo de sua carreira, que Caio Fernando Abreu publicou em 1995 e que venceu o prêmio Jabuti em 1996 — foram reproduzidos os contos em seguida apresentados. Apenas aos dois "Metâmeros" (que Caio explica como espécie de embriões de romances ou novelas não desenvolvidos) acrescentamos um terceiro, encontrado também com esse título entre os papéis da família.

Em momentos de inspiração abrupta, Caio tinha o costume de fazer anotações no que estivesse ao seu alcance; muitas vezes utilizava as páginas em branco dos livros que comprava ou ganhava dos amigos. Nessas ocasiões, sacava a caneta ou o lápis e passava para o papel aquilo que poderia ser uma ideia momentânea ou, quem sabe, anotações que se transformariam em sua próxima obra literária. Os textos dispersos reunidos neste volume são comentários da vida e dos sentimentos de Caio inspirados pela leitura de um livro, feitos entre 1980 e 1983. Foram extraídos de orelhas, páginas brancas e contracapas por Jorge Cabral, cunhado de Caio F., que cuidadosamente os transcreveu e os enviou à editora para publicação.

As correspondências aqui dispostas abrangem os anos de 1980 a 1987. Foram selecionadas cartas destinadas aos pais, Nair e Zaél Abreu, à irmã Cláudia Abreu e ao cunhado Jorge Cabral, aos amigos Paula Dip, Jacqueline Cantore, Charles Kiefer, Cacaia Jorge, Maria Adelaide Amaral, Fanny Abramovich e Luciano Alabarse. Algumas delas foram publicadas anteriormente no livro *Caio Fernando Abreu — Cartas*, organizado por Ítalo Moriconi e publicado pela editora Aeroplano, em 2002. Outras foram gentilmente cedidas à editora pela família e por amigos próximos de Caio F. Abreu.

Por fim, os depoimentos apresentados neste livro: "Sem amor, só a loucura", entrevista publicada no jornal *Correio Brasiliense* em 30 de janeiro de 1984, e "Os morangos de Caio F. estão maduros", que saiu no *Estado de S. Paulo* em 23 de março de 1988, são uma pequena amostra de como pensava, sentia e agia Caio Fernando Abreu na década de 1980.

Outros títulos do autor pela Editora Nova Fronteira

Caio de A a Z
Caio Fernando Abreu: o essencial da década de 1970
Caio Fernando Abreu: o essencial da década de 1990
A Comunidade do Arco-Íris
Os dragões não conhecem o paraíso
As frangas
Limite branco
Morangos mofados
Onde andará Dulce Veiga?
Pedras de Calcutá
Pequenas epifanias
Teatro completo
A vida gritando nos cantos

Equipe editorial
Daniele Cajueiro
Ana Carla Sousa
Maria Cristina Antonio Jeronimo
Guilherme Bernardo
Adriana Torres
Allex Machado
Pedro Staite
Leandro Liporage
Maicon de Paula
Vinícius Louzada

Revisão
Mônica Surrage
Jorge Luiz Luz de Carvalho

Este livro foi impresso no Rio de Janeiro, em 2014,
para a Nova Fronteira. O papel do miolo é
chambril avena 70g/m², e o da capa é cartão 250g/m².